D1350718

Une maison de rêve

De la même auteure

LUCY MAUD MONTGOMERY

Une maison de rêve

Traduit de l'anglais par
Hélène Rioux

ÉDITIONS QUÉBEC/AMÉRIQUE

425, RUE SAINT-JEAN-BAPTISTE, MONTRÉAL (QUÉBEC) H2Y 2Z7 (514) 393-1450

Données de catalogage avant publication (Canada)

Montgomery, L. M. (Lucy Maud), 1874-1942
[Anne's House of Dreams. Français]
Une maison de rêve
(Collection Anne ; 5)
Traduction de : Anne's House of Dreams.
Suite de : Le Domaine des Peupliers.
Publié à l'origine dans la collection Littérature d'Amérique
Traduction.

ISBN 2-89037-756-3
I. Titre.   II. Titre : Anne's House of Dreams. Français
III. Collection : Montgomery, L.M. (Lucy Maud), 1874-1942.
Collection Anne ; 5.
PS8526.O55A6814 1994   C813'.52   C94-941370-4
PS9526.O55A6814 1994
PR9199.3.M6A6814 1994

*Les Éditions Québec/Amérique bénéficient du programme de
subvention globale du Conseil des Arts du Canada.*

Titre original : *Anne's House of Dreams*
Première édition au Canada : McClelland and Stewart, 1917

© 1994 Éditions Québec/Amérique inc.

Dépôt légal : 4ᵉ trimestre 1994
Bibliothèque nationale du Québec
Bibliothèque nationale du Canada

Je remercie Paul Stever
pour son aide précieuse tout
au long de la traduction
de ce livre.

Hélène Rioux

Table des matières

Un rêve devient réalité

Les vents de la nuit commençaient leurs danses sauvages au-delà de la jetée et les lumières du village de pêche de l'autre côté du port brillaient au moment où Anne et Gilbert empruntèrent l'allée de peupliers. La porte de la petite maison s'ouvrit, et une chaude lueur venant du foyer scintilla dans le crépuscule. Gilbert prit Anne dans ses bras pour la faire descendre du boghei et la conduisit dans le jardin par une petite barrière entre les sapins aux cimes rousses ; ils s'avancèrent dans le sentier rouge, étroit, jusqu'au seuil de grès.

« Bienvenue chez nous », murmura-t-il et, main dans la main, ils franchirent le seuil de leur maison de rêve.

1

Dans le grenier de Green Gables

« Dieu merci, j'en ai fini avec la géométrie, qu'il s'agisse de l'apprendre ou de l'enseigner », s'exclama Anne d'un ton un tantinet vindicatif en laissant tomber un volume d'Euclide quelque peu défraîchi dans un gros coffre de livres du grenier ; elle claqua le couvercle d'un air triomphant et s'assit dessus, levant sur Diana Wright des yeux gris qui ressemblaient à un ciel matinal.

Le grenier était, comme devraient l'être tous les greniers, un lieu sombre, évocateur, merveilleux. Par la fenêtre ouverte, auprès de laquelle Anne était assise, entrait la brise douce, embaumée et ensoleillée d'un après-midi d'août ; dehors, les branches des peupliers bruissaient et s'agitaient dans le vent ; un peu plus loin, le Chemin enchanté des amoureux s'ouvrait dans la forêt, et dans le vieux verger, les pommiers avaient encore leur splendeur rosée. Et, au-dessus de tout cela, des nuages floconneux formaient une chaîne de montagnes dans le ciel méridional. Par l'autre fenêtre, on apercevait au loin la mer azur crêtée de blanc – le magnifique golfe Saint-Laurent – sur lequel, tel un joyau, flottait Abegweit, dont le nom amérindien, tellement plus doux, plus joli, avait depuis longtemps été remplacé par celui, plus prosaïque, d'Île-du-Prince-Édouard.

Diana Wright, de trois ans plus âgée que la dernière fois que nous l'avons vue, avait entre temps pris un certain

embonpoint. Mais ses yeux étaient aussi noirs et brillants, ses
joues aussi roses et ses fossettes aussi ravissantes qu'autrefois
quand elle et Anne Shirley s'étaient juré une amitié éternelle dans le jardin d'Orchard Slope. Elle tenait dans ses bras
une petite créature endormie aux boucles noires, que les gens
d'Avonlea connaissaient depuis deux années heureuses
comme la «petite Anne Cordelia». Si les gens d'Avonlea savaient évidemment pourquoi Diana l'avait appelée Anne,
Cordelia les laissait cependant perplexes. Il n'y avait jamais
eu de Cordelia dans la parenté des Wright ni des Barry. Selon
Mme Harmon Andrews, Diana avait dû trouver ce nom dans
quelque mauvais roman, et elle était étonnée que Fred n'ait
pas eu assez de bon sens pour s'y opposer. Mais Anne et Diana
se sourirent. Elles savaient bien comment Anne Cordelia
était devenu son nom.

« Tu as toujours détesté la géométrie, dit Diana en souriant
avec nostalgie. Tu dois être contente d'en avoir terminé avec
l'enseignement, en tout cas. »

«Oh! J'ai toujours aimé enseigner, mais pas la géométrie.
Les trois années que je viens de passer à Summerside ont été
très plaisantes. À mon retour à la maison, Mme Harmon
Andrews m'a dit que je me trompais si je pensais que la vie
de femme mariée est plus facile que celle d'institutrice. De
toute évidence, Mme Harmon pense comme Hamlet qu'il vaut
mieux supporter nos peines que voler vers celles qui nous
sont encore inconnues. »

Le rire d'Anne, aussi joyeux et irrésistible qu'autrefois, avec
une nuance nouvelle de charme et de maturité, résonna dans
le grenier. Marilla, qui était en bas dans la cuisine en train de
concocter des conserves de prunes, sourit en l'entendant; puis
elle soupira à la pensée qu'on n'entendrait plus que rarement
ce cher rire à Green Gables. Rien, dans la vie de Marilla, ne
l'avait jamais autant réjouie que d'apprendre qu'Anne allait
épouser Gilbert Blythe; mais toute joie comporte sa petite
ombre chagrine. Au cours des trois années à Summerside,
Anne était souvent venue passer les vacances ou des fins de
semaine; mais, après son mariage, on ne pouvait guère espérer plus qu'une visite semestrielle.

« Tu ne dois pas t'en faire avec les propos de Mme Harmon, fit Diana avec la calme assurance que lui conféraient quatre années d'épouse et de mère. Le mariage a ses hauts et ses bas, bien entendu. Il ne faut pas s'attendre que tout soit toujours facile. Mais je peux t'assurer, Anne, que c'est une vie heureuse quand on est mariée à l'homme qui nous convient. »

Anne retint un sourire. Les airs de vaste expérience que Diana se donnait l'avaient toujours un peu amusée.

« J'imagine que j'arborerai les mêmes airs après quatre ans de mariage, pensa-t-elle. Bien que mon sens de l'humour m'en préservera sûrement. »

« Avez-vous décidé où vous allez vivre ? » demanda Diana, en caressant la petite Cordelia d'un geste inimitablement maternel qui envoyait toujours au cœur d'Anne une multitude de rêves doux et encore inexprimés, sensation à mi-chemin entre le plaisir pur et une douleur étrange et éthérée.

« Oui. C'est ce que je voulais te dire quand j'ai téléphoné pour te demander de venir aujourd'hui. En passant, j'ai peine à me faire à l'idée que nous ayons réellement le téléphone à Avonlea maintenant. Cela sonne tellement à la page et moderne pour ce village ancien si charmant et somnolent. »

« C'est grâce à la S.A.V.A.*, dit Diana. Nous n'aurions jamais obtenu la ligne s'ils n'avaient pris la chose en main. Ils ont reçu suffisamment de douches froides pour décourager n'importe qui. Mais ils ont tenu bon. Tu as fait quelque chose de splendide pour Avonlea lorsque tu as fondé cette société, Anne. Quel plaisir nous avons eu à nos réunions ! Pourras-tu jamais oublier le mur bleu et le projet de Judson Parker de peindre de la publicité de médicaments sur sa clôture ? »

« Je ne sais pas si je suis entièrement reconnaissante envers la S.A.V.A. en ce qui concerne le téléphone, reprit Anne. Oh ! Je sais que c'est bien commode – bien plus que notre vieux système de nous envoyer des signaux à la lueur d'une chandelle ! Et, comme le dit Mme Rachel, "Avonlea doit suivre la procession, c'est ce que je pense". Mais d'une certaine

---

* Société d'avancement du village d'Avonlea.

façon, j'ai l'impression que je ne voulais pas voir Avonlea gâté par ce que M. Harrison, quand il veut se montrer spirituel, appelle les "incommodités modernes". J'aurais aimé qu'il reste comme dans le bon vieux temps. C'est fou, et sentimental, et impossible. Je dois donc devenir immédiatement sage et pratique. Le téléphone, comme le concède M. Harrison, est une "sacrée bonne affaire" – même quand on sait pertinemment qu'une demi-douzaine de personnes intéressées sont probablement en train d'écouter. »

« C'est ça le pire, soupira Diana. C'est tellement frustrant d'entendre les gens raccrocher leurs récepteurs quand on appelle quelqu'un. On raconte que Mme Harmon Andrews a insisté pour que leur appareil soit installé dans la cuisine de sorte qu'elle puisse écouter chaque fois qu'il sonne tout en gardant l'œil sur le repas. Quand tu m'as appelée aujourd'hui, j'ai distinctement entendu sonner la bizarre horloge des Pye. Alors aucun doute que Josie ou Gertie était en train d'écouter. »

« Oh ! C'est pour ça que tu as dit "Vous avez une nouvelle horloge à Green Gables, n'est-ce pas ?" Je n'arrivais pas à imaginer ce que tu voulais dire. J'ai entendu un clic brutal dès que tu as parlé. Je présume que c'était le récepteur des Pye qui venait d'être raccroché avec une énergie profane. Eh bien ! Peu importe les Pye ! Comme dit Mme Rachel, "Pye ils ont toujours été, Pye ils seront toujours, maintenant et à jamais, ainsi soit-il." J'ai envie de parler de sujets plus agréables. Tout est réglé en ce qui concerne l'endroit où nous allons vivre. »

« Oh ! Anne, où est-ce ? J'espère que c'est près d'ici. »

« N... on, voilà l'inconvénient. Gilbert va s'établir à Four Winds Harbour, à soixante milles d'ici. »

« Soixante ! Cela pourrait aussi bien être six cents, soupira Diana. Charlottetown est maintenant le plus loin où je peux aller. »

« Il faudra que tu viennes à Four Winds. C'est le plus beau port de l'Île. À l'entrée, il y a un petit village appelé Glen St. Mary, où le Dr David Blythe a exercé pendant cinquante ans. C'est le grand-oncle de Gilbert, tu sais. Il va prendre sa retraite et Gilbert doit le remplacer. Comme le Dr Blythe va garder sa maison, nous devons en trouver une pour nous. J'ignore encore ce qu'elle sera, et où elle se trouvera en réalité, mais j'ai dans ma tête une petite maison de rêve entièrement meublée – un minuscule et merveilleux château en Espagne. »

« Où ferez-vous votre voyage de noces ? »

« Nulle part. Ne prends pas cet air horrifié, très chère Diana. Tu me fais penser à Mme Harmon Andrews. Elle va sans aucun doute remarquer avec condescendance que les gens ne pouvant se permettre un voyage de noces font vraiment preuve de bon sens en restant chez eux ; ensuite, elle me rappellera que Jane a fait le sien en Europe. Je veux passer *ma* lune de miel à Four Winds dans ma chère petite maison de rêve. »

« Et tu as décidé de ne pas avoir de demoiselle d'honneur ? »

« Je n'ai pas le choix. Toi et Phil et Priscilla et Jane avez toutes pris une longueur d'avance sur moi en matière de mariage ; et Stella enseigne à Vancouver. Je n'ai aucune autre "âme sœur" et il n'est pas question que j'aie une demoiselle d'honneur qui n'en soit pas une. »

« Mais tu vas porter un voile, n'est-ce pas ? » demanda anxieusement Diana.

« Oui, bien sûr, sinon j'aurais l'impression de ne pas être une vraie mariée. Je me souviens d'avoir dit à Matthew, le soir qu'il m'amenait à Green Gables, que je ne serais jamais une mariée parce que j'étais si ordinaire que jamais personne ne voudrait m'épouser – sauf peut-être quelque missionnaire étranger. Je m'imaginais alors que les missionnaires étrangers ne pouvaient se permettre d'être difficiles sur l'apparence d'une fille s'ils voulaient en trouver une qui accepterait de risquer sa vie au milieu des cannibales. Tu aurais dû voir le missionnaire étranger que Priscilla a épousé. Il était aussi beau et impénétrable que ceux que nous rêvions un jour d'épouser nous-mêmes, Diana ; c'était l'homme le plus élégant que j'aie jamais vu, et il ne cessait de faire l'éloge de la beauté "éthérée et dorée" de Priscilla. Mais il n'y a évidemment pas de cannibales au Japon. »

« En tout cas, ta robe de mariage est une splendeur, soupira frénétiquement Diana. Tu as l'air d'une véritable reine dans cette robe – tu es si grande et si élancée. Comment fais-tu pour rester mince, Anne ? Je suis plus grassouillette que jamais. Je n'aurai bientôt plus de tour de taille du tout. »

« La corpulence et la minceur, c'est paraît-il une question de prédestination, répondit Anne. De toute façon, Mme Harmon Andrews ne pourra te dire ce qu'elle m'a asséné quand je suis revenue de Summerside : "Ma foi, Anne, tu es toujours aussi maigre." Si "mince" sonne romantique, "maigre" a une saveur très différente. »

« Mme Harmon a parlé de ton trousseau. Elle admet qu'il est aussi beau que celui de Jane, même si elle dit que Jane a épousé un millionnaire alors que toi tu te maries avec un "pauvre médecin sans le sou". »

Anne se mit à rire.

« Mes robes *sont* belles. J'aime les jolies choses. Je me rappelle ma première belle robe, la brune en tissu de gloria que Matthew m'avait offerte pour le concert de l'école. Avant cela, tout ce que j'avais était si laid. J'avais eu l'impression de sauter dans un monde nouveau ce soir-là. »

« Et c'est ce soir-là que Gilbert a récité "Bingen sur le Rhin" en te regardant pendant qu'il disait "En voici une autre, qui n'est pas une sœur". Et tu étais si furieuse parce qu'il portait ta rose de tissu dans sa poche de poitrine. Tu ne te doutais pas que tu l'épouserais un jour. »

« Oh ! eh bien ! C'est un autre cas de prédestination », conclut Anne en riant pendant qu'elles descendaient l'escalier.

2

La maison de rêve

Il y avait, dans l'air de Green Gables, plus d'effervescence que la maison n'en avait jamais connu de toute son histoire. Marilla elle-même était si excitée qu'elle ne pouvait s'empêcher de le montrer – ce qui n'était pas loin d'être phénoménal.

«Il n'y a jamais eu de mariage dans cette maison, fit-elle remarquer, à demi pour s'excuser, à Mme Rachel Lynde. Quand j'étais enfant, j'ai entendu un vieux pasteur affirmer qu'une maison n'était pas un vrai foyer avant d'avoir été consacrée par une naissance, un mariage et une mort. Nous avons eu des décès ici – mon père, ma mère et Matthew – et même une naissance. Il y a longtemps, juste après notre emménagement dans cette maison, nous avons eu pendant quelque temps un employé marié et sa femme a accouché ici. Mais nous n'avions jamais eu de mariage. Cela paraît si étrange de penser qu'Anne se marie. D'une certaine façon, pour moi, elle est toujours la fillette que Matthew a ramenée ici il y a quatorze ans. Je n'arrive pas à prendre conscience qu'elle a grandi. Jamais je n'oublierai ce que j'ai ressenti quand j'ai vu que Matthew arrivait avec une *fille*. Je me demande ce qu'est devenu le garçon que nous aurions dû avoir s'il n'y avait pas eu d'erreur. Je me demande quel a été *son* destin . »

« Ma foi, cette erreur a porté chance, répondit Mme Lynde, bien que je n'aie pas toujours été de cet avis... le soir où je suis venue voir Anne et que nous avons eu droit à une de ces scènes, par exemple. Ce que je pense, c'est que bien des choses ont changé depuis. »

Mme Rachel soupira, puis se redressa de nouveau. Quand il y avait un mariage dans l'air, Mme Rachel était prête à laisser le passé reposer en paix.

« Je vais donner à Anne deux de mes catalognes de coton, reprit-elle, une à rayures tabac, et une à motif de feuilles de pommier. Elle m'a dit qu'elles redevenaient à la mode. Eh bien, mode ou pas, je ne crois pas qu'il existe rien de plus joli pour un lit de chambre d'ami qu'une courtepointe à feuilles de pommier, voilà. Je dois voir à les blanchir. Comme elles sont enveloppées dans des sacs de coton depuis la mort de Thomas, elles doivent être d'une couleur épouvantable. Mais il reste encore un mois, et l'exposition au soleil du matin fera des merveilles. »

Un mois seulement! Marilla soupira, puis déclara avec fierté :

« J'offre à Anne la demi-douzaine de tapis nattés que j'ai dans le grenier. Je n'aurais jamais cru qu'elle désirerait les avoir, ils sont si démodés, et personne ne semble vouloir autre chose que des carpettes crochetées de nos jours. Mais elle me les a demandés – elle a dit qu'elle les préférait à n'importe quoi d'autre sur ses planchers. Ils *sont* jolis. J'ai pris mes plus belles guenilles pour les faire et je les ai nattées en bandes. Cela m'a tenue occupée pendant les derniers hivers. Et je lui ferai suffisamment de conserves de prunes pour remplir son armoire à confitures pendant un an. C'est vraiment bizarre. Ces pruniers bleus n'ont même pas fleuri pendant trois ans, et j'ai pensé que je ferais aussi bien de les faire abattre. Et voilà qu'au printemps dernier ils étaient tout blancs, et ont produit une récolte de prunes comme je ne me rappelle pas en avoir vu à Green Gables. »

« Eh bien! heureusement qu'Anne et Gilbert vont finalement se marier. J'ai toujours prié pour que cela arrive, dit

Mme Lynde du ton de quelqu'un confortablement sûr de l'efficacité de ses prières. J'ai été très soulagée en apprenant qu'elle ne voulait pas vraiment le jeune homme de Kingsport. Évidemment, il était riche alors que Gilbert est pauvre – du moins, pour débuter ; mais c'est un garçon de l'Île. »

« C'est Gilbert Blythe », renchérit Marilla avec suffisance. Marilla aurait préféré mourir plutôt que d'avouer la pensée qu'elle avait toujours eue derrière la tête en regardant Gilbert grandir – la pensée que sans son orgueil obstiné, il y avait très, très longtemps de cela, il aurait pu être *son* fils. Marilla avait l'étrange impression que son mariage avec Anne corrigeait cette erreur ancienne. La vieille amertume avait fini par tourner en bien.

Quant à Anne, elle était si heureuse qu'elle en était presque terrifiée. Les dieux, comme le prétendent de vieilles superstitions, ne prisent guère les mortels heureux. On peut, du moins, être sûr que certains êtres humains n'aiment pas cela. Deux représentantes de cette engeance fondirent sur Anne par un crépuscule empourpré et entreprirent de faire ce qu'elles pouvaient pour crever la bulle irisée de son bonheur. Si elle pensait qu'elle obtenait un prix spécial dans le jeune Dr Blythe, ou si elle s'imaginait qu'il était toujours aussi épris d'elle qu'il l'était dans ses jeunes années, c'était sûrement de leur devoir de lui faire voir les choses sous un éclairage différent. Pourtant, ces deux dames méritoires n'étaient pas les ennemies d'Anne ; au contraire, elles l'aimaient réellement beaucoup et l'auraient défendue comme leur propre enfant si elle avait été attaquée. La nature humaine n'est pas obligée d'être logique.

Mme Inglis – *née* Jane Andrews, pour citer le *Daily Enterprise* – vint avec sa mère et Mme Jasper Bell. Mais en Jane, le lait de la bonté humaine n'avait pas été caillé par des années de querelles de ménage. Elle était bien tombée. Malgré le fait – comme l'aurait dit Mme Lynde – qu'elle eût épousé un millionnaire, son mariage avait été heureux. La richesse ne l'avait pas gâtée. Elle était toujours la même Jane placide, aimable et au teint rosé de l'ancien quatuor, sympathisant avec le bonheur de sa vieille copine et aussi vivement intéressée par tous les charmants détails du trousseau d'Anne qu'à ses propres soieries et bijoux. Jane n'était pas brillante, et n'avait probablement jamais proféré une seule remarque digne d'intérêt de toute sa vie; mais elle n'avait jamais dit quoi que ce soit pouvant blesser quelqu'un – ce qui est peut-être un « talent négatif », mais quand même plutôt rare et enviable.

« Comme ça, Gilbert n'est pas revenu sur sa parole, en fin de compte, commença Mme Harmon Andrews, s'efforçant d'avoir l'air surprise. Ma foi, les Blythe tiennent généralement parole une fois qu'ils l'ont donnée, peu importe ce qui arrive. Voyons – tu as vingt-cinq ans, n'est-ce pas, Anne ? Dans ma jeunesse, vingt-cinq ans représentait le premier tournant de la vie. Mais tu as encore l'air assez jeune. Comme tous les roux. »

« Les cheveux roux sont très à la page maintenant », rétorqua Anne en essayant de sourire mais d'un ton plutôt froid. La vie avait développé en elle un sens de l'humour qui l'aidait à surmonter bien des difficultés; mais jusqu'à présent, rien n'avait réussi à la faire taire quand on faisait référence à sa chevelure.

« Eh oui, eh oui ! concéda Mme Harmon. Impossible de dire quelles tendances excentriques la mode va prendre. Eh bien, Anne, tes choses sont très jolies, et conviennent tout à fait à ta situation, qu'en penses-tu, Jane ? J'espère que tu seras très heureuse. Tous mes vœux t'accompagnent, je t'assure. De longues fiançailles ne tournent pas toujours bien. Mais dans ton cas, on ne pouvait évidemment pas faire autrement. »

« Gilbert a l'air très jeune pour un médecin. J'ai peur que les gens n'aient pas très confiance en lui », remarqua sombrement Mme Jasper Bell avant de serrer les lèvres comme si elle venait de faire son devoir et avait ainsi libéré sa conscience. Elle était du type ayant toujours une plume effilochée à son chapeau et des boucles désordonnées dans le cou.

Le plaisir superficiel qu'Anne éprouvait au sujet de ses jolies choses de mariée se trouva temporairement assombri; mais en profondeur, son bonheur ne pouvait être troublé; et les petites piques de Mmes Bell et Andrew étaient oubliées lorsque Gilbert arriva peu après. Ils allèrent se promener près des bouleaux le long du ruisseau; c'étaient de jeunes arbres lorsque Anne était arrivée à Green Gables, et qui étaient devenus les hautes colonnes ivoirines d'un palais féerique dans le clair de lune étoilé. Dans leur ombre, Anne et Gilbert discutèrent amoureusement de leur nouvelle maison et de leur nouvelle vie commune.

« J'ai trouvé un vrai nid d'amour pour nous, Anne. »

« Oh! Où est-ce? Pas au milieu du village, j'espère. Cela ne me plairait pas. »

« Non. Il n'y avait aucune maison disponible dans le village. Celle-ci est une petite maison blanche sur la grève du port, à mi-chemin entre Glen St. Mary et la pointe de Four Winds. Elle est un peu en retrait, mais quand nous aurons le téléphone, cela n'aura plus d'importance. Le site est magnifique. Elle est tournée vers le soleil couchant et le grand port bleu s'étale devant elle. Les dunes de sable ne sont pas très loin – les vents de la mer soufflent sur elles et elles sont imprégnées des gouttes d'eau qui jaillissent des vagues. »

« Mais la maison même, Gilbert, *notre* première maison? À quoi ressemble-t-elle? »

« Pas très grande, mais assez grande pour nous. Il y a un splendide salon avec un foyer au rez-de-chaussée, une salle à manger qui donne sur le port et une petite pièce qui pourra me servir de bureau. Elle a environ soixante ans; c'est la plus vieille maison de Four Winds. Mais elle a été bien entretenue, et on l'a entièrement restaurée il y a quinze ans : on a refait les bardeaux du toit, et le plâtre et les parquets sont neufs. Elle a été bien construite au départ. D'après ce que j'ai compris, une histoire romantique est liée à sa construction, mais l'homme de qui je l'ai louée n'était pas au courant. Il a dit que le Capitaine Jim était le seul qui pourrait raconter cette vieille histoire. »

« Qui est le Capitaine Jim? »

« Le gardien du phare à la pointe de Four Winds. Tu aimeras ce phare, Anne. C'est un phare tournant et il brille comme une magnifique étoile dans la nuit. Nous pouvons le voir de la fenêtre de notre salon et de la porte d'entrée. »

« À qui appartient la maison ? »

« Eh bien, c'est maintenant la propriété de l'église presbytérienne de Glen St. Mary, et je l'ai louée des commissaires. Mais jusqu'à récemment, elle appartenait à une très vieille dame, Mlle Elizabeth Russell. Elle est morte au printemps dernier, et comme elle n'avait aucun parent proche, elle a laissé ses biens à l'église de Glen St. Mary. Ses meubles sont encore dans la maison et j'en ai acheté la majeure partie – pour une chanson, pourrait-on dire, parce qu'ils étaient si démodés que les marguilliers désespéraient de réussir à les vendre. Les habitants de Glen St. Mary préfèrent le brocart luxueux et les buffets avec des miroirs et des fioritures, j'imagine. Mais le mobilier de Mlle Russell est en très bon état et je suis sûr que tu l'aimeras, Anne. »

« Jusqu'ici, ça va bien, dit Anne, hochant la tête en signe d'approbation prudente. Mais, Gilbert, on ne peut vivre seulement avec des meubles. Tu ne m'as pas encore mentionné une chose capitale. Y a-t-il des arbres près de la maison ? »

« Une foule, ô ma nymphe des bois ! Un gros massif de sapins derrière, deux rangées de peupliers de Lombardie le long de l'allée, et un cercle de bouleaux blancs entourant un adorable jardin. La porte principale ouvre directement sur le jardin, mais il y a une autre entrée – une petite barrière suspendue entre deux sapins. Les pentures sont sur un tronc et le loquet sur l'autre. Les branches forment un arc au-dessus. »

« Oh ! Je suis si contente ! Je ne pourrais pas vivre dans un lieu sans arbres, quelque chose de vital en moi serait affamé. Bien, après cela, inutile de te demander s'il y a un ruisseau à proximité. Ce serait trop demander. »

« Mais *il y a* un ruisseau, et il coule réellement à travers un coin du jardin. »

« Alors, dit Anne en poussant un long soupir de satisfaction suprême, cette maison que tu as trouvée est *ma* maison de rêve et rien d'autre. »

3

Le pays des rêves

« As-tu décidé qui tu vas inviter au mariage, Anne? demanda Mᵐᵉ Rachel Lynde tout en s'appliquant à coudre l'ourlet de serviettes de table. Il est temps d'envoyer les invitations, même s'il ne s'agit que d'invitations officieuses. »

« Je n'ai pas l'intention d'avoir beaucoup de monde, répondit Anne. Nous voulons que seules les personnes que nous aimons le plus assistent à notre mariage. La famille de Gilbert, M. et Mᵐᵉ Allan, de même que M. et Mᵐᵉ Harrison. »

« Il fut un temps où tu aurais difficilement compté M. Harrison parmi tes meilleurs amis », fit sèchement remarquer Marilla.

« Ma foi, je ne me suis pas sentie très attirée par lui à notre première rencontre, admit Anne en riant à ce souvenir. Mais M. Harrison a gagné à être connu et Mᵐᵉ Harrison est vraiment sympathique. Et puis, bien entendu, il y aura Mˡˡᵉ Lavendar et Paul. »

« Ont-ils décidé de venir à l'Île cet été? Je croyais qu'ils allaient en Europe. »

« Ils ont changé d'idée à la dernière minute quand je leur ai écrit que je me mariais. J'ai reçu une lettre de Paul aujourd'hui. Il m'écrit qu'il *doit* venir à mon mariage, peu importe ce qui arrive à l'Europe. »

« Cet enfant t'a toujours idolâtrée », commenta Mᵐᵉ Rachel.

« Cet "enfant" est à présent un jeune homme de dix-neuf ans, Mme Lynde. »

« Comme le temps passe ! », fut la repartie brillante et originale de Mme Lynde.

« Charlotta IV les accompagnera peut-être. Elle m'a fait dire par Paul qu'elle viendrait si son mari l'y autorisait. Je me demande si elle porte encore ces énormes boucles bleues, et si son mari l'appelle Charlotta ou Leonora. Charlotta et moi avons assisté à un mariage autrefois. Ils prévoient être au Pavillon de l'Écho la semaine prochaine. Puis, il y aura Phil et le Révérend Jo. »

« C'est terrible de t'entendre parler d'un pasteur en ces termes, Anne », dit sévèrement Mme Rachel.

« C'est comme ça que sa femme l'appelle. »

« Elle devrait avoir davantage de respect pour son saint office », rétorqua Mme Rachel.

« Vous-même, je vous ai déjà entendue critiquer des pasteurs de façon plutôt acerbe », la taquina Anne.

« Oui, mais je le fais avec respect, protesta Mme Lynde. Tu ne m'as jamais entendue donner un sobriquet à un pasteur. »

Anne retint un sourire.

« Bien, il y a Diana et Fred, le petit Fred et la petite Anne Cordelia, et Jane Andrews. J'aurais aimé avoir Mlle Stacey, Tante Jamesina, Priscilla et Stella. Mais Stella est à Vancouver, Pris est au Japon, Mlle Stacey est mariée en Californie et Tante Jamesina est allée aux Indes pour explorer le territoire de sa fille missionnaire et ce, malgré son horreur des serpents. C'est vraiment épouvantable de voir comment les gens sont dispersés autour du globe. »

« Ce que je pense, c'est que cela n'a jamais été dans les desseins de la Providence, voilà, affirma Mme Rachel avec autorité. Dans mes jeunes années, on grandissait, on se mariait et on s'établissait là où on était né, ou à proximité. Grâce à Dieu, tu restes sur l'Île, Anne. J'avais peur que Gilbert insiste pour aller à l'autre bout du monde une fois ses études terminées, et qu'il te traîne avec lui. »

« Si tout le monde restait là où il est né, les endroits seraient bientôt remplis, Mme Lynde. »

«Oh! Je n'ai pas l'intention d'argumenter avec toi, Anne. Je n'ai pas de diplôme universitaire, *moi*. Et à quelle heure se déroulera la cérémonie?»

«Nous nous sommes entendus pour midi – midi pile, comme le disent les reporters mondains. Cela nous permettra d'attraper le train du soir pour Glen St. Mary.»

«Et tu te marieras dans le salon?»

«Non, à moins qu'il ne pleuve. Nous voulons nous marier dans le verger avec le ciel bleu au-dessus de nous et le soleil tout autour. Savez-vous où et quand j'aimerais me marier, si je le pouvais? Ce serait à l'aube, une aube de juin, avec un lever de soleil éclatant et des roses épanouies dans les jardins; je me glisserais dehors, je rencontrerais Gilbert et nous irions ensemble au cœur du bois de bouleaux, et là, nous nous épouserions sous les arcs verts qui ressemblaient à une superbe cathédrale.»

Marilla renifla avec mépris et Mme Lynde eut l'air choqué.

«Mais ce serait terriblement bizarre, Anne. Et ça n'aurait pas l'air vraiment légal. Et que dirait Mme Harmon Andrews?»

«Ah! Voilà le hic, soupira Anne. Il y a tant de choses dans la vie que nous ne pouvons faire de peur de ce qu'en dirait Mme Harmon Andrews. "C'est vrai, quelle pitié, quelle pitié, c'est vrai!" Combien de choses merveilleuses nous pourrions faire si ce n'était de Mme Harmon Andrews!»

«Il m'arrive de ne pas être absolument sûre de te comprendre, Anne», gémit Mme Lynde.

«Anne a toujours eu un tempérament romantique, tu sais», expliqua Marilla pour l'excuser.

«Eh bien, la vie conjugale va probablement la guérir de ça», la réconforta Mme Rachel.

Anne éclata de rire et s'esquiva vers le Chemin des amoureux où Gilbert la rejoignit; et aucun des deux ne semblait craindre, ou espérer, que la vie conjugale ne les guérisse du romantisme.

Les gens du Pavillon de l'Écho arrivèrent la semaine suivante, et Green Gables fut tout au plaisir de les revoir. Mlle Lavendar avait si peu changé que les trois années qui s'étaient écoulées depuis sa dernière visite semblaient être une seule nuit ; mais Anne faillit s'étrangler de stupéfaction en voyant Paul. Était-ce possible que ce splendide garçon de six pieds fût le petit Paul du temps de l'école ?

« Tu me fais vraiment me sentir vieille, Paul, dit Anne. Mon Dieu, je dois lever la tête pour te regarder ! »

« Vous ne vieillirez jamais, mademoiselle, répondit Paul. Vous faites partie de ces heureux mortels qui ont trouvé la Fontaine de Jouvence et y ont bu – vous et maman Lavendar. Écoutez ! Quand vous serez mariée, je ne vous appellerai jamais Mme Blythe. Pour moi, vous serez toujours "Mademoiselle", le meilleur professeur que j'aie jamais eu. Je veux vous montrer quelque chose. »

Ce « quelque chose » était un carnet plein de poèmes. Paul avait mis en vers certains de ses plus beaux rêves, et les éditeurs de revues n'avaient pas été aussi incapables d'apprécier qu'ils sont parfois censés l'être. Anne lut les poèmes de Paul avec un véritable ravissement. Ils étaient pleins de charme et de promesse.

« Tu seras célèbre, un jour, Paul. J'ai toujours rêvé d'avoir un élève qui deviendrait célèbre, un recteur d'université, par exemple, mais je préfère encore un grand poète. Un jour, je pourrai me vanter d'avoir déjà fouetté le distingué Paul Irving. Mais je ne t'ai jamais fouetté, n'est-ce pas, Paul ? Quelle occasion manquée ! Il me semble t'avoir pourtant déjà gardé en retenue, au moins. »

« Vous serez peut-être célèbre vous aussi, Mademoiselle. J'ai lu pas mal de vos contes, ces trois dernières années. »

« Non. Je connais mes limites. Je peux écrire de jolies petites histoires pleines de fantaisie que les enfants adorent et pour lesquels les éditeurs m'envoient des chèques très bienvenus. Mais je ne peux rien faire de grandiose. Ma seule chance d'accéder à l'immortalité terrestre, c'est que tu parles de moi dans tes Mémoires. »

Si Charlotta IV avait renoncé aux boucles bleues, ses taches de rousseur étaient toujours aussi remarquables.

« J'aurais jamais cru que j'irais jusqu'à épouser un Yankee,

Mam'zelle Shirley, dit-elle. Mais on sait jamais c'qui nous pend au bout du nez, pis c'est pas d'sa faute. Y'est né comme ça. »

« Tu es américaine toi aussi, Charlotta, par le mariage. »

« Mam'zelle Shirley ! C'est pas vrai ! Et j'en s'rais jamais une, même si j'avais épousé une douzaine de Yankees ! Tom est plutôt gentil. Et pis, j'ai pensé que j'f'rais mieux d'pas être trop difficile, parce que j'aurais bien pu jamais avoir une autre chance. Tom boit pas et il chiale pas parce qu'il doit travailler entre les repas et, tout compte fait, j'suis satisfaite, Mam'zelle Shirley. »

« Est-ce qu'il t'appelle Leonora ? » demanda Anne.

« Grand Dieu, non, Mam'zelle Shirley ! J'saurais pas à qui il parle s'il faisait ça. Évidemment, au mariage, il a dû dire "Je te prends pour femme, Leonora", et j'vous assure, Mam'zelle Shirley, que depuis c'temps-là, j'ai toujours eu l'impression épouvantable qu'c'était pas moi qu'il épousait et que j'suis pas mariée pantoute. Comme ça, vous aussi vous allez vous marier, Mam'zelle Shirley ? J'ai toujours pensé qu'j'aurais aimé épouser un docteur. Ce s'rait tellement pratique quand les enfants attrapent la rougeole ou le croup. Tom est seulement briqueteur, mais il a vraiment un bon caractère. Quand j'lui ai d'mandé : "Tom, est-ce que j'peux aller au mariage de Mam'zelle Shirley ? J'ai l'intention d'y aller de toute façon, mais j'aimerais avoir ton consentement", que j'lui ai dit, il a seulement répondu : "Fais à ton goût, Charlotta, et ça s'ra au mien." C't'un genre de mari très agréable à avoir, Mam'zelle Shirley. »

Philippa et son Révérend Jo arrivèrent à Green Gables la veille du mariage. Anne et Phil eurent pour commencer une rencontre tumultueuse qui se transforma en une conversation amicale et confidentielle sur ce qui s'était passé et allait arriver.

« Reine Anne, tu es toujours aussi royale. J'ai terriblement maigri depuis la naissance des bébés. Je n'ai plus aussi bonne mine ; mais cela plaît à Jo. Il n'y a plus autant de contraste entre nous, tu vois. Et oh ! c'est tellement formidable que tu épouses Gilbert. Roy Gardner n'aurait absolument pas fait

l'affaire. Je m'en rends compte à présent, même si j'ai été
horriblement déçue dans le temps. Tu sais, Anne, tu as traité
Roy de façon abominable. »

« D'après ce que j'ai compris, il s'en est remis », dit Anne
en souriant.

« Oh oui ! Il est marié avec une jolie petite femme et ils
sont parfaitement heureux. Tout s'arrange pour le mieux. Jo
et la Bible le disent, et ce sont des autorités en la matière. »

« Alec et Alonzo sont-ils mariés, eux aussi ? »

« Alec l'est, pas Alonzo. Tous les souvenirs du bon temps
de chez Patty me reviennent quand je parle avec toi, Anne !
Comme nous nous amusions ! »

« Es-tu allée chez Patty récemment ? »

« Oh oui, j'y vais souvent. Comme d'habitude, Mlle Patty et
Mlle Maria tricotent auprès du feu. Et ça me rappelle, je t'apporte un cadeau de mariage de leur part. Devine ce que c'est. »

« Je ne pourrais jamais. Comment ont-elles appris que
j'allais me marier ? »

« Oh ! C'est moi qui leur ai dit. J'étais chez elles la semaine
dernière. Et elles étaient si intéressées. Il y a deux jours, Mlle
Patty m'a écrit un mot me demandant de passer ; ensuite, elle
m'a demandé de t'apporter son cadeau de mariage. Qu'est-ce
qui te plairait le plus venant de chez Patty, Anne ? »

« Tu ne veux pas dire que Mlle Patty m'envoie ses chiens
de porcelaine ? »

« Rien de moins. Ils sont dans ma malle en ce moment
même. Et j'ai une lettre pour toi. Attends un instant, je vais
la chercher. »

« Chère Mlle Shirley, avait écrit Mlle Patty, Maria et moi
avons été très intéressées d'entendre parler de vos noces
prochaines. Nous vous envoyons nos meilleurs vœux. Bien
que nous ne nous soyons jamais mariées, Maria et moi, nous
n'avons aucune objection à ce que d'autres personnes le
fassent. Nous vous envoyons les chiens de porcelaine. J'avais
l'intention de vous les léguer par testament, vu que vous
paraissiez éprouver une affection sincère à leur égard. Mais
comme Maria et moi prévoyons vivre encore un bon bout de

temps (si Dieu le veut), j'ai donc décidé de vous donner les chiens pendant que vous êtes encore jeune. Vous n'aurez pas oublié que Gog regarde à droite et Magog à gauche. »

« Imagine ces deux adorables chiens assis auprès du feu dans ma maison de rêve, s'écria Anne avec ravissement. Je ne me serais jamais attendue à rien d'aussi merveilleux. »

Ce soir-là, Green Gables bourdonnait de préparatifs pour le lendemain ; mais au crépuscule, Anne s'éclipsa. Elle avait un pèlerinage à faire ce dernier jour de sa vie de fille et elle devait le faire seule. Elle se rendit à la tombe de Matthew, dans le petit cimetière d'Avonlea à l'ombre des peupliers, et resta un instant silencieuse en compagnie des vieux souvenirs et des amours immortelles.

« Comme Matthew serait heureux s'il était là demain, chuchota-t-elle. Pourtant, je pense que, là où il se trouve, il sait et il est content. J'ai lu quelque part que "nos morts ne sont pas morts tant qu'ils n'ont pas été oubliés". Matthew ne sera jamais mort pour moi, car jamais je ne pourrai l'oublier. »

Elle laissa sur sa tombe les fleurs qu'elle avait apportées et descendit lentement la colline. C'était une soirée idyllique, pleine de lueurs et d'ombres délectables. À l'ouest, des nuages moutonnés, teintés de pourpre et d'ambre, entre lesquels on apercevait de longues bandes de ciel vert pomme. Au-delà, la lumière du soleil couchant scintillait sur la mer, et l'inlassable voix des eaux parvenait jusqu'à la grève mordorée. Tout autour d'elle, reposant dans le beau silence de la campagne, les collines, les champs et les bois qu'elle connaissait et aimait depuis si longtemps.

« L'histoire se répète, dit Gilbert en la rejoignant lorsqu'elle passa devant la barrière des Blythe. Te souviens-tu de notre première promenade sur cette colline, Anne, notre première promenade ensemble où que ce soit ? »

« Je rentrais à la maison après être allée à la tombe de Matthew lorsque tu es sorti par la barrière ; j'ai ravalé l'orgueil qui durait depuis des années et t'ai adressé la parole. »

« Et tout le paradis s'est ouvert devant moi, renchérit Gilbert. À partir de cet instant, j'ai espéré ce qui arrivera demain. Lorsque je t'ai quittée à ta clôture ce soir-là et suis rentré chez moi, j'étais le plus heureux garçon du monde. Anne m'avait pardonné. »

« Tu avais plus que moi à pardonner. J'étais une misérable petite ingrate, surtout après que tu m'eus vraiment sauvé la vie sur l'étang. Comme j'ai détesté, au début, cette dette que j'avais envers toi ! Je ne mérite pas le bonheur qui m'est venu. »

Gilbert rit et serra plus fort la main de la jeune fille qui portait son anneau. La bague de fiançailles d'Anne était un anneau de perles. Elle avait refusé de porter un diamant.

« Je n'ai jamais vraiment aimé les diamants depuis le jour où j'ai découvert qu'ils n'étaient pas de la ravissante couleur violette dont j'avais rêvé. Ils évoqueront toujours mon ancienne désillusion. »

« Mais la vieille légende dit que les perles sont pour les larmes », objecta Gilbert.

« Cela ne me fait pas peur. Et les larmes peuvent être de joie aussi bien que de chagrin. J'ai vécu mes moments les plus heureux avec des larmes dans les yeux : quand Marilla m'a dit que je pouvais rester à Green Gables, quand Matthew m'a offert la plus jolie robe de ma vie, quand j'ai appris que tu allais te rétablir de ta fièvre. Alors, donne-moi des perles pour nos fiançailles, Gilbert, et j'accepterai les peines de la vie avec les joies. »

Mais cette nuit-là, nos amoureux ne pensèrent qu'à la joie et ignorèrent la souffrance. Car le lendemain était le jour de leur mariage, et la maison de leurs rêves les attendait sur la grève brumeuse et mauve de Four Winds Harbour.

4

La première mariée de Green Gables

Quand Anne se réveilla le matin de ses noces, le soleil lui faisait un clin d'œil par la fenêtre du petit pignon, et la brise de septembre folâtrait avec les rideaux.

« Je suis si heureuse de voir que le soleil brillera pour moi », songea-t-elle joyeusement.

Elle se rappela le premier matin où elle s'était réveillée dans la chambrette au-dessus du porche, et que la lumière du soleil s'était insinuée jusqu'à elle à travers les branches fleuries du vieux pommier. Ce réveil-là n'avait pourtant pas été serein, car il apportait avec lui la déception du soir précédent. Mais depuis, la petite chambre avait été chérie et bénie par des années de rêves d'enfant heureuse et de projets de jeune fille. Elle y était toujours revenue avec plaisir après ses absences ; et elle était restée agenouillée à sa fenêtre toute cette nuit d'amère souffrance quand elle avait cru que Gilbert allait mourir, et auprès d'elle elle était restée assise, muette de bonheur, le soir de ses fiançailles. Elle avait passé là plusieurs veilles joyeuses, et quelques-unes de souffrance ; et voilà qu'aujourd'hui, elle devait la quitter pour toujours. À partir de maintenant, cette pièce ne lui appartiendrait plus ; c'était une Dora de quinze ans qui allait en hériter après son départ. Anne ne souhaitait pas qu'il en soit autrement ; la petite chambre appartenait à la jeunesse, au passé qui était encore si proche avant que s'ouvre le chapitre de sa vie de femme.

Green Gables était un logis occupé et joyeux ce matin-là. Diana arriva tôt, avec le petit Fred et la petite Anne Corde-lia, pour donner un coup de main. Davy et Dora, les jumeaux de Green Gables, emmenèrent les bébés au jardin.

«Ne laissez pas Anne Cordelia salir ses vêtements», les avertit anxieusement Diana.

«Tu n'as aucune inquiétude à avoir à ce sujet quand elle est avec Dora, la rassura Marilla. Cette enfant est plus sensée et soigneuse que la plupart des mères que j'ai connues. Elle est vraiment exceptionnelle à certains points de vue. Elle ne res-semble pas beaucoup à l'autre irresponsable que j'ai élevé.»

Marilla sourit à Anne au-dessus de sa salade de poulet. On pouvait même soupçonner que, tout compte fait, elle préférait encore l'irresponsable.

«Ces jumeaux sont vraiment de bons enfants, déclara Mme Rachel une fois certaine qu'ils n'étaient plus à portée de voix. Dora est si mûre et serviable, et Davy est en train de devenir un très bon garçon. Il n'est plus la sainte terreur qu'il avait l'habitude d'être.»

«Je ne me suis jamais sentie aussi désorientée que les six premiers mois où il a vécu ici, reconnut Marilla. Après, j'ai dû m'habituer, je présume. Depuis quelque temps, il démontre un vif intérêt pour le travail de la ferme, et il voudrait que je le laisse diriger la nôtre l'an prochain. Je le ferai peut-être parce que comme M. Barry ne pense pas la louer plus longtemps, il faudra qu'on s'organise autrement.»

«Eh bien, quelle belle journée pour ton mariage, Anne, fit Diana en passant un volumineux tablier sur sa robe de soie. Tu n'en aurais pas eu une plus belle si tu l'avais commandée chez Eaton.»

«En vérité, beaucoup trop d'argent sort de cette Île pour aller au même Eaton», déclara Mme Lynde d'un ton indigné. Elle avait ses idées sur les magasins à rayons tentaculaires, et ne perdait jamais une occasion de les faire savoir. «Et quant à leurs catalogues, c'est à présent devenu la Bible des filles d'Avonlea, si vous voulez mon avis. Elles se plongent dedans le dimanche au lieu d'étudier les Saintes Écritures. »

« Mon Dieu, ils amusent merveilleusement les enfants, fit remarquer Diana. Fred et la petite Anne peuvent passer des heures à regarder les images. »

« J'ai amusé dix enfants sans l'aide du catalogue d'Eaton », objecta sévèrement Mme Rachel.

« Allez, vous deux, vous n'allez pas vous quereller à propos du catalogue d'Eaton, dit gaiement Anne. C'est mon grand jour, vous savez. Je suis si heureuse que je veux que tout le monde jouisse du même bonheur. »

« C'est certain que j'espère que ton bonheur va durer, mon enfant », soupira Mme Rachel. Elle l'espérait vraiment, et le croyait, mais elle craignait que ce ne fût provoquer la Providence que d'afficher trop ouvertement son bonheur. Pour son propre bien, Anne devait être un tantinet ramenée à la réalité.

Mais ce fut une jeune mariée heureuse et ravissante qui descendit le vieil escalier recouvert de tapis faits à la main ce midi de septembre – la première mariée de Green Gables, silhouette élancée et yeux brillants, son voile faisant une brume autour d'elle et les bras pleins de roses. Gilbert, qui l'attendait dans le salon en bas, la contempla avec adoration. Elle était finalement sienne, cette Anne évanescente, longtemps désirée, et conquise après des années d'attente patiente. C'était vers lui qu'elle venait en jeune mariée. La méritait-il ? Serait-il capable de la rendre aussi heureuse qu'il l'espérait ? S'il la décevait... s'il ne pouvait se montrer à la hauteur de ce qu'elle attendait d'un homme... mais alors, comme elle lui tendait la main, leurs regards se croisèrent et tout doute fut balayé pour faire place à une sereine certitude. Ils étaient faits l'un pour l'autre et, qu'importe ce que la vie leur réservait, cela ne pourrait jamais être changé. Leur bonheur résidait dans leur union et ils ne craignaient rien.

Ils furent mariés dans le vieux verger ensoleillé, entourés par les visages tendres et bons d'amis de longue date. M. Allan les maria, et le Révérend Jo prononça ce que Mme

Rachel Lynde qualifia par la suite de la « plus belle prière de mariage » qu'elle eût jamais entendue. Les oiseaux chantent rarement en septembre, mais pendant qu'Anne et Gilbert répétaient leur promesse immortelle, on en entendit un gazouiller sur une branche cachée. Gilbert l'entendit et s'étonna seulement que tous les oiseaux du monde n'aient pas entonné avec lui cet hymne à la joie ; Paul l'entendit et écrivit par la suite un poème qui fut l'un des plus admirés de son premier recueil ; Charlotta IV l'entendit et fut béatement certaine que cela porterait chance à sa Mam'zelle Shirley adorée. L'oiseau chanta jusqu'à la fin de la cérémonie puis termina par une petite trille folle et joyeuse. La vieille maison grise et verte parmi ses vergers n'avait jamais connu d'après-midi plus gai, plus heureux. On servit les mêmes taquineries et farces qui devaient être en usage aux mariages depuis le Paradis terrestre et elles parurent aussi nouvelles, intelligentes et hilarantes que si c'était la première fois qu'on les entendait. Le rire et la joie furent de la partie ; et quand Anne et Gilbert partirent pour attraper le train de Carmody, Paul leur servant de conducteur, les jumeaux étaient prêts avec le riz et les vieilles chaussures, et Charlotta IV et M. Harrison aidèrent vaillamment à les lancer. Debout à la barrière, Marilla regarda s'éloigner la voiture dans l'allée bordée de verge d'or. Arrivée au bout, Anne se tourna pour lui faire de la main un dernier au revoir. Elle s'en était allée – Green Gables n'était plus sa maison ; le visage de Marilla sembla très gris et vieilli lorsqu'elle retourna à la maison que, pendant quatorze ans, Anne, même pendant ses absences, avait remplie de lumière et de vie.

Mais Diana et ses rejetons, les gens du Pavillon de l'Écho et les Allan étaient restés pour aider les deux vieilles dames à surmonter la solitude de cette première soirée ; et ils s'efforcèrent d'avoir un petit souper calme et plaisant, assis autour de la table en bavardant au sujet des événements de la journée. Pendant ce temps, Anne et Gilbert descendaient du train à Glen St. Mary.

5

L'arrivée à la maison

Le Dr David Blythe avait envoyé son cheval et son boghei à leur rencontre, et le gamin qui les avait amenés s'éclipsa avec un sourire sympathique, les laissant au plaisir de se rendre seuls à leur nouvelle maison dans le soir radieux.

Anne n'oublia jamais la vision charmante qui s'offrit à eux lorsqu'ils eurent descendu la colline derrière le village. Elle ne pouvait encore apercevoir sa nouvelle maison; mais Four Winds Harbour s'étalait devant elle comme un vaste miroir scintillant rose et argenté. Beaucoup plus loin, elle vit l'entrée du port entre la barre des dunes d'un côté et, de l'autre, une abrupte falaise de grès rouge, haute et macabre. Au-delà de la jetée, une mer calme et austère rêvassait dans le demi-jour. Niché dans la crique où les dunes rencontraient la grève, le petit village de pêche avait l'air d'une grande opale dans la brume. Le ciel au-dessus d'eux faisait penser à une coupe de joyaux d'où se déversait le crépuscule; l'air était frais et imprégné de cette irrésistible saveur maritime, et tout le paysage infusait les subtilités d'un soir au bord de la mer. Quelques voiliers sombres voguaient le long des rives obscures et couvertes de sapins. Une cloche sonna au clocher d'une petite église blanche dans le lointain; douce et rêveuse, la sonnerie flotta au-dessus de l'eau, mêlée au rugissement des vagues. À la hauteur du chenal, la grosse lumière tournante sur la falaise brillait, chaude et dorée, contre un clair ciel boréal, étoile d'espoir tremblante et frissonnante. À l'horizon, au loin, on apercevait le ruban gris et ridé de la fumée d'un paquebot qui passait.

« Que c'est beau, que c'est beau, murmura Anne. Je vais aimer Four Winds, Gilbert. Où est la maison ? »

« Nous ne pouvons pas encore la voir, elle est cachée par la ceinture de bouleaux qui part de cette petite crique. Elle se trouve à environ deux milles de Glen St. Mary, et il y a un autre mille entre elle et le phare. Nous n'aurons pas beaucoup de voisins, Anne. Il n'y a qu'une maison près de chez nous et j'ignore qui l'habite. T'ennuieras-tu lorsque je ne serai pas là ? »

« Pas en compagnie de cette lumière et de cette beauté. Qui vit dans cette maison, Gilbert ? »

« Je ne sais pas. Mais on n'a pas exactement l'impression que ses occupants seront des âmes sœurs, qu'en penses-tu, Anne ? »

La maison était un gros machin peint d'un vert si vif que le paysage autour paraissait terne. Bien qu'on vît un verger derrière et une pelouse bien entretenue devant, elle paraissait dénudée. C'était peut-être à cause de sa propreté ; la maison, les granges, le verger, le jardin, le gazon et l'allée, tout était si impeccable.

« Il semble peu probable qu'une personne ayant un tel goût en matière de peinture puisse être une âme sœur, admit Anne, à moins que ce ne soit un accident, comme notre salle bleue. Une chose est sûre, c'est qu'il n'y a pas d'enfants ici. C'est encore mieux tenu que chez les Copp, sur le Chemin des Conservateurs, et je n'aurais jamais cru voir un jour quelque chose de plus propre que cet endroit-là. »

Ils n'avaient rencontré âme qui vive sur la route rouge et détrempée qui serpentait le long de la grève. Mais juste avant d'arriver à la ceinture de bouleaux qui cachait leur maison, Anne vit une fille qui menait des oies blanches sur la crête d'une colline d'un vert velouté. De grands sapins dispersés se dressaient le long de la colline. Entre leurs troncs, on pouvait apercevoir par éclats les champs de céréales jaunis, des rayons d'or dansant sur les dunes et des fragments de mer bleue. La fille était grande et portait une robe imprimée bleu pâle. Elle se tenait très droite et marchait d'un pas élastique. Au moment où Anne et Gilbert passaient, elle et ses oies traversèrent la barrière au pied de la colline. Elle resta immobile, la main sur le loquet de la barrière, et les regarda fixement d'une expression qui, si elle n'exprimait pas tellement de l'intérêt, ne s'abaissait pas non plus à la curiosité. Pendant un instant fugitif, Anne eut le sentiment d'y reconnaître une lueur d'hostilité voilée. Mais ce fut la beauté de la fille qui lui fit pousser un petit cri étranglé, une beauté si remarquable qu'elle devait attirer l'attention n'importe où. Elle ne portait pas de chapeau, mais d'épaisses tresses de cheveux cuivrés, de la teinte du blé mûr, étaient enroulées sur sa tête comme une couronne; ses yeux étaient bleus et brillants; sa silhouette, dans cette robe imprimée tout à fait ordinaire, était magnifique; et ses lèvres étaient aussi écarlates que le bouquet de coquelicots rouge sang qu'elle portait à sa ceinture.

«Gilbert, qui est cette femme?» demanda Anne à voix basse.

«Je n'ai remarqué aucune femme», répondit Gilbert qui n'avait d'yeux que pour la sienne.

«Elle était à la barrière; non, ne te retourne pas. Elle nous regarde encore. Je n'ai jamais vu un aussi beau visage.»

«Je ne me rappelle pas avoir vu de très belles filles pendant que j'étais ici. Il y a bien quelques jolies filles au Glen, mais selon moi elles ne méritent pas le qualificatif de belles.»

«Cette fille l'est. Tu ne l'as sûrement pas vue, sinon tu t'en souviendrais. Je n'ai jamais vu un tel visage, sauf sur des images. Et sa chevelure! Elle me faisait penser au "fil d'or" et au "merveilleux serpent" de Browning!»

«Elle est sans doute en visite à Four Winds et séjourne probablement à ce gros hôtel du port ouvert pendant la saison estivale.»

«Elle portait un tablier blanc et menait des oies.»

«Elle doit faire ça pour s'amuser. Regarde, Anne, voilà notre maison.»

Anne regarda et oublia pour un instant la fille aux splendides yeux pleins de ressentiment. Au premier abord, sa nouvelle maison était un ravissement pour l'œil et l'esprit, elle ressemblait tellement à un gros coquillage nacré échoué sur la grève. Les rangées de hauts peupliers de Lombardie bordant l'allée dressaient leurs majestueuses silhouettes violettes contre le ciel. Derrière, protégeant le jardin du souffle trop violent des vents de la mer, il y avait une futaie de sapins ombreux dans laquelle les vents devaient jouer toutes sortes de musiques étranges et ensorcelantes. Comme tous les bois, cette futaie avait l'air de receler et de garder des secrets dans ses recoins, des secrets dont le charme ne peut être atteint qu'avec une infinie patience. Des bras vert foncé empêchaient les yeux curieux ou indifférents de violer leur domaine.

Les vents de la nuit commençaient leurs danses sauvages au-delà de la jetée et les lumières du village de pêche de l'autre côté du port brillaient au moment où Anne et Gilbert empruntèrent l'allée de peupliers. La porte de la petite maison s'ouvrit, et une chaude lueur venant du foyer scintilla dans le crépuscule. Gilbert prit Anne dans ses bras pour la faire descendre du boghei et la conduisit dans le jardin par une petite barrière entre les sapins aux cimes rousses; ils s'avancèrent dans le sentier rouge, étroit, jusqu'au seuil de grès.

« Bienvenue chez nous », murmura-t-il et, main dans la main, ils franchirent le seuil de leur maison de rêve.

6

Le Capitaine Jim

Le vieux docteur Dave et «Mme Docteur Dave» étaient venus à la petite maison pour accueillir les nouveaux mariés. Le docteur Dave était un bon vivant costaud aux favoris blancs, et Mme Docteur, une dame menue tirée à quatre épingles, aux joues roses et aux cheveux argentés, porta immédiatement Anne dans son cœur, au sens propre comme au figuré.

«Cela me fait tellement plaisir de vous voir, ma chère. Vous êtes sûrement épuisée. Nous vous avons préparé un petit souper et le Capitaine Jim a apporté de la truite. Capitaine Jim, où êtes-vous? Oh! Je suppose qu'il s'est éclipsé pour aller s'occuper du cheval. Montez vous débarrasser de vos choses.»

Anne regardait autour d'elle avec des yeux brillants et admiratifs en suivant Mme Docteur Dave en haut. Elle aimait beaucoup l'aspect de son nouveau logis. Il semblait avoir l'atmosphère de Green Gables et la saveur de ses vieilles traditions.

«Je pense que j'aurais trouvé une âme sœur en Mlle Elizabeth Russell», murmura-t-elle quand elle se retrouva seule dans sa chambre. La pièce comptait deux fenêtres; la

lucarne donnait sur le port, la jetée de sable et le phare de
Four Winds.

« Une fenêtre magique ouvrant sur l'écume
De mers périlleuses dans de lointaines terres enchantées »*,
cita doucement Anne. Par la fenêtre du pignon, on voyait le
vallon couleur de blé mûr et le ruisseau qui le traversait. À
un demi-mille du ruisseau se trouvait la seule maison en vue,
une vieille bâtisse grise, perdue, entourée de gros saules entre
lesquels perçaient les fenêtres comme des yeux timides cher-
chant dans le noir. Anne se demanda qui vivait là ; ses habitants seraient ses plus proches voisins et elle les espérait sympathiques. Elle se retrouva tout à coup en train de penser à la
belle fille aux oies blanches.

« Gilbert pensait qu'elle n'était pas d'ici, songea-t-elle,
mais je suis sûre du contraire. Il y a quelque chose en elle qui
fait qu'elle appartient à la mer, au ciel et au port. Four Winds
coule dans ses veines. »

Lorsqu'elle redescendit, Gilbert était debout devant le
foyer en train de parler avec un inconnu. Ils se retournèrent
tous deux à son entrée.

« Anne, je te présente le Capitaine Boyd. Capitaine Boyd,
ma femme. »

C'était la première fois que Gilbert l'appelait « ma femme »
devant quelqu'un d'autre et il faillit en éclater de fierté. Le
vieux capitaine tendit à Anne une main ferme ; ils se sourirent et furent des amis à partir de cet instant. Les âmes sœurs
se reconnurent.

« J'suis vraiment content d'vous rencontrer, Dame Blythe ; et
j'espère qu'vous s'rez aussi heureuse qu'la première jeune mariée
qui est venue ici. J'peux rien vous souhaiter d'mieux. Mais
votre mari m'a pas bien présenté. "Capitaine Jim" est mon nom
de tous les jours et puisque c'est comme ça qu'vous allez finir
par m'appeler, aussi bien commencer tout de suite. C'est sûr
qu'vous êtes une belle jeune mariée, Dame Blythe. À vous
r'garder, j'me sens comme si j'v'nais de m'marier moi-même. »

---

* William Shakespeare, *Comedy of Errors*.

Au milieu des rires qui suivirent, Mᵐᵉ Docteur Dave pria
le Capitaine Jim de rester à souper avec eux.

« Merci ben. Ça va m'faire du bien, Dame Docteur. La plupart du temps, j'mange tout seul, avec le reflet d'ma vieille bi-
nette affreuse dans l'miroir d'l'autre côté. C'est pas souvent
qu'j'ai la chance d'm'asseoir à table avec deux charmantes et
belles dames. »

Les compliments du Capitaine Jim paraissent peut-être
peu raffinés sur le papier, mais il les faisait d'un ton et d'un
air de déférence si gracieuse, si gentille que la femme qui les
recevait avait l'impression d'être une souveraine à qui était
rendu un hommage royal.

Le Capitaine Jim était un homme généreux et d'esprit
simple, le regard et le cœur remplis d'une éternelle jeunesse.
Il était de taille élevée, sa silhouette était plutôt disgracieuse,
quelque peu voûtée tout en suggérant beaucoup de force et
d'endurance ; son visage rasé et bronzé avait des traits bien
marqués ; une épaisse crinière gris fer tombait sur ses épaules,
et ses yeux très enfoncés, remarquablement bleus, scintillaient
parfois, rêvaient parfois, et parfois regardaient vers la mer
avec une quête mélancolique, comme quelqu'un à la recherche
de quelque chose de précieux et de perdu. Anne apprendrait
un jour ce que recherchait le Capitaine Jim.

C'était indéniablement un homme ordinaire. Sa mâchoire
volontaire, sa bouche dure et son front carré ne correspon-
daient pas aux critères de la beauté ; et il était passé à travers
des difficultés et des peines qui avaient marqué son corps
comme son âme ; mais bien qu'au premier regard Anne l'eût
trouvé et le trouvât toujours d'apparence banale, l'esprit qui
brillait sous cette carapace rude l'embellissait entièrement.

Ils prirent joyeusement place autour de la table. Le feu dans
l'âtre atténuait la fraîcheur de cette soirée de septembre, mais la
fenêtre de la salle à manger était ouverte et les brises océanes
entraient doucement à leur gré. La vue était magnifique : le
port, et au-delà, les collines basses et violettes. La table croulait
sous les mets succulents préparés par Mᵐᵉ Docteur, mais la *pièce
de résistance* était indubitablement le grand plat de truite de mer.

« J'ai pensé que ça s'rait bon après l'voyage, dit le Capitaine Jim. On peut pas trouver plus frais, Dame Blythe. Y a deux heures, elles nageaient encore dans l'étang du Glen. »

« Qui s'occupe du phare ce soir, Capitaine Jim ? » demanda le Dr Dave.

« Mon n'veu Alec. Il est aussi capable que moi. Bon, à présent, j'suis pas mal content d'avoir été invité à souper. J'suis affamé, j'ai pas mangé grand-chose pour dîner aujourd'hui. »

« À mon avis, vous vous laissez à moitié mourir de faim la plupart du temps au phare, remarqua sévèrement Mᵐᵉ Docteur Dave. Vous ne vous donnez pas la peine de vous préparer un repas convenable. »

« Oh ! C'est pas ça, Dame Docteur, protesta le Capitaine Jim. D'habitude, j'vis comme un roi, vous savez. Hier soir, j'suis allé au Glen et j'me suis rapporté deux livres de steak. J'avais l'intention de m'faire un d'ces dîners aujourd'hui. »

« Et qu'est-ce qui est arrivé au bifteck ? demanda Mᵐᵉ Docteur Dave. L'avez-vous perdu en chemin ? »

« Non, répondit humblement le Capitaine Jim. Mais au moment d'aller m'coucher, une espèce de pàuv' chien hargneux est arrivé et m'a d'mandé l'gîte pour la nuit. J'imagine qu'il appartient à un des pêcheurs d'la grève. J'pouvais pas renvoyer c'te pauv'bête, elle avait mal à un pied. Alors j'l'ai enfermée dans l'porche avec un vieux sac pour qu'elle puisse s'coucher, pis j'suis allé au lit. Mais j'arrivais pas à dormir. En y pensant bien, j'me suis rappelé que c'cabot avait l'air affamé. »

« Alors vous vous êtes levé et lui avez donné votre bifteck, *tout* votre bifteck », termina Mᵐᵉ Docteur Dave avec une sorte de désapprobation triomphante.

« Ben, j'avais rien d'autre à lui donner, se défendit le Capitaine Jim. Rien de c'qu'un chien peut aimer, j'veux dire. J'imagine qu'il avait vraiment faim, parce qu'il l'a dévoré en deux bouchées. Après, j'ai bien dormi pour le reste d'la nuit, mais mon dîner allait être plutôt maigre : des patates, un point, c'est tout, comme qui dirait. Le chien, lui, est r'tourné chez eux à matin. Il était pas végétarien, j'suppose. »

« Quelle idée aussi de vous affamer pour nourrir un chien inutile », renifla Mme Docteur.

« On l'sait pas, mais il a peut-être une grande valeur pour quelqu'un, protesta le Capitaine Jim. Il payait pas d'mine, c'est vrai, mais on peut pas s'baser sur la mine pour juger un chien. S'il est comme moi, sa beauté s'cache peut-être en dedans. Second était pas d'accord, j'l'admets. Il me l'a bien fait comprendre. Mais Second a des préjugés. Inutile de s'fier à l'opinion qu'un chat peut avoir d'un chien. Bon Dieu, comme j'ai perdu mon dîner, cette belle table en délicieuse compagnie est réellement plaisante. C't'une bonne chose d'avoir des voisins sympathiques. »

« Qui habite dans la maison au milieu des saules au bout du ruisseau ? » demanda Anne.

« Mme Dick Moore, répondit le Capitaine Jim, avec son mari, ajouta-t-il comme s'il venait d'y penser.

Anne sourit et, d'après la façon dont le Capitaine Jim avait parlé, elle se représenta mentalement ce que pouvait être Mme Dick Moore : une deuxième Mme Rachel Lynde, sans aucun doute.

« Vous avez pas beaucoup d'voisins, Dame Blythe, poursuivit le Capitaine. Y a pas grand-monde de c'côté-ci du port. La plupart des terres appartiennent à M. Howard de l'autre bord du Glen, et il les loue comme pâturages. L'aut' côté du port, par contre, est plein d'monde, surtout des MacAllister. Y a toute une colonie d'MacAllister, on peut pas lancer un caillou sans en frapper un. J'parlais avec l'vieux Leon Blacquiere l'aut' jour. Il a travaillé au port tout l'été. "Y a pratiquement rien qu'des MacAllister par là, qui m'disait. Y a Neil MacAllister, pis Sandy MacAllister pis William MacAllister pis Alec MacAllister pis Angus MacAllister – et j'crois ben qu'y doit y avouère l'Diâble MacAllister." »

« On trouve presque autant d'Elliott et de Crawford, remarqua le Dr Dave après que les rires eurent cessé. Tu sais, Gilbert, nous, les gens de ce côté-ci du port, avons coutume de dire "De la vanité des Elliott, de l'orgueil des MacAllister et de la prétention des Crawford, délivrez-nous, Seigneur." »

« Y a quand même du ben bon monde parmi eux, dit le Capitaine Jim. J'ai navigué avec William Crawford pas mal d'années, et pour ce qui est du courage, d'l'endurance et d'la loyauté, ct'homme-là a pas son pareil. Pis ils ont d'la cervelle, de c'bord-là d'Four Winds. Ça doit être pour ça qu'les gens d'icitte ont tendance à les agacer. Bizarre, hein, comment les gens en veulent à ceux qui viennent au monde un peu plus intelligents qu'eux ? »

Le Dr Dave, qui avait depuis quarante ans une querelle avec les habitants de l'autre côté, rit et se tut.

« Qui vit dans cette rutilante maison vert émeraude à environ un demi-mille sur la route ? » demanda Gilbert.

Le Capitaine Jim sourit d'un air ravi.

« Mlle Cornelia Bryant. Elle viendra probablement vous voir bientôt, vu qu'vous êtes presbytériens. Si vous étiez méthodistes, elle viendrait pas pantoute. Cornelia a une sainte horreur des méthodistes. »

« C'est tout un tempérament, gloussa le Dr Dave. Et qui déteste radicalement les hommes. »

« Les raisins sont trop verts ? » suggéra Gilbert en riant.

« Non, c'est pas qu'les raisins soient trop verts, répondit sérieusement le Capitaine Jim. Cornelia aurait facilement pu s'caser dans son jeune temps. Même aujourd'hui, elle aurait qu'un mot à dire pour voir bondir les vieux veufs. C'est juste qu'elle est v'nue au monde avec une dent chronique contre les hommes et les méthodistes. C'est la plus mauvaise langue et le meilleur cœur de Four Winds. Quand y a un problème queque part, c'te femme est toujours là, faisant tout c'qu'elle peut pour aider, et d'la façon la plus tendre. Elle dira jamais rien contre une aut' femme, et si elle aime nous descendre, nous, pauv' bons à rien d'hommes, j'suppose qu'on a la couenne assez dure pour le supporter. »

« Elle parle toujours en bien de vous, Capitaine Jim », dit Mme Docteur.

« Oui, j'en ai ben peur. J'peux pas dire que j'aime ben ça. Ça m'donne l'sentiment d'avoir queque chose d'pas naturel en moi. »

7

L'épouse de l'instituteur

« Qui était la première jeune mariée qui est venue dans cette maison, Capitaine Jim ? » demanda Anne alors qu'après le souper ils prenaient place autour du feu.

« Était-elle un des personnages de l'histoire qu'on m'a dit être en rapport avec cette maison ? demanda Gilbert. Quelqu'un m'a dit que vous pouviez la raconter, Capitaine Jim. »

« Ben, oui, j'la connais. J'dois être la seule personne à Four Winds qui se souvient d'comment était la femme d'l'instituteur quand elle est arrivée à l'Île. Ça fait trente ans qu'elle est morte, mais c'tait une de ces femmes qu'on n'oublie jamais. »

« Racontez-nous l'histoire, supplia Anne. Je veux tout savoir des femmes qui ont vécu ici avant moi. »

« Ben, y en a eu qu'trois : Elizabeth Russell pis Mme Ned Russell, et la femme d'l'instituteur. Elizabeth Russell était une belle et gentille p'tite criature, et Mme Ned était charmante elle aussi. Mais jamais comme la femme d'l'instituteur.

L'instituteur s'appelait John Selwyn. J'avais seize ans quand il est arrivé des vieux pays pour enseigner à l'école du Glen. Il ressemblait pas beaucoup à la bande de bons à rien qui avaient coutume d'venir enseigner à l'Île dans c'temps-là. La plupart étaient des ivrognes intelligents qui enseignaient aux enfants à lire, écrire et compter quand ils étaient sobres, et qui les battaient quand ils étaient saouls. Mais John Selwyn était un bon et beau gars. Il était en pension chez mon père, et on s'entendait bien, même s'il avait dix ans d'plus que moi. On n'arrêtait pas d'lire, d'marcher et d'parler ensemble. J'suppose qu'y connaissait toute la poésie qui avait déjà été écrite, et il avait coutume d'm'en réciter le soir sur la grève. P'pa trouvait qu'c'était d'la perte de temps, mais comme qui dirait, il endurait ça en espérant qu'ça m'enlèv'rait d'la tête l'idée d'prendre la mer. Ben, y avait rien pour m'empêcher d'm'embarquer ; ma mère v'nait d'une race de marins et j'suis né avec ça dans l'sang. Mais j'aimais entendre John lire et réciter. Ça fait pratiquement soixante ans, et j'pourrais encore vous réciter plein de poèmes qu'il m'a montrés. Pratiquement soixante ans ! »

Le Capitaine Jim resta silencieux pendant quelques instants, à la recherche des disparus en contemplant le feu qui luisait. Puis, poussant un soupir, il reprit le fil de son histoire.

« J'me souviens d'un soir de printemps où j'l'ai rencontré dans les dunes. Il avait l'air un peu emballé, juste comme vous, Dr Blythe, quand vous avez amené Dame Blythe ici à soir. J'ai pensé à lui quand j'vous ai vu. Et il m'a raconté qu'il avait une blonde par chez eux pis qu'elle s'en v'nait le r'joindre. J'étais pas plus content qu'ça, pauv' paquet d'égoïsme que j'étais ; j'pensais qu'il s'rait pus autant mon ami quand elle s'rait là. Mais j'avais assez de décence pour pas lui laisser voir. Il m'a tout raconté à son sujet. Elle s'appelait Persis Leigh, et elle s'rait v'nue avec lui si ça avait pas été d'son vieil oncle. Il était malade, et comme il s'était occupé d'elle après la mort d'ses parents, elle voulait pas l'abandonner. Et maint'nant qu'il était mort, elle s'en v'nait pour épouser John Selwyn. C'était pas un voyage facile pour une femme, dans c'temps-là. Vous d'vez vous rappeler qu'il y avait pas de paquebots.

"Quand l'attendez-vous ?" que j'lui ai demandé.

"Elle s'embarquera à bord du *Royal William* le 20 juin, qu'il m'a répondu, elle devrait donc être ici pour la mi-juillet. Il faut que j'demande au charpentier Johnson d'me bâtir une maison pour elle. Sa lettre est arrivée aujourd'hui. J'savais avant de l'ouvrir qu'c'était des bonnes nouvelles pour moi. J'l'avais vue il y a quelques nuits."

« Comme j'comprenais pas, il m'a expliqué, même si j'ai pas tellement plus compris. Il a dit qu'il avait un don, ou un sort. C'étaient ses propres mots, Dame Blythe, un don ou un sort. Il savait pas c'que c'était. Il a dit qu'son arrière-arrière-grand-mère l'avait et qu'on l'avait brûlée comme sorcière à cause de ça. Il disait qu'il avait de temps en temps des crises bizarres, des transes, j'pense qu'c'est comme ça qu'il appelait ça. Est-ce que ça existe des choses comme ça, Docteur ? »

« Il y a certainement des gens qui sont sujets à des transes, répondit Gilbert. Cela concerne davantage la recherche psychique que médicale. À quoi ressemblaient les transes de ce John Selwyn ? »

« À des rêves », répondit le vieux docteur d'un air sceptique.

« Il disait qu'il pouvait voir des choses dedans, reprit lentement le Capitaine Jim. J'vous rapporte juste c'que *lui* disait, des choses qui arrivaient, qui allaient arriver. Il disait qu'des fois c'était un réconfort pour lui, pis qu'd'autres fois, c'était l'horreur. Quatre nuits avant, il en avait eu une. C'était arrivé pendant qu'il r'gardait l'feu. Et il avait vu une vieille chambre qu'il connaissait bien en Angleterre, et Persis Leigh était là, elle lui tendait les bras et avait l'air contente et heureuse. Alors il avait su qu'il r'cevrait de bonnes nouvelles d'elle. »

« Un rêve, un rêve », se moqua le vieux docteur.

« Probablement, probablement, concéda le Capitaine Jim. C'est c'que j'lui ai dit à c'moment-là. C'était pas mal plus rassurant d'le penser. J'aimais pas l'idée qu'il voyait des choses comme ça, c'était vraiment inquiétant.

"Non, qu'il a dit, je l'ai pas rêvé. Mais parlons plus de ça. Tu seras plus autant mon ami si tu y penses trop."

« J'lui ai dit qu'rien pouvait faire que j'sois moins son ami. Mais il a juste secoué la tête :

"J'le sais, mon garçon, qu'il a dit. J'ai déjà perdu des amis à cause de ça. J'les blâme pas. Il m'arrive de ne pas m'aimer beaucoup moi-même à cause de ça. Il y a une pointe de divinité dans un pouvoir comme ça, mais qui peut dire si c'est une divinité du bien ou du mal ? Et nous, les mortels, un contact trop proche avec Dieu ou le diable nous fait rétrécir."

C'étaient ses propres mots. J'm'en souviens comme si c'était hier, même si j'savais pas au juste c'qu'il voulait dire. D'après vous, Docteur, qu'est-ce qu'il voulait dire ? »

« Je doute que lui-même l'ait su », remarqua le Dr Dave d'un ton irrité.

« Je crois comprendre », murmura Anne. Elle avait sa vieille attitude d'écoute : les lèvres serrées et les yeux brillants. Le Capitaine Jim se permit d'esquisser un sourire admiratif avant de poursuivre son histoire.

« Eh bien, ça a pas pris goût de tinette avant que tous les habitants du Glen et de Four Winds sachent qu'la mariée d'l'instituteur s'en v'nait, et tout l'monde était content parce qu'ils pensaient tellement de bien de lui. Et tout l'monde était intéressé par sa nouvelle maison, c'te maison-ci. Il avait choisi cet endroit parce que d'ici on pouvait voir le port et entendre la mer. Il avait fait le jardin pour sa femme, mais c'est pas lui qui a planté les peupliers. C'est Mme Ned Russell. Mais il y a une double rangée de rosiers dans l'jardin que les p'tites filles de l'école du Glen ont plantés pour la femme de l'instituteur. Il disait qu'elles étaient roses pour ses joues, blanches pour son front et rouges pour sa bouche. Il avait tellement coutume de citer des poèmes que j'imagine qu'il s'était un peu habitué à parler d'la même façon.

« Pratiquement tout l'monde lui a envoyé un p'tit cadeau pour l'aider à meubler la maison. Quand les Russell sont arrivés ici, ils étaient à l'aise alors ils ont mis de beaux meubles, comme vous pouvez voir ; mais le premier mobilier était assez ordinaire. Mais c'est d'amour que c'te p'tite maison était riche. Les femmes ont envoyé des catalognes, des nappes pis des serviettes, et un homme lui a fabriqué un coffre, pis un autre, une table, et ainsi de suite. Même Tante Margaret

Boyd, la vieille aveugle, a tressé un p'tit panier avec des branches d'églantiers des dunes. La femme de l'instituteur s'en est servie pendant des années pour serrer ses mouchoirs.

«Ben finalement, tout était prêt; y avait même des bûches dans l'foyer prêtes à être allumées. C'était pas exactement ce foyer-ci, même s'il était à la même place. C'est Mlle Elizabeth qui l'a installé quand elle a arrangé la maison y a une quinzaine d'années. L'autre était un gros foyer à l'ancienne où on aurait pu rôtir un bœuf. Combien d'fois je m'suis assis ici pour raconter des histoires, comme maintenant!»

Il y eut un autre silence, pendant lequel le Capitaine Jim fut en contact avec des visiteurs invisibles pour Anne et Gilbert: les gens qui s'étaient assis autour de ce foyer dans les années enfuies, avec la gaieté et la joie conjugale brillant dans leurs yeux depuis longtemps fermés à jamais sous l'herbe de la cour de l'église ou engloutis dans les flots de la mer. Ici, par les soirs d'antan, des rires légers d'enfants avaient résonné. Ici, des amis s'étaient réunis par les soirées d'hiver. La danse, la musique et la joie avaient été présentes. Ici, des jeunes avaient rêvé. Pour le Capitaine Jim, la petite maison était habitée par des formes appelant le souvenir.

«La maison a été finie le premier juillet. L'instituteur a alors commencé à compter les jours. On avait coutume d'le voir qui marchait sur la grève, et on s'disait: "Elle s'ra bientôt avec lui."

«On l'attendait pour la mi-juillet, mais elle est pas arrivée. Personne s'inquiétait. Les bateaux étaient souvent des jours et même des semaines en r'tard. Le *Royal William* était une semaine en r'tard, pis deux, pis trois. Et finalement, on était épouvantés, pis ça alla de mal en pire. À la fin, j'osais pus r'garder John Selwyn dans les yeux. Vous savez, Dame Blythe – le Capitaine Jim baissa la voix – j'avais coutume de penser qu'ils d'vaient ressembler à ceux d'son arrière-arrière-grand-mère pendant qu'ils étaient en train d'la brûler. Il disait pas grand'chose, mais il enseignait comme un homme dans un rêve pis il s'dépêchait d'aller sur la grève. Combien de nuits il a marché jusqu'à l'aube! Les gens disaient qu'il perdait l'esprit.

Tout l'monde avait cessé d'espérer. Le *Royal William* avait huit semaines de r'tard. On était rendus à la mi-septembre et la femme d'l'instituteur était pas venue, et on pensait qu'elle arriverait jamais.

« Y a eu une grosse tempête qui a duré trois jours, et le soir après qu'elle a été finie, j'suis allé sur la grève. J'ai trouvé l'instituteur penché contre un gros rocher, avec les bras repliés, en train de fixer la mer.

« J'lui ai parlé, mais il m'a pas répondu. Ses yeux avaient l'air de r'garder queque chose que j'pouvais pas voir. Son visage était figé, comme celui d'un mort.

«"John, John, j'ai appelé, juste comme ça, juste comme un enfant qui a peur, réveillez-vous, réveillez-vous."

« Ses yeux ont peu à peu perdu cet air étrange, terrible. Il a tourné la tête et m'a r'gardé. Jamais j'oublierai sa face, jamais jusqu'à ce que j'navigue pour mon dernier voyage.

«"Tout va bien, mon garçon, qu'il m'a dit. J'ai vu le *Royal William* tourner à East Point. Elle sera ici à l'aube. Demain soir, je serai assis avec ma femme devant mon foyer."»

« Pensez-vous qu'il a vraiment vu ça ? » demanda abruptement le Capitaine Jim.

« Dieu seul le sait, répondit doucement Gilbert. Un grand amour et une grande douleur peuvent engendrer on ne sait quelles merveilles. »

« Je suis certaine qu'il l'a vu », ajouta vivement Anne.

« Balivernes », dit le Dr Dave, mais il parlait avec moins de conviction que d'habitude.

« Parce que, vous savez, reprit solennellement le Capitaine Jim, le *Royal William* est arrivé à Four Winds Harbour au lever du jour le lendemain. Tous les habitants du Glen et de la plage étaient sur le quai pour l'accueillir. L'instituteur était resté là à surveiller toute la nuit. Comme on l'a acclamé pendant qu'il r'montait l'chenal. »

Les yeux du Capitaine Jim brillaient. Ils regardaient vers le port de Four Winds d'il y avait soixante ans, alors qu'un vieux rafiot voguait dans la splendeur de l'aube.

« Et Persis Leigh était à bord ? » demanda Anne.

«Oui, elle et la femme du capitaine. La traversée avait été épouvantable – tempête après tempête – et ils avaient épuisé leurs provisions. Mais ils étaient finalement arrivés. Quand Persis Leigh a sauté sur le vieux quai, John Selwyn l'a prise dans ses bras, pis les gens ont arrêté d'applaudir et se sont mis à pleurer. Moi aussi j'ai pleuré, même si ça m'a pris des années avant d'l'admettre. Vous trouvez pas ça drôle comme les gars ont honte de leurs larmes?»

«Est-ce que Persis Leigh était belle?» demanda Anne.

«Ben, j'sais pas si on pourrait dire exactement belle, j'sais pas, répondit lentement le Capitaine Jim. D'une certaine façon, on n'allait jamais jusqu'à s'poser c'te question-là. Ça avait juste pas d'importance. Y avait en elle queque chose de tellement charmant et séduisant qu'on pouvait pas faire autrement que d'l'aimer. Mais elle était plaisante à r'garder : de grands yeux noisette clairs, une épaisse chevelure brune et luisante, et un teint anglais. John et elle se sont mariés chez moi ce soir-là au moment où on allumait les chandelles; tout l'monde de près ou d'loin était v'nu pour voir ça et on les a tous raccompagnés jusqu'ici après. Dame Selwyn a allumé le feu, pis on est partis en les laissant là, juste comme John l'avait vu dans sa vision. Une chose bizarre, ben bizarre! Mais j'en ai vu des choses bizarres dans mon temps.»

Le Capitaine hocha la tête d'un air plein de sagesse.

«C'est une histoire touchante, dit Anne, sentant que pour une fois elle avait eu son content de romantisme. Combien de temps ont-ils vécu ici?»

«Quinze ans. J'ai pris la mer après leur mariage, comme le jeune sacripant que j'étais à l'époque. Mais chaque fois que j'revenais d'voyage, j'venais ici avant même d'aller chez nous, et j'racontais tout c'qui m'était arrivé à Dame Selwyn. Quinze années de bonheur! Ils avaient une espèce de talent pour le bonheur, ces deux-là. Y a des gens comme ça, si vous avez r'marqué. Ils pouvaient pas être malheureux longtemps, peu importe c'qui arrivait. Ils se sont chicanés une couple de fois, parce qu'ils avaient tous les deux le caractère vif. Mais une fois, Dame Selwyn m'a dit, avec son beau petit rire : "J'me sentais vraiment mal quand John et moi on s'chicanait, qu'elle m'a dit, mais en même temps j'étais heureuse parce que c'était si plaisant d'me chicaner pis d'me réconcilier avec mon mari." Après, ils ont déménagé à Charlottetown, et Ned Russell a ach'té c'te maison et il a am'né sa femme. J'me rappelle qu'ils formaient un couple très joyeux. Mlle Elizabeth Russell était la sœur d'Alec. Elle est v'nue rester avec eux un an ou deux plus tard, et elle aussi c'était une créature bonne vivante. Les rires et les bons moments ont dû imprégner les murs de c'te maison. Vous êtes la troisième mariée que j'vois entrer ici, Dame Blythe, et la plus belle. »

Le Capitaine s'efforça de donner à cette espèce de « compliment tournesol » la délicatesse d'une violette, et Anne le reçut avec fierté. Elle était plus belle que jamais ce soir-là, les joues roses du bonheur d'une nouvelle mariée et la lumière de l'amour brillant dans ses yeux ; même le bourru Dr Dave lui jeta un regard approbateur et dit à sa femme, sur le chemin du retour, que la femme rousse du garçon était une beauté.

« Faut qu'je r'tourne au phare, annonça le Capitaine Jim. J'ai vraiment apprécié ma soirée. »

« Vous reviendrez souvent nous voir », dit Anne.

« J'me d'mande si vous m'feriez c't'invitation si vous saviez combien j'ai l'goût d'accepter », remarqua capricieusement le Capitaine.

« Ce qui revient à dire que vous vous demandez si je le pense vraiment, dit Anne en souriant. Je le pense sincèrement, "croix de bois, croix de fer", comme nous disions à l'école. »

« Alors j'viendrai. Vous allez voir que j'vas vous achaler à n'importe quelle heure. Et j's'rais fier qu'vous veniez aussi chez nous à l'occasion. D'habitude, j'ai rien que le Second avec qui faire la jasette, que son cœur sociable soit béni ! Il est bon pour écouter, et il a oublié plus que n'importe quel des MacAllister a jamais su, mais on peut pas dire qu'il soit très doué pour la conversation. Vous êtes jeune et j'suis vieux, mais nos âmes ont à peu près le même âge, j'imagine. On fait tous les deux partie d'la race qui connaît Joseph, comme dirait Cornelia Bryant. »

« La race qui connaît Joseph ? » fit Anne, déroutée.

« Oui. Cornelia divise les gens en deux catégories : la race qui connaît Joseph et la race qui l'connaît pas. Si une personne voit les choses du même œil que vous et a pas mal les mêmes idées que vous, et rit des mêmes farces, eh ben, elle est d'la race qui connaît Joseph. »

« Oh ! Je comprends, s'exclama Anne, la lumière se faisant tout à coup. C'est ce que j'avais coutume de nommer – et que je nomme toujours entre guillemets – des "âmes sœurs". »

« C'est ça, c'est ça, acquiesça le Capitaine Jim. On l'est, peu importe c'que c'est. Quand vous êtes arrivée à soir, Dame Blythe, je m'suis dit : "Oui, elle est d'la race qui connaît Joseph." Et j'étais si content, parce que si vous l'aviez pas été, on pourrait pas avoir d'vraie satisfaction à s'rencontrer. La race qui connaît Joseph est le sel d'la terre, j'imagine. »

La lune venait de se lever lorsque Anne et Gilbert raccompagnèrent leurs invités à la porte. Four Winds Harbour commençait à être un lieu de rêve, d'éclat et d'enchantement, un havre fascinant qu'aucune tempête ne pourrait altérer. Les peupliers le long de l'allée, hauts et sombres comme des silhouettes de prêtres de quelque groupe mystique, étaient surmontés d'argent.

« Toujours aimé les peupliers, dit le Capitaine Jim en leur faisant un grand salut de la main. Ce sont les arbres des princesses. Ils sont passés de mode, maint'nant. Les gens s'plaignent qu'ils meurent au sommet et qu'ils ont l'air guenilloux après. C'est vrai, c'est vrai, si on prend pas l'risque de s'casser l'cou chaque printemps en grimpant dans une échelle pour les émonder. J'l'ai toujours fait pour Mlle Elizabeth, et ses peupliers ont jamais eu l'air négligés. Elle avait un faible spécial pour eux. Elle aimait leur dignité et le fait qu'ils gardent leurs distances. Ils sont pas à tu et à toi avec Pierre, Jean, Jacques. Si les érables donnent d'la compagnie, Dame Blythe, les peupliers sont une société. »

« Quelle belle nuit », fit Mme Docteur Dave en montant dans le boghei du docteur.

« La plupart des nuits sont belles, renchérit le Capitaine. Mais j'admets que quand j'vois un clair de lune sur Four Winds, j'me d'mande c'qui peut ben rester pour le paradis. La lune est une grande amie à moi, Dame Blythe. Je l'ai toujours aimée, du plus loin que j'me rappelle. Quand j'étais un p'tit gars d'huit ans, j'me suis endormi dans l'jardin un soir et personne s'en est aperçu. J'me suis réveillé en plein milieu d'la nuit pratiquement mort de peur. Comme il y avait des ombres et des bruits bizarres ! J'me suis juste accroupi là en tremblant, pauv' p'tite chose. On aurait dit qu'y avait personne d'autre que moi sur la terre pis elle était grande ! Tout d'un coup, j'ai vu la lune qui me r'gardait à travers les branches des pommiers, comme une vieille amie, et ça m'a consolé frette, net, sec. J'me suis levé pis j'ai marché jusqu'à la maison, brave comme un lion, en la r'gardant. Combien de nuits j'l'ai r'gardée du pont d'mon bateau, sur des mers ben loin d'ici. Pourquoi vous m'dites pas d'me fermer la trappe pis d'm'en aller chez nous ? »

Les rires et les adieux s'estompèrent. Anne et Gilbert firent main dans la main le tour du jardin. Le ruisseau coulait dans un coin, limpide dans les ombres des bouleaux. Les coquelicots le long de ses rives ressemblaient à des petites coupes de lune. Les fleurs qui avaient été plantées par les mains de la femme de l'instituteur se balançaient doucement dans l'air peuplé d'ombres, telles la beauté et la bénédiction des jours anciens. Anne s'arrêta dans les ténèbres pour respirer une bouffée.

« J'aime respirer les fleurs dans le noir, dit-elle. On peut alors saisir leur âme. Oh ! Gilbert, cette petite maison répond à tous mes rêves. Et je suis si contente que nous ne soyons pas les premiers à vivre notre amour ici. »

8

Mlle Cornelia Bryant fait une visite

Ce septembre fut un mois de brumes dorées et de vapeurs mauves à Four Winds Harbour, un mois de journées de soleil et de nuits baignant dans les clairs de lune, ou battant au rythme des étoiles. Aucune tempête ne l'inonda, aucun vent violent ne le balaya. Anne et Gilbert organisèrent leur nid, se promenèrent sur la grève, naviguèrent dans le port, roulèrent en voiture dans Four Winds et dans le Glen, ou sur des chemins isolés, envahis de fougères, dans les bois autour de l'entrée du port ; en un mot, ils eurent une lune de miel que tous les amoureux du monde pourraient leur envier.

« Si la vie devait s'arrêter maintenant, elle aurait quand même valu la peine d'être vécue, ne serait-ce que pour ces quatre dernières semaines, tu ne crois pas ? dit Anne. J'imagine que nous ne vivrons jamais plus quatre semaines aussi parfaites, mais nous les aurons eues. Tout – le vent, le temps, les gens, la maison de nos rêves – a conspiré pour rendre notre lune de miel merveilleuse. Il n'a même pas plu une seule fois depuis notre arrivée. »

« Et nous ne nous sommes pas querellés une seule fois », la taquina Gilbert.

« Eh bien, ce retard ne fera qu'augmenter le plaisir, rétorqua Anne. Je suis si contente que nous ayons décidé de passer notre lune de miel ici. Nos souvenirs viendront de la

maison de nos rêves plutôt que d'être dispersés dans des lieux
étrangers. »

Il y avait, dans l'atmosphère de cette maison, une pointe
de romantisme et d'aventure qu'Anne n'avait jamais trouvée
à Avonlea. Là-bas, bien qu'elle eût vécu près de la mer,
celle-ci n'était pas entrée intimement dans sa vie. À Four
Winds, elle l'entourait et l'appelait constamment. De chacune des fenêtres de son nouveau logis, elle en voyait un des
aspects changeants. Son lancinant murmure résonnait sans
cesse à son oreille. Les navires entraient tous les jours dans le
port et accostaient le quai du Glen, ou repartaient dans le
soleil couchant, en route vers des ports qui pouvaient être de
l'autre côté du globe. Les bateaux de pêche aux ailes blanches
partaient le matin dans le chenal et revenaient chargés le
soir. Des marins et des pêcheurs allaient par les routes du
port, rouges et sinueuses, le cœur léger et content. On avait
toujours l'impression que quelque chose allait se passer : des
aventures et des conquêtes. Les chemins de Four Winds
étaient moins prévisibles, établis et prédestinés que ceux
d'Avonlea ; des vents de changement y soufflaient ; la mer
appelait sans cesse les habitants de la grève, et même ceux
qui ne répondaient pas à son appel en sentaient l'émotion, la
fébrilité, le mystère et les possibilités.

« Je comprends à présent pourquoi certains hommes doivent prendre la mer, dit Anne. Ce désir qui nous vient à tout
moment – de voguer par-delà la frontière du soleil couchant
– doit être très impérieux quand on naît avec. Je ne m'éton-
ne plus qu'il ait conduit le Capitaine Jim si loin. Je ne vois
jamais un navire quitter le chenal, ou une mouette planer
au-dessus de la jetée, sans souhaiter être à bord du bateau ou
avoir des ailes, non pas comme une colombe pour "m'envoler
et me reposer", mais comme une mouette, pour être empor-
tée au cœur même de la tempête. »

« Tu resteras ici avec moi, ma petite Anne, dit nonchalamment Gilbert. Je n'ai pas envie de te voir t'envoler au cœur
des tempêtes. »

C'était la fin de l'après-midi. Ils étaient assis sur le seuil de grès rouge. Tous les environs, la terre, la mer et le ciel, étaient calmes. Des mouettes argentées planaient au-dessus d'eux. L'horizon était dentelé de doux nuages rosés. Les vents et les vagues fredonnaient dans l'air un refrain de trouvère. De pâles asters ondulaient dans les prairies desséchées et brumeuses.

« Les médecins qui passent leurs nuits à veiller les malades ne doivent pas se sentir très aventuriers, je suppose, dit Anne avec indulgence. Si tu avais eu une bonne nuit de sommeil, Gilbert, tu serais aussi prêt que moi à une envolée d'imagination. »

« J'ai fait du bon travail hier soir, Anne, répondit calmement Gilbert. Dieu m'est témoin que j'ai sauvé une vie. C'est la première fois que je peux vraiment l'affirmer. Dans d'autres cas, j'ai peut-être aidé ; mais Anne, si je n'étais pas resté chez les Allonby la nuit dernière et si je n'avais pas livré à la mort un combat singulier, cette femme aurait rendu l'âme avant le matin. J'ai fait une expérience qui n'a certainement jamais été tentée à Four Winds auparavant. Je doute même qu'elle ait déjà été tentée à l'extérieur d'un hôpital. C'était nouveau à l'hôpital de Kingston l'hiver dernier. Je n'aurais jamais osé l'essayer ici si je n'avais pas été absolument convaincu que c'était la seule chance. J'ai pris le risque, et j'ai réussi. Et maintenant, une bonne épouse et mère de famille est sauvée et pourra encore être heureuse et utile pendant de longues années. En revenant ici ce matin, pendant que le soleil se levait sur le port, j'ai remercié Dieu d'avoir choisi cette profession. J'ai livré un bon combat et j'ai gagné ; penses-y, Anne, j'ai triomphé du Grand Destructeur. C'est ce que j'avais rêvé de faire autrefois quand nous discutions ensemble de ce que je voulais faire de ma vie. Mon rêve s'est réalisé ce matin. »

« Est-ce le seul de tes rêves qui s'est réalisé ? demanda Anne, qui savait parfaitement bien ce que serait la réponse, mais voulait l'entendre une fois de plus.

« Tu le sais, petite Anne », répondit Gilbert, la regardant dans les yeux en souriant. À cet instant, il y avait certainement deux personnes parfaitement heureuses assises sur le seuil d'une petite maison blanche sur la grève de Four Winds Harbour.

Au même moment, Gilbert remarqua en changeant de ton : « Est-ce que oui ou non je vois un navire entièrement gréé voguant dans notre allée ? »

Anne leva les yeux et bondit.

« Ce doit être ou bien Mlle Cornelia Bryant ou Mme Moore qui nous rend visite. »

« Je vais dans mon bureau et si c'est Mlle Cornelia Bryant, je t'avertis que je vais tendre l'oreille, dit Gilbert. D'après tout ce que j'ai entendu raconter sur elle, j'en conclus que sa conversation ne sera pas ennuyeuse, c'est le moins qu'on puisse dire. »

« C'est peut-être Mme Moore. »

« Je ne crois pas que Mme Moore ait ce genre de silhouette. Je l'ai aperçue qui travaillait dans son jardin l'autre jour et, même si j'étais trop loin pour la voir distinctement, j'ai eu l'impression qu'elle était plutôt frêle. Elle ne semble pas très portée vers les relations sociales puisqu'elle ne t'a pas encore rendu visite bien qu'elle soit ta plus proche voisine. »

« Elle ne doit pas ressembler à Mme Lynde tout compte fait, sinon la curiosité l'aurait obligée à venir, remarqua Anne. À mon avis, cette visiteuse est Mlle Cornelia. »

C'était bien elle ; qui plus est, Mlle Cornelia n'était pas venue faire une simple et conventionnelle visite aux mariés. Elle portait son ouvrage sous le bras dans un paquet volumineux, et lorsque Anne l'invita à rester, elle enleva promptement son ample chapeau de soleil qui, malgré les brises irrespectueuses de septembre, lui tenait sur la tête grâce à un élastique passé sous son petit chignon de cheveux blonds. Pas d'épingles à chapeau pour Mlle Cornelia, que ça vous plaise ou non ! Si les élastiques avaient été assez bons pour sa mère, ils l'étaient pour elle aussi. Elle avait une fraîche petite figure rose et blanche et des yeux bruns et pétillants. Elle ne ressemblait aucunement à la vieille fille traditionnelle et quelque chose dans son expression conquit Anne sur-le-champ. Avec son vieil instinct à détecter rapidement les âmes sœurs, elle sut qu'elle allait aimer Mlle Cornelia malgré des façons de penser peut-être différentes et des façons de s'habiller certainement différentes.

Personne d'autre que Mlle Cornelia ne se serait rendue en visite accoutrée d'un tablier à rayures bleues et blanches et d'un couvre-tout imprimé de couleur chocolat parsemé d'immenses roses roses. Et personne d'autre que Mlle Cornelia n'aurait pu porter cet accoutrement avec autant de dignité et avec un air aussi convenable. Si Mlle Cornelia s'était rendue dans un palais rencontrer l'épouse d'un prince, elle aurait eu l'air aussi digne et entièrement maîtresse de la situation. Elle aurait promené avec la même désinvolture son attirail parsemé de roses sur le marbre des parquets et elle aurait aussi calmement dissuadé la princesse que la possession d'un simple mâle, qu'il soit prince ou paysan, fût une chose dont on puisse se vanter.

« J'ai apporté mon ouvrage, chère Mme Blythe, remarqua-t-elle en déployant un charmant tissu. Je suis pressée de le faire et il n'y a pas une minute à perdre. »

Anne regarda avec un certain étonnement le vêtement blanc étendu sur l'ample giron de Mlle Cornelia. Il s'agissait sans aucun doute d'une robe de bébé, et elle était ravissante, avec ses volants et ses remplis minuscules. Mlle Cornelia ajusta ses lunettes et se mit à broder des points exquis.

« C'est pour Mme Fred Proctor au Glen, annonça-t-elle. Elle attend son huitième bébé ces jours-ci et elle n'a rien de prêt pour lui. Les sept autres ont usé tout ce qu'elle avait cousu pour le premier, et elle n'a jamais eu le temps ou la force d'esprit d'en faire d'autres. Croyez-moi, Mme Blythe, cette femme est une martyre. Je savais ce qui se passerait quand elle a épousé Fred Proctor. Encore un de ces hommes méchants et fascinants. Après son mariage, il a cessé d'être fascinant et s'est contenté de rester méchant. Il boit et néglige sa famille. Tout à fait un homme, n'est-ce pas ? Je me demande comment Mme Proctor arriverait à habiller décemment ses enfants sans l'aide de ses voisins. »

Comme Anne devait l'apprendre par la suite, Mlle Cornelia était l'unique voisine à se donner la peine de se préoccuper de la décence des jeunes Proctor.

« Quand j'ai appris qu'un huitième bébé était sur le point d'arriver, j'ai décidé de lui confectionner quelques vêtements, poursuivit-elle. C'est le dernier et je veux le terminer aujourd'hui. »

« C'est certainement très joli, dit Anne. Je vais chercher mon ouvrage et nous ferons notre couture ensemble. Vous êtes une merveilleuse couturière, Mlle Bryant. »

« Oui, je suis la meilleure couturière de la région, admit Mlle Cornelia comme si cela allait de soi. Il faut bien ! Seigneur, j'ai fait plus de couture que si j'avais moi-même eu cent enfants, vous pouvez me croire ! J'imagine que j'suis folle de broder une robe à la main pour un huitième bébé. Mais Seigneur, chère Mme Blythe, ce n'est pas sa faute s'il est le huitième, et c'est comme si je voulais qu'il ait une robe vraiment jolie, comme s'il avait vraiment été désiré. Personne ne veut du pauvre petit, c'est pour ça que moi, je soigne particulièrement ses petites affaires. »

« N'importe quel bébé serait fier de porter cette robe », déclara Anne, sentant encore plus fort qu'elle allait aimer Mlle Cornelia.

« J'imagine que vous pensiez que je n'allais jamais venir, reprit Mlle Cornelia. Mais c'est le mois des récoltes, vous savez, et j'ai été passablement occupée, avec des ouvriers supplémentaires dans les parages, qui mangent plus qu'ils ne travaillent, tout à fait des hommes. Je serais venue hier, mais j'ai dû aller à l'enterrement de Mme Roderick MacAllister. Pour commencer, j'avais si mal à la tête que je pensais ne pas pouvoir en profiter si j'y allais. Mais elle avait cent ans et je m'étais toujours promis d'assister à ses funérailles. »

« La cérémonie a-t-elle été un succès ? » s'informa Anne, remarquant que la porte était entrebâillée.

« Pardon ? Oh ! oui, ce furent des funérailles sensation-
nelles. Elle connaissait beaucoup de monde. Il y avait plus de
cent vingt carosses à la procession. Il s'est passé deux ou trois
choses amusantes. J'ai cru mourir quand j'ai vu le vieux Joe
Bradshaw, un infidèle qui ne passe jamais la porte d'une
église, entonner "Sauf dans les bras de Jésus" avec beaucoup
d'entrain et de ferveur. Il se glorifie de chanter, voilà pourquoi il ne manque jamais des funérailles. La pauvre Mme
Bradshaw n'avait pas l'air d'avoir très envie de chanter, usée
qu'elle est par le travail. Le vieux Joe lui achète un cadeau de
temps en temps et rapporte à la maison du nouvel équipe-
ment aratoire. Quoi de plus masculin, n'est-ce pas ? Mais à
quoi pourrait-on s'attendre de la part d'un type qui ne met
jamais le pied dans une église, même une église méthodiste ?
J'étais vraiment contente de vous voir à l'église presbytérienne
pour votre premier dimanche, vous et le docteur. Pas de
médecin pour moi s'il n'est pas presbytérien. »

« Nous sommes allés à l'église méthodiste dimanche soir
dernier », rétorqua malicieusement Anne.

« Oh ! Je présume que le Dr Blythe doit aller à l'église
méthodiste à l'occasion, sans quoi il perdrait la clientèle
méthodiste. »

« Nous avons beaucoup apprécié le sermon », déclara
carrément Anne. Et, à mon avis, la prière du pasteur méthodiste est l'une des plus belles que j'aie jamais entendue. »

« Oh ! Je ne doute pas qu'il puisse prier. Je n'ai jamais
entendu de prières plus émouvantes que celles du vieux
Simon Bentley qui était toujours saoul ou sur le point de
l'être, et plus il était saoul, mieux il priait. »

« Le pasteur méthodiste avait l'air très bien », poursuivit
Anne, dirigeant sa voix vers la porte du bureau.

« Oui, il est assez décoratif, acquiesça Mlle Cornelia. Oh !
et très porté sur les femmes. Et il croit que toutes les filles qui
le regardent en tombent amoureuses ! Si vous et le jeune
docteur voulez mon opinion, ne vous mêlez pas trop aux
méthodistes. J'ai pour devise "Si vous êtes presbytérien,
conduisez-vous en presbytérien.". »

« Vous ne pensez pas que les méthodistes vont au ciel comme les presbytériens ? » demanda Anne sans sourire.

« Ce n'est pas à *nous* de le décider. Cette décision appartient à quelqu'un de plus haut placé que nous, affirma solennellement Mlle Cornelia. Mais je ne vais pas m'associer à eux sur terre, quoi que j'aie à faire au ciel. *Ce* pasteur méthodiste n'est pas marié. Le dernier l'était et sa femme était la petite créature la plus idiote et écervelée que j'aie jamais vue. Une fois, j'ai dit à son mari qu'il aurait dû attendre qu'elle soit adulte avant de l'épouser. Il m'a répondu qu'il voulait la former. Tout à fait un homme, n'est-ce pas ? »

« C'est assez difficile de savoir exactement quand une personne est devenue adulte », riposta Anne en riant.

« Voilà qui est vrai, ma chère. Certaines personnes naissent adultes alors que d'autres ne le sont pas encore à quatre-vingts ans, vous pouvez me croire. La même Mme Roderick dont je vous parlais tout à l'heure ne l'a jamais été. Elle était aussi folichonne à cent ans qu'elle l'était à dix. »

« Cela explique peut-être qu'elle ait vécu si longtemps », suggéra Anne.

« Peut-être bien. Quant à moi, je préférerais vivre cinquante années sensées que cent années folles. »

« Mais songez seulement comme le monde serait terne s'il n'y avait que des gens raisonnables. »

Mlle Cornelia dédaigna cette guerre d'épigrammes désinvoltes.

« Mme Roderick était une Milgrave, et les Milgrave n'ont jamais eu beaucoup de plomb dans la tête. Son neveu, Ebenezer Milgrave, a été fou pendant des années. Il imaginait qu'il était mort et s'enrageait après sa femme parce qu'elle refusait de l'enterrer. Moi, j'l'aurais fait ! »

Mlle Cornelia avait l'air si sombrement déterminée qu'Anne pouvait presque la voir une épée à la main.

« Vous ne connaissez pas un seul bon mari, Mlle Bryant ? »

« Oh ! oui, des tas, par là-bas », répondit Mlle Cornelia en agitant la main par la fenêtre ouverte en direction du petit cimetière de l'église de l'autre côté du port.

« Mais vivants, en chair et en os ? » insista Anne.

« Oh ! Il en existe bien quelques-uns, juste pour prouver qu'avec Dieu, tout est possible, reconnut de mauvaise grâce Mlle Cornelia. Je ne nie pas qu'un homme par-ci, par-là, s'il a été pris jeune et entraîné adéquatement, et si sa mère l'a bien fessé avant, peut finir par devenir un être décent. *Votre* mari, à présent, n'est pas si mal, pour un homme, d'après ce que j'ai entendu dire. J'imagine – Mlle Cornelia jeta à Anne un regard perçant par-dessus ses lunettes – que vous pensez qu'il n'existe personne comme lui au monde. »

« C'est la vérité », répondit vivement Anne.

« Ah bien, j'ai déjà entendu les mêmes paroles dans la bouche d'une autre jeune mariée, soupira Mlle Cornelia. Quand elle s'est mariée, Jennie Dean croyait qu'il n'existait personne au monde comme *son* mari. Et elle avait raison, il n'en existait pas ! C'est une chance, aussi, vous pouvez me croire ! Il lui a fait mener une vie de misère et pendant qu'elle agonisait, il courtisait déjà sa seconde femme. Un vrai homme, n'est-ce pas ? J'espère pourtant que *votre* confiance sera mieux justifiée, ma chère. Le jeune docteur s'en tire très bien. Au début, j'avais peur qu'il n'y arrive pas, car les gens d'ici ont toujours pris le Dr Dave pour l'unique médecin au monde. Le Dr Dave n'avait pas beaucoup de tact, c'est vrai ; il était toujours en train de parler de cordes dans la maison d'un pendu. Mais les gens oubliaient leur sensibilité blessée quand ils avaient mal au ventre. S'il avait été pasteur plutôt que médecin, ils ne lui auraient jamais pardonné. Les blessures de l'âme ne préoccupent pas les gens autant que les maux d'estomac. Comme vous êtes tous deux presbytériens et qu'il n'y a pas de méthodistes dans les parages, me direz-vous franchement ce que vous pensez de *notre* pasteur ? »

« Eh bien... en vérité... Je... Bien... » hésita Anne.

Mlle Cornelia hocha la tête.

« Tout à fait. Je suis d'accord avec vous, ma chère. Nous avons fait une erreur quand nous l'avons désigné. Vous ne trouvez pas que son visage est pareil à une de ces longues et étroites pierres tombales du cimetière ? Il devrait avoir les mots "À la mémoire de" écrits dans le front. Jamais je n'oublierai le premier sermon qu'il nous a prêché. Le sujet, c'était que chacun doit faire ce à quoi il convient le mieux – un excellent sujet, bien sûr ; mais la façon dont il l'a illustré ! Il a dit : "Si vous aviez une vache et un pommier et que vous attachiez le pommier dans l'étable et plantiez la vache dans votre verger, les pattes en l'air, quelle quantité de lait tireriez-vous de votre pommier, et combien de pommes de votre vache ?" Avez-vous déjà entendu rien de tel, ma chère ? J'étais si soulagée qu'il n'y ait eu aucun méthodiste dans l'église ce jour-là ; ils en parleraient encore, de ce sermon. Mais ce que j'exècre le plus chez lui, c'est son habitude à être d'accord avec tout le monde, peu importe ce qui est dit. Si vous lui disiez qu'il est une canaille, il vous répondrait avec son sourire onctueux : "Oui, vous avez raison." Un pasteur doit avoir plus de colonne vertébrale. En un mot, je le considère comme un pasteur niaiseux. Mais, évidemment, ceci est entre vous et moi. Quand il y a des méthodistes aux alentours, je ne taris pas d'éloges à son égard. Selon certains, sa femme s'habille de façon trop voyante, mais *moi* je dis que comme elle doit passer sa vie avec une face comme celle-là, elle a besoin de quelque chose pour lui remonter le moral. Vous ne m'entendrez jamais condamner une femme pour sa façon de se vêtir. Je remercie simplement le ciel quand son mari n'est pas trop pingre ou misérable pour lui permettre de s'habiller comme elle veut. Non que je me préoccupe beaucoup de ma toilette. Les femmes s'habillent seulement pour plaire aux hommes, et jamais je ne m'abaisserai à *cela*. J'ai vécu une vie très sereine et confortable, ma chère, et c'est seulement parce que je n'ai jamais accordé la moindre attention à ce que pensent les hommes. »

« Pourquoi haïssez-vous tant les hommes, Mlle Bryant ? »

« Mon Dieu ! Ma chère, je ne les hais pas. Ils n'en valent pas la peine. Je ne fais que les mépriser, en quelque sorte. Je pense que j'aimerai *votre* mari, s'il continue dans cette voie. Mais à part lui, les seuls hommes qui m'intéressent au monde sont le vieux docteur et le Capitaine Jim. »

«Le Capitaine Jim est sûrement splendide», approuva cordialement Anne.

«Le Capitaine Jim est un brave homme, mais il est frustrant, d'une certaine façon. Impossible de le faire enrager. J'ai essayé pendant vingt ans mais jamais il ne s'est départi de sa placidité. Cela m'exaspère. Et j'imagine que la femme qu'il aurait dû épouser est avec un homme qui se met en colère deux fois par jour.»

«Qui était-ce?»

«Oh! Je n'en sais rien, ma chère. Je ne me rappelle pas avoir vu le Capitaine s'intéresser à qui que ce soit. Il a toujours été vieux, en quelque sorte. Il a soixante-seize ans, vous savez. Je n'ai jamais su pour quelle raison il était resté célibataire, mais il en existe sûrement une, croyez-moi. Il a bourlingué toute sa vie, jusqu'à il y a cinq ans, et il n'y a pas un endroit sur terre où il n'ait fourré son nez. Lui et Elizabeth Russell ont été de grands amis toute leur vie, mais il n'était pas question d'amourette entre eux. Elizabeth ne s'est jamais mariée, même si elle aurait eu des tas d'occasions. C'était une grande beauté dans sa jeunesse. L'année où le Prince de Galles est venu à l'Île, elle était en visite chez son oncle à Charlottetown, un fonctionnaire du gouvernement, et c'est comme ça qu'elle a été invitée au grand bal. Elle était la plus jolie fille présente, et le Prince a dansé avec elle, et toutes les autres femmes présentes avec lesquelles il n'a pas dansé ont été furieuses, parce qu'elles étaient de classe sociale plus élevée et elles prétendaient qu'il n'aurait pas dû passer par-dessus elles. Elizabeth a toujours été très fière de cette danse. Les gens mesquins disaient que c'était à cause de ça qu'elle ne s'était pas mariée, qu'elle ne pouvait plus sortir avec un homme ordinaire après avoir dansé avec un prince. Mais c'était faux. Elle m'en a confié la raison une fois: c'était parce qu'elle avait un tel caractère qu'elle craignait de ne pas pouvoir vivre en paix avec n'importe quel homme. Elle *avait* vraiment un caractère terrible. Elle devait parfois monter dans sa chambre et mordre sa commode pour se calmer. Mais je lui ai dit que ce n'était pas une raison pour ne pas se marier si elle en avait envie. Il n'y a pas de raison pour que nous laissions les

hommes avoir le monopole du caractère, n'est-ce pas, chère
Mme Blythe ?»

« J'en ai moi-même un peu », soupira Anne.

« C'est une bonne chose, ma chère. Les gens seront moins
portés à vous marcher sur les pieds, vous pouvez me croire !
Mon Dieu ! Comme votre rudbeckie* fleurit ! Vous avez un
beau jardin. La pauvre Elizabeth en a toujours pris tellement
soin. »

« Je l'adore, dit Anne. Je suis contente qu'il soit plein de
fleurs démodées. À propos de jardinage, nous voulons
engager un homme pour piocher ce petit terrain derrière le
bois de sapins et y planter des fraisiers. Gilbert est si occupé
qu'il n'aura jamais le temps de le faire cet automne. Connaissez-vous quelqu'un qui pourrait nous aider ?»

« Bien, Henry Hammond du Glen a l'habitude de faire ce
genre de travail. Il acceptera peut-être. Il est toujours cent fois
plus intéressé par ses gages que par son travail, comme tous les
hommes, et il est si lent à entreprendre quelque chose qu'il
peut rester immobile pendant cinq minutes avant de s'apercevoir qu'il est arrêté. Son père lui a lancé une souche par la tête
quand il était petit. Charmant petit missile, n'est-ce pas ? C'est
bien un homme ! Le garçon ne s'en est évidemment jamais
remis. Mais c'est le seul que je puisse vous recommander. Il a
repeint ma maison le printemps dernier. Elle a vraiment belle
apparence à présent, vous ne trouvez pas ?»

Anne fut sauvée par l'horloge qui sonnait cinq heures.

« Seigneur, est-il si tard ? s'écria Mlle Cornelia. Comme le
temps passe vite en bonne compagnie. Eh bien, je dois
retourner chez moi. »

« Il n'en est pas question ! Vous allez rester prendre le thé
avec nous », dit Anne avec empressement.

« M'invitez-vous parce que vous vous y sentez obligée ou
parce que vous en avez vraiment envie ?» demanda Mlle
Cornelia.

---

* Herbacée vivace de grande taille portant plusieurs fleurs semblables à de grandes
  marguerites à rayons jaunes et à centre vert-brun.

« Parce que j'en ai vraiment envie. »

« Dans ce cas, je vais rester. *Vous* êtes de la race qui connaît Joseph. »

« Je sais que nous deviendrons amies », fit Anne avec ce sourire que seuls ses proches ou les personnes en qui elle avait confiance connaissaient.

« Je le pense aussi, ma chère. Grâce à Dieu, nous pouvons choisir nos amis. Nous devons prendre nos parents comme ils sont et remercier le ciel s'il ne se trouve pas de gibier de potence parmi eux. Non que j'aie beaucoup de parenté, rien de plus proche que des cousins au deuxième degré. Je suis une espèce d'âme solitaire, Mᵐᵉ Blythe. »

On percevait une note mélancolique dans la voix de Mᴸᴸᴱ Cornelia.

« J'aimerais que vous m'appeliez Anne, s'exclama impulsivement la jeune femme. Je me sentirais plus à l'aise. Tout le monde à Four Winds, sauf mon mari, m'appelle Mᵐᵉ Blythe, et cela me donne l'impression d'être une étrangère. Savez-vous que votre nom est très près de celui que je désirais avoir quand j'étais enfant ? Je détestais "Anne" et je me nommais "Cordelia" en imagination. »

« J'aime bien Anne. C'était le prénom de ma mère. À mon avis, les noms anciens sont les meilleurs et les plus beaux. Si vous allez chercher le thé, vous pouvez demander au jeune docteur de venir bavarder avec moi. Il est allongé sur le canapé de son bureau depuis mon arrivée, il est presque mort de rire en m'écoutant. »

« Comment le savez-vous ? » s'écria Anne, trop abasourdie par la prescience remarquable de Mᴸᴸᴱ Cornelia pour faire une dénégation polie.

« Je l'ai vu assis près de vous quand je marchais dans l'allée et je connais les trucs des hommes, rétorqua Mᴸᴸᴱ Cornelia. Là, j'ai terminé ma petite robe, ma chère, et le huitième bébé peut arriver quand il le voudra. »

9

Une soirée à la pointe de Four Winds

C'était la fin de septembre quand Anne et Gilbert purent faire la visite promise au phare de Four Winds. Ils avaient souvent planifié d'y aller, mais en avaient toujours été empêchés par quelque chose. Le Capitaine Jim, lui, était souvent venu «faire un tour» à la petite maison.

«J'aime pas les cérémonies, Dame Blythe, avait-il déclaré à Anne. C't'un vrai plaisir pour moi d'v'nir ici, et j'ai pas l'intention d'm'en priver juste parce que vous êtes pas encore v'nus m'voir. Pas d'ces marchandages pour la race qui connaît Joseph. J'viendrai quand j'le pourrai et pourvu qu'nous ayons nos petites conversations plaisantes, ça m'fait pas un pli sous quel toit on est.»

Le Capitaine Jim se prit d'une grande affection pour Gog et Magog, qui présidaient aux destinées du foyer de la petite maison avec autant de dignité et d'aplomb que chez Patty.

«Qu'ils sont beaux, les p'tits sacripants», s'écriait-il avec ravissement; et il les saluait à l'arrivée et au départ aussi gravement et invariablement qu'il saluait ses hôtes. Le Capitaine Jim n'allait pas offenser les divinités de la maison en leur manquant de respect et de cérémonie.

«Vous avez rendu c'te p'tite maison juste parfaite, dit-il à Anne. Elle a jamais été si belle. Dame Selwyn avait votre goût et elle a fait des merveilles; mais dans c'temps-là, les gens

avaient pas les jolis p'tits rideaux, les images pis les bibelots
qu'vous avez maint'nant. Quant à Elizabeth, elle vivait dans
l'passé. On dirait qu'vous avez apporté l'av'nir dans la maison.
Quand j'viens ici, j's'rais vraiment heureux même si on pouvait
pas parler pantoute, juste à m'asseoir pis à vous r'garder, vous
pis vos images et vos fleurs. C'est tellement beau. »

Le Capitaine Jim vénérait passionnément la beauté. Chaque
jolie chose vue ou entendue lui procurait une joie intérieure
profonde et subtile qui rayonnait dans sa vie. Il avait une
conscience aiguë de la banalité de son apparence et la dé-
plorait.

« Les gens disent que j'suis bon, remarqua-t-il malicieusement à une occasion, mais des fois j'aim'rais que l'Bon Dieu
m'ait donné un peu moins de bonté et un peu plus de beauté.
Mais j'imagine qu'Il savait c'qu'Il faisait, comme un bon
capitaine. Faut qu'y en ait des ordinaires pour qu'les beaux –
comme Dame Blythe ici présente – ressortent. »

Un soir, Anne et Gilbert se rendirent enfin au phare de
Four Winds. Si la journée avait débuté sombrement par des
nuages et des brouillards grisâtres, elle s'était achevée dans
une pompe écarlate et dorée. Au-dessus des montagnes à
l'ouest, par-delà le port, on voyait les hauts-fonds ambrés,
profonds et cristallins, qui flamboyaient dans le soleil couchant. Au nord, le ciel était pommelé de petits nuages couleur de feu mordoré. Une lueur rouge enflammait les voiles
blanches d'un vaisseau glissant dans le chenal, en route vers
un port méridional dans une terre plantée de palmiers. Au-
delà du navire, elle illuminait et incendiait les faces luisan-
tes, blanches et dénudées des dunes. À droite, elle tombait
sur la vieille maison au milieu des saules en haut du ruisseau,
ce qui lui donnait, pendant un fugitif instant, des fenêtres
plus splendides que les vitraux des cathédrales. Leur tranquillité et leur grisaille resplendissaient ainsi que les pensées pal-
pitantes et rouge sang d'une âme vivante emprisonnée dans
une enveloppe terne.

« Cette vieille maison près du ruisseau paraît toujours si
solitaire, remarqua Anne. Je n'y ai jamais vu de visiteurs.

Évidemment, son allée débouche sur la route en haut ; pourtant je ne crois pas qu'il y ait beaucoup d'allées et venues. C'est étrange que nous n'ayons pas encore rencontré les Moore alors qu'ils habitent à quinze minutes de marche de chez nous. Je les ai peut-être déjà vus à l'église, c'est vrai, mais sans savoir que c'étaient eux. Je déplore qu'ils soient si sauvages, étant donné que ce sont nos seuls voisins proches. »

« Ils ne font apparemment pas partie de la race qui connaît Joseph, remarqua Gilbert en riant. As-tu découvert l'identité de cette fille que tu avais trouvée si belle ? »

« Non. Mais comme je ne l'ai jamais revue nulle part, je suppose qu'il s'agissait d'une étrangère. Oh ! Le soleil vient de disparaître, et voici le phare. »

Comme le crépuscule s'approfondissait, le grand phare y découpait des tranches de lumière, balayant un cercle sur les champs et le port, la jetée et le golfe.

« J'ai l'impression qu'il pourrait m'attraper et me larguer à mille lieues en plein océan », dit Anne au moment où un rayon les inondait de lumière ; et elle se sentit plutôt soulagée lorsqu'ils parvinrent si près de la pointe qu'ils étaient hors de portée de ces éclairs aveuglants et répétitifs.

Empruntant l'allée qui, à travers champs, menait à la pointe, ils croisèrent un homme, un homme à l'aspect si insolite que, pendant un moment, ils le dévisagèrent carrément. C'était un individu d'apparence indiscutablement agréable : grand, les épaules larges, les traits réguliers, un nez romain et des yeux gris au regard franc ; il était vêtu comme un prospère fermier endimanché ; jusqu'ici, il aurait pu être n'importe quel habitant de Four Winds ou du Glen. Mais une barbe brune et crépue était répandue sur sa poitrine en une rivière tombant presque jusqu'à ses genoux ; dans son dos, tombait une cascade correspondante d'épais cheveux bruns et ondulés.

« Anne, murmura Gilbert lorsqu'ils ne furent plus à portée de voix, tu n'as pas mis ce qu'oncle Dave appelle un "p'tit r'montant" dans la limonade que tu m'as servie à la maison juste avant de partir ? »

« Non, répondit-elle en étouffant son rire de peur que

l'énigme qui s'éloignait ne l'entendît. Qui dans le monde cela peut-il bien être ? »

« Je l'ignore ; mais si le Capitaine Jim garde des apparitions semblables à la pointe, je vais porter un couteau dans ma poche quand je viendrai. Ce n'était pas un marin, sinon on aurait pu excuser son apparence excentrique ; il doit faire partie d'un des clans de l'autre côté du port. Oncle Dave dit qu'il y a là plusieurs hurluberlus. »

« Je pense qu'oncle Dave a des préjugés. Tous les gens de l'autre côté qui viennent à l'église du Glen ont l'air très bien, tu sais. Oh ! Gilbert, comme c'est beau ! »

Le phare de Four Winds était construit sur la crête d'une falaise de grès rouge suspendue au-dessus du golfe. D'un côté, à travers le chenal, s'étalait la plage de sable argenté de la jetée ; de l'autre, s'étirait une longue et sinueuse grève de falaises rougeâtres, dressées en pente raide à partir des criques de galets. C'était une grève qui connaissait la magie et le mystère des tempêtes et des étoiles. Il en émanait une grande solitude. Les bois ne sont jamais solitaires, ils sont pleins d'une vie chuchotante, envoûtante et amicale. Mais la mer est une âme puissante, gémissant sans cesse de quelque grand chagrin qu'elle ne peut partager, et l'enfermant en elle-même pour l'éternité. Nous ne pouvons jamais percer son mystère infini, nous ne pouvons que nous interroger, fascinés et subjugués, sur sa rive. Les bois nous appellent avec des centaines de voix, mais la mer n'en a qu'une, une voix forte qui noie nos âmes dans sa musique grandiose. Les bois sont humains, mais la mer est de la confrérie des archanges.

Anne et Gilbert trouvèrent le Capitaine Jim assis sur un banc à l'extérieur du phare, en train de mettre la touche finale à une merveilleuse goélette miniature tout équipée. Il se leva et les invita à entrer dans sa demeure avec la courtoisie aimable et inconsciente qui lui allait si bien.

« Toute la journée a été agréable, Dame Blythe, et maintenant, à la toute fin, elle apporte le meilleur. Aimeriez-vous vous asseoir un peu dehors pendant qu'il fait encore clair ? J'viens juste de finir cette bébelle pour mon petit-neveu, Joe,

qui reste au Glen. J'l'ai un peu regretté après lui avoir promis, parce que sa mère était fâchée. Elle a peur qu'il veuille
prendre la mer plus tard et refuse qu'on l'encourage dans
cette idée. Mais qu'est-ce que j'pouvais faire, Dame Blythe ?
J'lui avais promis, et j'pense que c'est comme qui dirait lâche
de pas respecter une promesse faite à un enfant. Allez,
assoyez-vous. Ça s'ra vite passé, une heure. »

Venant de la plage, le vent brisait seulement la surface de
la mer en de longues ondulations argentées et envoyait voler
à travers elles, de tous les points et promontoires, des ombres
scintillantes, comme des ailes transparentes. Le crépuscule
suspendait un rideau de lueur violette sur les dunes et les
caps où s'assemblaient les mouettes. Des foulards de vapeur
soyeuse voilaient à peine le ciel. Des flottilles de nuages
jetaient l'ancre, le long des horizons. Une étoile du soir
brillait au-dessus de la jetée.

« C'est une vision qui vaut la peine d'être vue, vous trouvez
pas ? demanda le Capitaine Jim avec la fierté remplie d'affection d'un propriétaire. C'est beau et loin d'la place du marché,
non ? Pas d'achat ni de vente ni de gain. On n'a rien à payer.
Toute cette mer et tout ce ciel sont gratis, "sans argent et sans
prix". La lune va bientôt se lever ; j'me fatigue jamais de
découvrir c'que peut être le lever d'la lune sur ces rochers et
cette mer et ce port. Ça nous réserve chaque fois une surprise. »

Ils eurent leur lever de lune et en contemplèrent la splendeur et la magie dans un silence qui ne demandait rien ni au
monde ni à personne. Ils se rendirent ensuite dans la tour où
le Capitaine Jim leur expliqua le mécanisme de la grande lumière. Ils se retrouvèrent finalement dans la salle à manger
où un feu de bois de grève tissait des flammes ondulantes, in-
saisissables, de teinte bleu océan, dans l'âtre ouvert.

« C'est moi qui ai fabriqué ce foyer, fit remarquer le Capitaine Jim. Le gouvernement donne pas de ces luxes aux gar-
diens de phare. Regardez les couleurs que fait le bois. Si vous
voulez du bois de grève pour votre foyer, Dame Blythe, j'vous
en apporterai une charge un bon jour. Assoyez-vous. J'vais
vous faire une tasse de thé. »

Le Capitaine Jim désigna une chaise à Anne après en avoir délogé un énorme chat orangé et un journal.

«Descends, Second. C'est le sofa qui est ta place. Il faut que j'mette ce journal en lieu sûr jusqu'à c'que j'trouve le temps d'finir le feuilleton. Ça s'appelle *Un amour fou*. C'est pas mon genre d'histoire préféré, mais j'la lis juste pour voir combien de temps elle pourra durer. On est rendus au soixante-deuxième chapitre et, pour autant qu'j'peux voir, l'mariage est pas plus près d'arriver qu'au début. Quand l'p'tit Joe vient, il faut que j'lui lise des histoires de pirates. Vous trouvez pas ça étrange comment d'innocentes p'tites créatures comme les enfants aiment les histoires sanguinaires?»

«C'est comme mon Davy à la maison, approuva Anne. Il raffole des contes d'horreur.»

Le thé du Capitaine Jim se révéla un nectar. Il était heureux comme un enfant des compliments que lui fit Anne, tout en affectant une superbe indifférence.

«Mon secret, c'est de pas écrémer le lait», remarqua-t-il avec désinvolture. Le Capitaine Jim n'avait jamais entendu parler d'Oliver Wendell Holmes, mais il était, de façon évidente, d'accord avec le dicton de l'écrivain comme quoi "un grand cœur n'aime jamais les petits pots de crème".

«Nous avons rencontré un personnage à l'apparence bizarre qui sortait de votre allée, dit Gilbert pendant qu'ils sirotaient leur thé. De qui s'agissait-il?»

Le Capitaine sourit.

«C'est Marshall Elliott, un type rudement sympathique qui a juste un grain de folie en lui. J'suppose que vous vous demandiez dans quel but il s'était changé en une espèce d'excentrique de musée à dix sous?»

«S'agit-il d'un nazir* moderne ou d'un prophète hébreu réincarné?» demanda Anne.

«Rien de tel. C'est la politique qui est à l'origine de sa bizarrerie. Tous les Elliott et les Crawford et les MacAllister sont des mordus de politique. Ils sont nés rouges ou bleus,

---

* Dans la religion des anciens Hébreux, homme qui avait consacré sa personne à Yahvé et s'engageait notamment à ne pas se couper les cheveux.

selon le cas, et ils vivent rouges ou bleus, et meurent rouges ou bleus ; et ce qu'ils vont devenir au paradis, où y a probablement pas d'politique, ça dépasse mon imagination. Ce Marshall Elliott était venu au monde rouge. J'le suis moi-même modérément, mais y a pas d'modération en Marshall. Y a quinze ans, on a eu une élection générale particulièrement difficile. Marshall s'est battu des pieds et des mains pour son parti. Il était absolument sûr que les Libéraux gagneraient, tellement sûr qu'il s'est levé à une assemblée publique et a juré de plus s'raser la barbe ni de s'couper les cheveux jusqu'à ce que les Libéraux prennent le pouvoir. Eh ben, ils ont pas gagné ni à c'moment-là ni depuis, pis vous avez vu l'résultat d'vos propres yeux ce soir. Marshall a tenu parole. »

« Qu'est-ce que sa femme pense de ça ? » demanda Anne.

« C't'un vieux garçon. Mais même s'il était marié, sa femme pourrait pas lui faire rompre sa promesse. C'te famille d'Elliott a toujours été plus têtue que la moyenne. Alexander, le frère de Marshall, avait un chien auquel il t'nait beaucoup, et quand il est mort, ce type a réellement voulu le faire enterrer au cimetière "avec les autres chétiens", qu'il disait. Il a évidemment pas été autorisé à l'faire ; alors il l'a enterré juste à l'extérieur d'la clôture du cimetière, et il a jamais plus remis les pieds dans une église. Mais le dimanche il y conduisait sa famille et s'assoyait à côté d'la tombe du chien en lisant la Bible tout l'temps que durait l'office. On raconte que quand il est mort, il a d'mandé à sa femme de l'enterrer à côté d'son chien ; c'était une p'tite créature docile, mais là, elle a explosé. Elle a dit que jamais elle s'rait ensevelie à côté d'un chien, et que s'il aimait mieux prendre son dernier repos à côté d'un chien qu'à côté d'elle, il avait juste à le dire. Alexander Elliott était une sacrée tête de mule, mais comme il aimait sa femme, il a dit : "Eh ben, maudit, enterre-moé donc ousque tu veux. Mais quand la trompette de Gabriel sonnera, j'sais que mon chien s'lèvera en même temps que nous, parce qu'il avait autant de cœur que n'importe lequel d'ces maudits Elliott, Crawford ou MacAllister qui a

jamais existé." Ça a été ses dernières paroles. Quant à
Marshall, on est tous habitués à lui, mais son air bizarre doit
donner un choc aux étrangers. J'le connais depuis qu'il a dix
ans – il en a à présent près d'cinquante – et je l'aime bien.
On est allés pêcher la morue ensemble, aujourd'hui. C'est
rien qu'à ça que j'suis bon maintenant, pêcher la truite et la
morue de temps en temps. Mais ça a pas toujours été comme
ça, loin de là. J'avais coutume d'faire autre chose, comme
vous l'admettriez si vous voyiez mon livre de vie. »

Anne était sur le point de demander ce qu'était ce « livre
de vie » quand Second fit une diversion en sautant sur les
genoux du Capitaine Jim. C'était une bête splendide au
visage rond comme une pleine lune, aux yeux verts et vifs, et
aux énormes pattes blanches. Le Capitaine flatta gentiment
le dos de velours du félin.

« J'aimais pas beaucoup les chats avant d'trouver Second,
remarqua-t-il, accompagné par les extraordinaires ronron-
nements du chat. J'lui ai sauvé la vie, et quand on a sauvé la
vie d'une créature, on est en passe de l'aimer. C'est presque
donner la vie. Y a des gens épouvantablement écervelés dans
le monde, Dame Blythe. Certaines personnes de la ville qui
possèdent des maisons d'été au port sont si écervelées que ça
en devient de la cruauté. C'est la pire sorte de cruauté, la
cruauté involontaire. On peut rien faire avec elle. Ils gardent
des chats ici pendant l'été, les nourrissent et les cajolent et
les décorent avec des rubans et des colliers. Pis à l'automne
ils s'en vont et les laissent là à avoir faim et à geler. Ça me
fait bouillir le sang, Dame Blythe. Un jour, l'hiver dernier,
j'ai trouvé une pauvre vieille chatte morte sur la grève,
couchée contre les petits corps décharnés de ses trois chatons.
Elle était morte en essayant d'les abriter. Elle avait ses
pauvres pattes raides autour d'eux. Seigneur, j'ai pleuré. Pis
j'ai sacré, j'ai porté les pauvres petits chatons chez nous, j'les
ai nourris et j'leur ai trouvé de bons foyers. J'connaissais la
femme qui avait abandonné la chatte et quand elle est
r'venue cet été, j'suis allé au port lui dire c'que j'pensais
d'elle. J'me mêlais de c'qui me r'garde pas, mais j'adore me

mêler de c'qui me r'garde pas quand c'est pour une bonne cause. »

« Comment a-t-elle réagi ? » demanda Gilbert.

« Elle a pleuré et elle a dit : "J'ai pas réfléchi." "Pensez-vous que ça s'ra considéré comme une excuse suffisante le jour du Jugement, que j'lui ai dit, quand la mort d'une pauvre vieille mère vous sera comptée ? Le Seigneur vous demandera pourquoi Il vous avait donné une tête si c'était pour pas réfléchir, j'suppose." Je crois pas qu'elle laissera des chats mourir de faim une autre fois. »

« Second faisait-il partie des oubliés ? » demanda Anne en lui faisant des avances auxquelles il répondit avec grâce et condescendance.

« Oui. J'l'ai trouvé une journée d'hiver spécialement froide, pris dans les branches d'un arbre par un de ces satanés rubans qu'il avait autour du cou. Il était pratiquement mort de faim. Si vous aviez vu ses yeux, Dame Blythe ! C'était rien qu'un chaton et il avait réussi à s'tirer d'affaire jusqu'à ce qu'il se r'trouve pendu. Quand j'l'ai eu libéré, il m'a léché pitoyablement la main avec sa p'tite langue rouge. C'était loin d'être le matelot que vous voyez aujourd'hui. Il était aussi humble que Moïse. Ça fait neuf ans de ça. C'est passablement long, pour un chat. C'est un bon vieux compagnon, mon Second. »

« Je me serais attendu à ce que vous ayez un chien », remarqua Gilbert.

Le Capitaine Jim hocha la tête.

« J'en ai déjà eu un. J'pensais tellement de bien de lui que quand il est mort, j'ai pas pu supporter l'idée d'en avoir un autre pour le remplacer. C'était un *ami*, vous comprenez, Dame Blythe ? Second n'est qu'un compagnon. J'aime bien Second, d'autant plus à cause de la touche de malice qu'il y a en lui, comme dans tous les chats. Mais *j'aimais* mon chien. J'ai jamais pu m'empêcher d'avoir d'la sympathie pour Alexander Elliott à cause de *son* chien. Y a jamais de démon dans un bon chien. C'est pour ça qu'ils sont plus faciles à aimer que les chats, j'suppose. Mais que j'sois damné s'ils sont aussi intéressants. Me voilà encore qui parle trop. Pourquoi vous m'arrêtez pas? Quand j'ai la chance de parler à quelqu'un, j'deviens terrible. Si vous avez fini votre thé, j'ai là quelques p'tites choses que vous aimerez peut-être regarder, ramassées dans les endroits bizarres où j'avais coutume de me fourrer le nez. »

Les "quelques p'tites choses" du Capitaine Jim se révélèrent la plus intéressante collection de curiosités, hideuses, pittoresques et belles. Et pour presque chacune d'elles, le Capitaine Jim avait une anecdote à raconter.

Anne n'oublia jamais le ravissement qu'elle ressentit à écouter ces vieilles histoires, ce soir de clair de lune, près d'un feu de bois de grève enchanteur, pendant que la mer d'argent les appelait par la fenêtre ouverte et sanglotait contre les rochers.

Le Capitaine Jim ne se vantait jamais, mais il était impossible de ne pas voir quel héros cet homme avait été – courageux, loyal, débrouillard et généreux. Assis là dans la petite pièce, il faisait revivre d'héroïques événements pour ses auditeurs. En levant un sourcil, en tordant sa lèvre, d'un geste ou d'un mot, il décrivait une scène ou un personnage et les faisait revivre.

Certaines des aventures du Capitaine Jim avaient un côté si fantastique qu'Anne et Gilbert se demandaient secrètement s'il n'était pas en train de se payer plus ou moins leur tête. Mais, comme ils le découvrirent par la suite, ils étaient injustes envers lui. Ses histoires étaient toutes rigoureusement authentiques. Le Capitaine Jim avait le don du raconteur-né, grâce auquel les événements lointains et tristes pouvaient revivre devant l'auditeur dans toute leur intensité originelle.

Anne et Gilbert rirent et frémirent à ces histoires et, à un moment, Anne se retrouva même en train de pleurer. Les yeux du Capitaine brillèrent de plaisir en voyant ses larmes.

« J'aime voir les gens pleurer comme ça, remarqua-t-il. C'est un compliment. Mais j'peux pas rendre justice aux choses que j'ai vues ou aidé à faire. J'les ai toutes inscrites dans mon journal de bord, mais j'ai pas eu le talent d'les écrire comme il faut. Si j'pouvais juste trouver les bons mots et les mettre ensemble sur papier, ça f'rait un livre intéressant. Ça battrait l'impact d'*Un amour fou*, et j'crois ben qu'Joe l'aimerait autant qu'les récits de pirates. Oui, j'ai connu des aventures dans mon temps; et savez-vous, Dame Blythe, j'm'en ennuie encore. Oui, tout vieux et inutile que j'sois, la nostalgie m'prend d'partir en mer loin... loin... loin là-bas... pour toujours. »

« Comme Ulysse, vous voulez

"... voguer au-delà du couchant, où baignent

Toutes les étoiles de l'Occident, jusqu'à ce que vous mouriez"*»

cita Anne d'un ton rêveur.

« Ulysse ? J'ai déjà lu sur lui. Oui, c'est exactement comme ça que j'me sens; c'est pareil pour tous les marins, j'imagine. J'mourrai sur terre finalement, j'présume. Eh ben, ce qui doit être sera. Y avait l'vieux William Ford du Glen qui avait jamais été sur l'eau d'sa vie parce qu'il avait peur de s'noyer. Une diseuse de bonne aventure lui avait prédit que ça lui arriverait. Et un jour, il a perdu conscience et est tombé la face dans l'auge de la grange et s'est noyé. Vous d'vez partir ? Ben, r'venez bientôt et r'venez souvent. C'est l'docteur qui va parler la prochaine fois. Il connaît un tas d'choses que j'veux savoir. J'm'ennuie des fois, ici. C'est pire depuis qu'Elizabeth Russell est morte. On était d'bons complices, elle et moi. »

Le ton du Capitaine Jim était empreint de l'émotion des gens âgés qui voient leurs vieux amis leur échapper un à un, amis dont la place ne peut jamais être tout à fait comblée par ceux d'une génération plus jeune, même quand ils sont de la race qui connaît Joseph. Anne et Gilbert lui promirent de revenir bientôt et souvent.

« Un vieux bonhomme singulier, n'est-ce pas ? » commenta Gilbert pendant qu'ils retournaient chez eux.

« D'une certaine façon, je n'arrive pas à concilier sa personnalité simple et bonne avec l'existence sauvage et aventureuse qu'il a vécue », répondit Anne d'un ton songeur.

---

* Lord Alfred Tennyson, *Ulysse*.

« Tu ne trouverais pas ça si difficile si tu l'avais vu l'autre jour au village de pêcheurs. Un des hommes de l'équipage de Peter Gautier avait fait une remarque désobligeante sur une des filles de la grève. Le Capitaine Jim a pratiquement écorché ce vilain type en le foudroyant du regard. Il était complètement métamorphosé. Il n'a pas dit grand-chose, mais la façon dont il l'a dit ! On avait l'impression qu'il allait arracher la chair des os du bonhomme. Je comprends que le Capitaine Jim ne tolérera jamais qu'une seule parole contre une femme soit prononcée en sa présence. »

« Je me demande pourquoi il ne s'est jamais marié », reprit Anne. Il aurait à présent des fils partis en mer sur leurs bateaux, et des petits-enfants grimpant sur ses genoux pour écouter ses histoires. C'est ce genre d'homme. Au lieu de cela, il n'a qu'un chat magnifique. »

Mais Anne se trompait. Le Capitaine avait plus que cela. Il avait une mémoire.

10

Leslie Moore

« Je vais me promener sur la grève ce soir », annonça Anne à Gog et Magog un soir d'octobre. Il n'y avait personne d'autre à prévenir car Gilbert s'était rendu au port. Son petit domaine étant impeccable, comme on pouvait s'y attendre de la part d'une personne élevée par Marilla Cuthbert, Anne avait le sentiment qu'elle pouvait aller vagabonder sur la grève la conscience tranquille. Ses randonnées sur la plage avaient été nombreuses et merveilleuses, parfois avec Gilbert, parfois avec le Capitaine Jim, parfois seule avec ses pensées et de nouveaux rêves doucement émouvants qui commençaient à prendre vie avec leurs arcs-en-ciel. Elle aimait l'agréable grève brumeuse du port et la plage de sable argentée hantée par les vents, mais la grève de rochers était celle qu'elle préférait, avec ses falaises, ses grottes, ses piles de rochers usés par la mer, et ses criques où les galets scintillaient dans les bassins ; et c'était là qu'elle se dirigeait ce soir-là.

Une tempête automnale de vent et de pluie avait duré trois jours. Tonitruant avait été le fracassement des vagues sur les rochers ; sauvages, la vapeur et l'écume blanches qui montaient de la jetée ; troublée et brumeuse et déchirée par la tempête, la paix bleue d'antan de Four Winds Harbour. À présent, c'était fini et la grève s'étalait, lavée par la tempête ; aucun vent ne soufflait, mais il y avait encore de légères vagues, se jetant sur la plage et les rocs dans une houle splendide, la seule chose agitée dans la grande et envahissante immobilité paisible.

« Oh ! voici un moment qui justifie d'avoir passé par des semaines de tempête et de tension », s'exclama Anne, contemplant avec ravissement les eaux mouvantes du haut de la falaise où elle se trouvait. À présent, elle descendait par le sentier humide jusqu'à la petite crique en bas où elle parut emprisonnée par les rochers, la mer et le ciel.

« Je vais danser et chanter, décida-t-elle. Il n'y a personne ici pour me voir et les mouettes ne colporteront rien à ce sujet. Je puis être aussi folle que j'en ai envie. »

Elle releva sa jupe et pirouetta le long de la dure bande de sable, hors de portée des vagues dont l'écume lui léchait presque les pieds. Tournant et virevoltant, riant comme une enfant, elle parvint au petit promontoire qui débouchait à l'est de la crique ; là, elle s'immobilisa soudain, virant à l'écarlate ; elle n'était pas seule ; il y avait eu un témoin de sa danse et de ses rires.

La fille aux cheveux d'or et aux yeux bleu mer était assise sur un rocher du promontoire, à demi cachée par un rocher suspendu. Elle dévisageait Anne avec une expression étrange, composée d'étonnement, de sympathie, et même – était-ce possible – d'envie. Elle était tête nue et sa somptueuse chevelure, ressemblant plus que jamais au « merveilleux serpent » de Browning, était retenue sur sa tête par un ruban rouge. Elle était vêtue d'une robe très simple, taillée dans quelque tissu sombre. Mais ajusté à sa taille, soulignant ses courbes fines, elle portait un corset de soie rouge vif. Ses mains, croisées sur son genou, étaient brunes et quelque peu usées par le travail ; mais la peau de sa gorge et de ses joues était aussi blanche que de la crème. Un fugace rayon de soleil couchant passa à travers un nuage bas, à l'ouest, et tomba sur ses cheveux. Pendant un moment, elle sembla être la personnification de l'esprit de la mer dont elle avait tout le mystère, toute la passion, tout le charme évanescent.

« Vous... vous devez me prendre pour une folle », bredouilla Anne en essayant de reprendre possession d'elle-même.

D'avoir été vue par cette fille majestueuse dans un tel état d'abandon infantile, elle, Mme Docteur Blythe, avec toute la dignité que cela impliquait, c'était vraiment catastrophique.

« Non, répondit la fille, je ne vous prends pas pour une folle. »

Elle ne dit rien de plus ; sa voix n'exprimait rien, ses manières étaient un peu froides ; il y avait pourtant quelque chose dans ses yeux, quelque chose d'avide et de timide à la fois, de provocateur et en même temps d'implorant, qui fit renoncer Anne à partir. Elle s'assit plutôt sur le rocher à côté de la jeune femme.

« Nous ne nous sommes pas présentées, commença Anne avec ce sourire qui n'avait jamais manqué de lui gagner confiance et amitié. Je suis Mme Blythe et j'habite la petite maison blanche sur la grève du port. »

« Oui, je sais, répondit la jeune femme. Je suis Leslie Moore... Mme Dick Moore », ajouta-t-elle avec raideur.

Anne en resta pendant un instant muette de stupéfaction. L'idée que cette fille était mariée ne l'avait jamais effleurée ; il semblait n'y avoir rien de conjugal en elle. Et qu'elle fût la voisine qu'Anne s'était figurée comme une banale maîtresse de maison de Four Winds ! Anne avait peine à se faire à l'idée de cet extraordinaire changement.

« Alors... alors vous vivez dans cette maison grise en haut du ruisseau », bafouilla-t-elle.

« Oui. Il y a longtemps que j'aurais dû vous rendre une visite », reconnut-elle sans offrir aucune explication ou justification.

« J'espère que vous allez venir, fit Anne en recouvrant quelque peu ses esprits. Nous sommes de si proches voisines qu'il faut que nous devenions des amies. C'est la seule ombre au tableau à Four Winds : il n'y a pas suffisamment de voisins. Pour le reste, c'est idéal. »

« Vous vous plaisez ici ? »

« Si je m'y plais ? J'adore ça ! C'est l'endroit le plus beau que j'aie jamais vu. »

« Je n'ai pas vu beaucoup d'endroits, reprit lentement
Leslie Moore, mais j'ai toujours trouvé que c'était charmant
ici. Je... j'adore ça, moi aussi. »

Sa façon de parler, tout comme son apparence, était timide et pourtant passionnée. Anne avait l'impression que cette
fille étrange – le mot « fille » persistait – pourrait lui en apprendre beaucoup si elle le voulait.

« Je viens souvent sur la grève », ajouta-t-elle.

« Moi aussi, répondit Anne. C'est étonnant que nous ne
nous soyons pas rencontrées avant. »

« Vous venez sans doute plus tôt que moi. En général, je
viens tard le soir, il fait pratiquement nuit quand je viens. Je
n'aime pas autant la mer quand elle est calme et tranquille.
J'aime la lutte, le fracas, et le bruit. »

« Je l'aime quelle que soit son humeur, déclara Anne. À
Four Winds, la mer représente pour moi ce que le Chemin
des amoureux était dans mon village. Ce soir, elle paraissait
si libre, si indomptée, que quelque chose s'est libéré en moi
aussi, par empathie. C'est pour cela que je me suis mise à
danser sur la grève. Je n'aurais jamais cru que quelqu'un me
regardait, évidemment. Si Mlle Cornelia Bryant m'avait
aperçue, elle aurait présagé un avenir lugubre au pauvre
jeune Dr Blythe. »

« Vous connaissez Mlle Cornelia ? » fit Leslie en riant. Son
rire était exquis ; il jaillissait de façon soudaine et imprévi-
sible avec ce petit quelque chose du rire délicieux d'un bébé.
Anne rit aussi.

« Oh ! oui. Elle est venue plusieurs fois à notre maison de
rêve. »

« Votre maison de rêve ? »

« Oh ! C'est le petit nom folichon que Gilbert et moi avons
donné à notre maison. Nous ne l'appelons ainsi qu'entre nous.
Cela m'a échappé. »

« Ainsi, la petite maison blanche de Mlle Russell est la
maison de vos rêves, dit Leslie d'un air étonné. J'ai déjà eu
une maison de rêve, mais c'était un palais », ajouta-t-elle

avec un rire dont la douceur était ternie par une petite note de dérision.

« Oh ! Moi aussi j'ai déjà rêvé d'un palais, reconnut Anne. J'imagine que c'est la même chose pour toutes les filles. Puis nous sommes contentes de nous installer dans un logis de huit pièces qui semble combler tous les désirs de nos cœurs, parce que notre prince s'y trouve. Mais vous méritez un château, vous êtes si belle. Il faut que vous me laissiez le dire – cela doit être dit – je déborde littéralement d'admiration. Vous êtes l'être le plus ravissant que j'aie jamais vu, Mᵐᵉ Moore. »

« Si nous devons devenir des amies, il faut m'appeler Leslie », fit cette dernière avec une passion étrange.

« Bien sûr. Et *mes* amis m'appellent Anne. »

« Je suppose que je suis belle, reprit Leslie en regardant l'océan d'un air orageux. Je hais ma beauté. Je voudrais avoir toujours été aussi basanée et ordinaire que la fille la plus basanée et ordinaire du village de pêcheurs là-bas. Eh bien, que pensez-vous de Mˡˡᵉ Cornelia ? »

Ce brusque changement de sujet coupa court à toute autre confidence.

« Mˡˡᵉ Cornelia est adorable, n'est-ce pas ? dit Anne. Gilbert et moi avons été officiellement invités chez elle pour le thé la semaine dernière. Vous avez déjà entendu parler de tables qui croulent ? »

« Il me semble avoir déjà lu cette expression dans des comptes rendus de mariage dans les journaux », répondit Leslie en souriant.

« Eh bien, celle de Mˡˡᵉ Cornelia croulait – du moins gémissait-elle sous le fardeau – littéralement. On n'aurait jamais cru qu'elle aurait tant cuisiné pour deux simples personnes. Elle avait de toutes les tartes possibles, je pense, sauf au citron. Elle a dit avoir gagné le prix des tartes au citron à l'Exposition de Charlottetown il y a dix ans et n'en avoir jamais fait depuis de peur de perdre sa réputation. »

« Avez-vous pu manger suffisamment de tarte pour la satisfaire ? »

« J'en ai été incapable. Gilbert a conquis son cœur en mangeant... je ne vous dirai pas la quantité qu'il en a mangé. Elle a dit n'avoir jamais connu un homme qui ne préférait pas la tarte à la Bible. Savez-vous que j'adore Mlle Cornelia ? »

« Moi aussi, affirma Leslie. Elle est ma meilleure amie au monde. »

Anne se demanda secrètement pourquoi, si c'était le cas, Mlle Cornelia ne lui avait jamais parlé de Mme Dick Moore. Mlle Cornelia avait parlé sans contrainte de tous les habitants de Four Winds et des environs.

« N'est-ce pas joli ? s'exclama Leslie après un bref silence, pointant vers l'effet exquis d'un faisceau de lumière tombant à travers une crevasse derrière elles jusqu'à une mare vert foncé à sa base. Si je n'avais vu que cela en venant ici, je serais repartie satisfaite. »

« Les jeux d'ombre et de lumière sont merveilleux tout le long de cette grève, admit Anne. La petite pièce où je couds donne sur le port, je m'assois près de la fenêtre et c'est un régal pour mes yeux. Les couleurs et les ombres ne sont jamais les mêmes deux minutes de suite. »

« Et vous ne vous ennuyez jamais ? demanda abruptement Leslie. Jamais... quand vous êtes seule ? »

« Non, je ne crois pas m'être jamais ennuyée de ma vie, répondit Anne. Même quand je suis seule j'ai de la très agréable compagnie : les rêves, les fantaisies, les choses que j'imagine. J'aime être seule de temps en temps, juste pour penser aux choses et les *savourer*. Mais j'aime vraiment l'amitié et les bons petits moments heureux avec les gens. Oh ! Vous viendrez me voir souvent, n'est-ce pas ? Je vous en prie. Je crois, ajouta Anne en riant, que vous m'aimeriez si vous me connaissiez. »

« Je me demande si vous m'aimeriez, vous », fit Leslie d'un air sérieux. Elle n'était pas en quête d'un compliment. Elle contemplait les vagues que l'écume lunaire commençait à orner, et ses yeux étaient remplis d'ombres.

« Je suis sûre que oui, dit Anne. Et je vous en prie, ne me prenez pas pour une totale irresponsable parce que vous m'avez vue danser sur la plage au soleil couchant. Il ne fait aucun doute que je deviendrai digne avec le temps. Il n'y a pas très longtemps que je suis mariée, voyez-vous. J'ai encore l'impression d'être une jeune fille, et parfois même une enfant. »

« Je suis mariée depuis douze ans », annonça Leslie.

Encore une chose incroyable.

« Mais vous ne pouvez être aussi âgée que moi ! s'écria Anne. Vous deviez être une enfant quand vous vous êtes mariée. »

« J'avais seize ans, répondit Leslie en se levant et en prenant le chapeau et la veste derrière elle, et j'en ai vingt-huit à présent. Bon, je dois rentrer. »

« Moi aussi. Gilbert sera probablement à la maison. Mais je suis contente que nous soyons venues toutes les deux à la plage ce soir et que nous nous soyons rencontrées. »

Leslie ne répondit pas et Anne se sentit un peu refroidie. Elle avait sincèrement offert son amitié mais si celle-ci n'avait pas été absolument repoussée, on ne pouvait pas dire qu'elle avait été acceptée de très bonne grâce. En silence, elles gravirent lès falaises et traversèrent un pré où les herbes sauvages et décolorées, en forme de plumes, ressemblaient à un tapis de crème veloutée sous la lune. Lorsqu'elles atteignirent le chemin de la grève, Leslie se retourna.

« Je vais de ce côté, Mme Blythe. Vous viendrez me voir un jour, n'est-ce pas ? »

Anne eut l'impression que l'invitation lui était lancée et que Leslie Moore la lui faisait à contrecœur.

« Je viendrai si vous le désirez vraiment », rétorqua-t-elle avec une légère froideur.

« Oh ! Je le désire... je le désire », s'exclama Leslie avec une avidité qui parut jaillir et triompher d'une contrainte qui lui avait été imposée.

« Alors, je viendrai. Bonne nuit... Leslie. »

« Bonne nuit, Mme Blythe. »

Anne revint chez elle et, dans le cabinet de travail brun, elle relata son histoire à Gilbert.

« Ainsi, Mme Dick Moore ne fait pas partie de la race qui connaît Joseph ? » la taquina Gilbert.

« N... n... non, pas exactement. Pourtant, je crois qu'elle a dû en faire partie un jour, et qu'elle s'est exilée, remarqua pensivement Anne. Elle est certainement très différente des autres femmes des alentours. On ne cause pas d'œufs et de beurre avec elle. Quand je pense que je l'avais imaginée comme une deuxième Mme Rachel Lynde ! As-tu déjà vu Dick Moore, Gilbert ? »

« Non. J'ai vu plusieurs hommes travailler dans les champs de la ferme, mais j'ignore lequel était Moore. »

« Elle n'a fait aucune allusion à lui. Je *sais* qu'elle n'est pas heureuse. »

« D'après ce que tu m'as raconté, je suppose qu'elle s'est mariée avant d'être assez âgée pour connaître ses propres pensées et sentiments, et qu'elle a découvert trop tard qu'elle avait commis une erreur. Une femme sage aurait tiré le meilleur parti possible de la situation. Mme Moore s'est évidemment laissée submerger par l'amertume et le ressentiment. »

« Ne la jugeons pas avant de la connaître, plaida Anne. Je n'ai pas l'impression qu'elle soit un cas aussi ordinaire. Tu comprendras la fascination qu'elle exerce quand tu la rencontreras, Gilbert. Cela n'a rien à voir avec sa beauté. Je crois qu'elle possède une nature riche dans laquelle un ami pourrait pénétrer comme dans un royaume ; mais pour une raison inconnue, elle en interdit l'entrée à quiconque et enferme toutes ses possibilités en elle, ne leur laissant aucune chance de se développer et de s'épanouir. Voilà, depuis le moment où je l'ai laissée, je me suis efforcée de la définir, et je ne peux pas faire mieux. Je vais interroger Mlle Cornelia à son sujet. »

11

L'histoire de Leslie Moore

« Oui, le huitième bébé est arrivé il y a quinze jours, annonça Mlle Cornelia assise dans une berçante devant la cheminée de la petite maison par un après-midi glacial d'octobre. C'est une fille. Fred est très en colère; il prétend qu'il voulait un garçon quand la vérité, c'est qu'il ne voulait pas de bébé du tout. Si ça avait été un garçon, il aurait été fâché parce que ce n'était pas une fille. Ils avaient déjà quatre filles et trois garçons, alors je ne vois pas quelle différence cela peut faire, mais, en vrai homme, il fallait évidemment qu'il se fâche. Le bébé est ravissant dans ses jolis petits vêtements. Elle a les yeux noirs et les plus adorables menottes. »

« Il faut que j'aille la voir. J'adore tout simplement les bébés », déclara Anne, souriant en songeant à quelque chose de trop cher et sacré pour être traduit en paroles.

« C'est vrai qu'ils sont beaux, admit Mlle Cornelia. Mais certaines personnes semblent en avoir trop, croyez-moi. Ma pauvre cousine Flora au Glen en a onze, et quelle esclave elle est ! Son mari s'est suicidé il y a trois ans. Tout à fait un homme ! »

« Qu'est-ce qui l'a poussé à cela ? » questionna Anne, plu-tôt choquée.

« Comme il n'arrivait pas à se sortir d'un pétrin quelconque, il s'est tout simplement jeté dans le puits. Bon débarras !

C'était un tyran-né. Mais cela a évidemment gâché le puits.
Flora n'a jamais pu se résoudre à le réutiliser. Elle en a donc
fait creuser un autre ; cela a été une dépense épouvantable et
son eau était aussi dure que des clous. S'il fallait qu'il se noie,
pourquoi pas dans le port, il y a bien assez d'eau, non ? Je n'ai
aucune patience avec ce genre d'individu. À ma souvenance,
nous n'avons eu que deux suicides à Four Winds. L'autre,
c'était Frank West, le père de Leslie Moore. À propos, Leslie
a-t-elle fini par venir vous rendre visite ? »

« Non, mais je l'ai rencontrée sur la grève il y a quelques
soirs et on a fait connaissance », dit Anne en prêtant davantage l'oreille.

Mlle Cornelia hocha la tête.

« Je suis contente. J'avais espoir que vous vous rapprochiez
toutes les deux. Qu'est-ce que vous pensez d'elle ? »

« Je l'ai trouvée très belle. »

« Oh ! Bien sûr. Personne à Four Winds n'a jamais pu rivali-
ser avec elle pour ce qui est de l'apparence. Avez-vous remarqué ses cheveux ? Ils lui arrivent aux pieds lorsqu'elle les
dénoue. Mais ce que je voulais dire, c'est comment l'avez-vous
aimée ? »

« Je crois que je pourrais l'aimer beaucoup si elle me le
permettait », répondit lentement Anne.

« Mais elle ne vous l'a pas permis... elle vous a repoussée et
vous a gardée à un bras de distance. Pauvre Leslie ! Vous ne
vous en étonneriez pas si vous saviez quelle vie elle a vécue.
Ce fut une tragédie... une tragédie », répéta Mlle Cornelia
d'un ton théâtral.

« J'aimerais que vous me parliez d'elle, c'est-à-dire si vous
pouvez le faire sans trahir de confidence. »

« Mon Dieu ! ma chère, tout le monde à Four Winds connaît l'histoire de la pauvre Leslie. Ce n'est pas un secret... je
veux dire le côté extérieur. Quant à l'intérieur, Leslie seule le
connaît et elle ne fait de confidence à personne. Je suis à peu
près la meilleure amie qu'elle ait sur terre, j'imagine, et elle
n'a jamais prononcé un seul mot pour se plaindre devant
moi. Avez-vous déjà vu Dick Moore ? »

« Non. »

« Eh bien, je ferais aussi bien de commencer par le début et de tout vous raconter, comme ça vous comprendrez. Comme je vous l'ai dit, Frank West était le père de Leslie. Il était intelligent et paresseux, comme un homme. Oh! il avait de l'intelligence à revendre, et cela lui a bien porté chance ! Il a commencé par aller à l'université, et il y est resté deux ans, puis sa santé s'est détériorée. Les West ont les poumons faibles. Frank est donc revenu et est devenu fermier. Il a épousé Rose Elliott qui venait de l'autre côté du port. Rose était reconnue pour être la beauté de Four Winds, Leslie tient de sa mère pour l'apparence, mais elle a dix fois plus d'esprit et d'entrain que sa mère en avait, et une bien plus jolie silhouette. À présent, Anne, vous connaissez ma position : les femmes doivent être solidaires. Comme, Dieu le sait, nous en avons assez à supporter de la part des hommes, je suis d'avis que nous devons nous soutenir les unes les autres, et c'est très rare que vous m'entendrez dénigrer une autre femme. Mais je n'ai jamais été très attirée par Rose Elliott. Pour commencer, elle était gâtée, croyez-moi, et n'était rien d'autre qu'une créature paresseuse, égoïste et geignarde. Comme Frank n'était bon à rien au travail, ils étaient pauvres comme la dinde de Job. Pauvres ! Ils vivaient de pommes de terre, un point, c'est tout, vous pouvez me croire. Ils avaient deux enfants, Leslie et Kenneth. Leslie tenait de sa mère pour l'apparence et de son père pour l'intelligence, et elle avait en plus quelque chose qui lui appartenait en propre. Elle le tenait de la grand-mère West, une vieille dame splendide. Elle était l'enfant la plus brillante, sociable et joyeuse, Anne. Tout le monde l'aimait. Elle était la préférée de son père et elle était folle de lui. Ils étaient des "copains" comme elle avait l'habitude de le dire. Elle ne pouvait voir aucun de ses défauts, et c'était vraiment un homme séduisant, d'un certain point de vue.

Eh bien, quand Leslie eut douze ans, le premier malheur arriva. Elle adorait littéralement le petit Kenneth. Il avait quatre ans de moins qu'elle, et c'était un garçonnet charmant. Il a été tué un jour : il est tombé d'un gros voyage de foin juste au moment où la charrette entrait dans la grange et la roue a écrasé son petit corps et en a chassé la vie. Et vous savez, Anne, Leslie a été témoin de l'accident. Elle regardait du haut du grenier à foin. Elle a hurlé ; l'homme engagé a déclaré n'avoir jamais entendu un tel cri de toute sa vie et qu'il résonnerait à son oreille jusqu'à ce que la trompette de Gabriel l'en déloge. Mais elle n'a plus jamais crié ni pleuré à ce sujet. Elle a sauté du grenier sur le foin et du foin jusqu'au sol et a pris dans ses bras le petit cadavre sanglant et encore chaud. On a dû le lui arracher, Anne. On m'a envoyé chercher... je ne peux parler de ça. »

Mlle Cornelia essuya les larmes de ses yeux bruns pleins de bonté et se remit à coudre, triste et silencieuse pendant quelques minutes.

« Eh bien, reprit-elle, c'était fini, on a enterré le petit Kenneth dans le cimetière du port, et après quelque temps, Leslie est retournée à son école et à ses études. Elle n'a plus jamais mentionné le nom de Kenneth, je ne l'ai jamais entendue le prononcer depuis ce jour. Je présume que la vieille blessure doit élancer et brûler encore par moments ; mais elle n'était alors qu'une enfant et le temps guérit bien des plaies, ma chère Anne. Après quelque temps, elle a recommencé à rire – elle avait le plus joli rire. On ne l'entend plus souvent, à présent. »

« Je l'ai entendu l'autre soir, dit Anne. C'est vraiment un beau rire. »

« Frank West a commencé à dépérir après la mort de Kenneth. Il n'avait pas une forte constitution et cela lui avait causé un choc, car il aimait beaucoup cet enfant même si, comme je vous l'ai dit, Leslie était sa préférée. Il devint morose et mélancolique et ne pouvait ou ne voulait plus travailler. Et un jour, Leslie avait alors quatorze ans, il s'est pendu, et dans le salon, avec ça, Anne, en plein milieu du salon, il s'est pendu au crochet du plafonnier. Un vrai homme, n'est-ce pas ? De plus, c'était le jour de son anniversaire de mariage. Un moment vraiment bien choisi, vous ne trouvez pas? Et bien sûr, c'était la pauvre Leslie qui devait le découvrir. Elle s'était rendue dans le salon ce matin-là en fredonnant, apportant des fleurs fraîches pour mettre dans les vases, et elle a aperçu son père qui pendait du plafond, la face noire comme du charbon. C'était quelque chose d'affreux, vous pouvez me croire. »

« Oh ! Comme c'est horrible ! » s'écria Anne en frissonnant.

« Leslie n'a pas pleuré davantage aux funérailles de son père qu'elle ne l'avait fait à celles de Kenneth. Rose, cependant, sanglotait et hurlait pour deux, et Leslie faisait tout ce qu'elle pouvait pour calmer et consoler sa mère. Comme tout le monde, j'étais dégoûtée par l'attitude de Rose, mais Leslie n'a pas perdu patience un seul instant. Elle adorait sa mère. Leslie est très partiale quand il s'agit des siens : à ses yeux, ils ne peuvent avoir tort. Alors Frank West a été enterré à côté de Kenneth, et Rose lui a érigé un monument grandiose, plus imposant que son caractère, vous pouvez me croire. De toute façon, la pierre tombale était beaucoup trop grosse pour ce que Rose pouvait se permettre, car la ferme fut hypothéquée pour une somme supérieure à la valeur du monument. Mais peu de temps après, la grand-mère West est morte en léguant un petit magot à Leslie – assez pour qu'elle puisse passer un an à l'Académie Queen's. Leslie avait décidé de devenir institutrice, puis d'économiser suffisamment pour s'inscrire à l'Université de Redmond. C'était le rêve qu'avait caressé son père : il désirait qu'elle ait ce que lui-même avait perdu. Leslie était pleine d'ambition et elle débordait d'intelligence. Elle alla à Queen's, elle fit le travail de deux années en une et obtint son premier diplôme ; à son retour, on lui confia l'école du Glen. Elle était si heureuse et pleine d'espoir, de vie et de désirs. Quand je pense à ce qu'elle était alors et à ce qu'elle est devenue, je dis que maudits soient les hommes ! »

Mlle Cornelia cassa le fil aussi férocement que si elle était Néron tranchant le cou à toute la gent masculine d'un seul coup.

« Dick Moore fit irruption dans sa vie cet été-là. Son père, Abner Moore, possédait un magasin au Glen, mais Dick tenait, du côté de sa mère, le goût de la mer; il avait coutume de naviguer durant l'été et en hiver, il travaillait comme commis à la boutique de son père. C'était un beau et grand garçon, avec une âme petite et laide. Il voulait toujours quelque chose jusqu'à ce qu'il l'obtienne et cessait de le désirer dès qu'il le possédait. Un vrai homme, quoi! Oh! il ne se plaignait pas du temps quand il faisait beau, et il était tout à fait charmant et agréable quand tout allait bien. Mais il levait le coude, et on racontait de vilaines histoires sur lui et une fille du village de pêcheurs. Pour tout dire, il n'était pas digne d'épousseter les pieds de Leslie. Et il était méthodiste! Mais il était complètement fou d'elle, premièrement à cause de sa beauté, et deuxièmement parce qu'elle l'ignorait. Il s'est juré de l'avoir, et il l'a eue.»

«Comment s'y est-il pris?»

«Oh! Ce fut une véritable injustice. Jamais je ne pardonnerai à Rose West. Voyez-vous, ma chère, c'est Abner Moore qui avait accordé l'hypothèque sur la ferme West et les intérêts étaient dus depuis quelques années, alors Dick est tout simplement allé dire à Mme West que son père saisirait la ferme si Leslie refusait de l'épouser. Rose a fait toute une crise, a perdu conscience, pleuré, supplié Leslie de ne pas permettre qu'elle soit chassée de chez elle. Elle a dit que cela lui briserait le cœur de quitter la maison où elle était venue comme jeune mariée. Je ne l'aurais pas blâmée d'en avoir été désespérée, mais on n'aurait jamais cru qu'elle serait assez égoïste pour y sacrifier la chair de sa chair, n'est-ce pas? Eh bien, elle l'était. Et Leslie a cédé; elle aimait tant sa mère qu'elle aurait fait n'importe quoi pour lui éviter du chagrin. Elle a épousé Dick Moore. À l'époque, personne n'a su pourquoi. Je n'ai découvert que très longtemps après comment sa mère l'y avait poussée. J'étais certaine qu'il y avait quelque chose de croche derrière tout ça, parce qu'elle avait toujours refusé tout contact avec lui et que Leslie n'était pas du genre à faire volte-face comme ça. De plus, je savais que malgré sa belle apparence et ses manières fringantes, Dick Moore n'était pas le type d'homme dont pouvait rêver Leslie. Il n'y a évidemment pas eu de cérémonie, mais Rose m'a invitée au mariage. J'y suis allée et je l'ai bien regretté. J'avais vu le visage de Leslie aux funérailles de son frère et à celles de son père, et il me sembla alors le voir à son propre enterrement. Mais Rose, elle, souriait de bon cœur, vous pouvez me croire !

Leslie et Dick allèrent vivre à la ferme West – Rose n'aurait pu être séparée de sa fille bien-aimée – et y restèrent pour l'hiver. Au printemps, Rose attrapa une pneumonie et mourut, un an trop tard ! Leslie en fut complètement anéantie. N'est-ce pas terrible comment des gens qui ne le méritent pas sont aimés alors que d'autres qui le méritent cent fois plus n'arrivent pas à recevoir d'affection ? Quant à Dick, il en eut assez de la vie rangée d'un homme marié... un vrai homme ! Il était du genre à fuir. Il se rendit en Nouvelle-Écosse visiter de la parenté – son père venait de la Nouvelle-Écosse – et il écrivit à Leslie que son cousin George Moore partait en voyage à La Havane et qu'il s'embarquait aussi. Le bateau s'appelait *Four Sisters*, et il serait absent environ neuf semaines.

Cela a dû être un soulagement pour Leslie. Elle n'a pourtant jamais rien dit. À partir de son mariage, elle a toujours été ce qu'elle est maintenant : froide et fière, et gardant tout le monde, sauf moi, à distance. Je ne serai jamais gardée à distance, prenez-en ma parole ! Je suis restée aussi près que j'ai pu de Leslie en dépit de tout. »

« Elle m'a confié que vous étiez sa meilleure amie », dit Anne.

« Vraiment ? s'exclama Mlle Cornelia d'un air ravi. Eh bien, cela me fait plaisir de l'entendre. Il m'est arrivé de me demander si elle voulait vraiment de moi dans les parages. Elle ne me l'a jamais dit. Vous devez l'avoir apprivoisée plus que vous ne le pensez sinon elle ne vous en aurait pas dit autant. Oh ! Cette pauvre fille a le cœur brisé ! Je ne vois jamais Dick Moore sans avoir envie de le transpercer d'un poignard. »

Mlle Cornelia s'essuya de nouveau les yeux et s'étant soulagée en formulant ce vœu sanguinaire, elle poursuivit son histoire.

« Bien, Leslie fut laissée toute seule. Dick avait semé avant de partir et le vieil Abner vint s'occuper de la récolte. L'été passa et le *Four Sisters* ne revint pas. Les gens de la Nouvelle-Écosse entreprirent des recherches et apprirent que le bateau s'était rendu à La Havane, y avait déchargé sa cargaison, en avait pris une autre et était reparti; et ils n'ont rien appris de plus. On commença graduellement à parler de Dick Moore comme s'il était mort. Presque tout le monde croyait qu'il l'était, mais personne n'en était sûr, car des hommes sont déjà rentrés au port après avoir disparu pendant des années. Leslie ne crut jamais qu'il était mort, et elle avait raison. Quelle pitié! L'été suivant, le Capitaine Jim se rendit à La Havane. Cela se passait évidemment avant qu'il ne renonce à naviguer. Il voulait enquêter... en vrai homme, il n'a jamais détesté se mêler des affaires des autres; il est donc allé se renseigner dans les pensions de marins et autres lieux semblables pour voir s'il pourrait découvrir quelque chose concernant l'équipage du *Four Sisters*. Si vous voulez mon avis, il aurait mieux fait de ne pas déranger le chat qui dormait! Il est allé à un endroit isolé et il y a trouvé un homme qu'au premier coup d'œil il a reconnu comme Dick Moore, même s'il avait une longue barbe. Le Capitaine Jim la fit raser et il n'y eut plus aucun doute – c'était bien Dick Moore – du moins, c'était son corps. Son esprit – tout comme son âme – s'était envolé. D'après moi, il n'en avait jamais eu! »

« Qu'est-ce qui lui était arrivé? »

« Personne n'en sait rien. Tout ce que les logeurs ont pu dire, c'est qu'environ un an auparavant, ils l'avaient trouvé un matin couché sur le seuil dans un état épouvantable, la tête pratiquement réduite en bouillie. Ils ont supposé qu'il avait été blessé dans une bataille d'ivrognes, et c'est probablement ce qui s'est passé. Ils l'ont rentré, convaincus qu'il ne survivrait pas. Mais il survécut, et lorsqu'il fut rétabli, il était comme un enfant. Il n'avait plus ni mémoire, ni intelligence, ni raison. Ils essayèrent de découvrir son identité, mais n'y parvinrent jamais. Il ne pouvait même pas dire son nom; il ne pouvait prononcer que quelques mots simples. Il avait sur lui une lettre

commençant par "Cher Dick" et signée "Leslie", mais elle ne
contenait aucune adresse et l'enveloppe avait disparu. Ils lui
permirent de rester – il apprit à effectuer certains petits
travaux à la maison – et c'est là que le Capitaine Jim l'a
trouvé. Il le ramena chez lui et j'ai toujours dit que c'était une
triste affaire, bien que je présume qu'il ne pouvait rien faire
d'autre. Il a pensé qu'en revenant chez lui, en retrouvant un
entourage et des visages familiers, sa mémoire se réveillerait
peut-être. Mais cela n'a eu aucun effet. Il est depuis ce temps à
la maison près du ruisseau. Un enfant, ni plus, ni moins. Il fait
à l'occasion de petites crises de rage, mais la plupart du temps,
il est seulement vide, de bonne humeur et inoffensif. Il a
tendance à s'enfuir quand on ne le surveille pas. Voilà le fardeau que Leslie doit porter depuis onze ans, et seule. Le vieil
Abner Moore est mort peu de temps après le retour de Dick et
on a découvert qu'il était au bord de la faillite. Quand tout a
été réglé, il n'est resté à Leslie et Dick que la vieille ferme
West. Leslie l'a louée à John Ward et le loyer qu'elle en tire
est tout ce qu'elle a pour vivre. Pour joindre les deux bouts, il
lui arrive de prendre un pensionnaire en été. Mais la plupart
des visiteurs préfèrent l'autre côté du port, où se trouvent les
hôtels et les chalets. La maison de Leslie est trop éloignée de
la plage. Il y a onze ans qu'elle prend soin de Dick et reste à ses
côtés. Elle est liée à cet imbécile pour la vie. Après tous les
rêves et les espoirs qu'elle avait eus un jour ! Vous pouvez imaginer ce que cela a été pour elle, ma chère Anne, avec sa
beauté, son esprit, sa fierté et son intelligence. Elle est comme
une morte vivante. »

   « Pauvre, pauvre femme », soupira Anne. Son propre bonheur lui semblait injuste. De quel droit était-elle si heureuse
quand un autre être humain devait être si misérable ?

   « Pourriez-vous me répéter ce que Leslie a dit et comment
elle a agi le soir où vous l'avez rencontrée sur la plage ? »
demanda Mlle Cornelia.

   Elle écouta avec attention et hocha la tête d'un air satisfait.

   « *Vous* l'avez trouvée raide et froide, chère Anne, mais je
peux vous affirmer que vous l'avez merveilleusement dégelée.

Vous avez dû lui faire une forte impression, et cela me fait
très plaisir. Vous êtes en mesure de l'aider beaucoup. J'étais si
contente en apprenant qu'un jeune couple venait s'installer
dans cette maison, car j'espérais que cela signifiait des amis
pour Leslie; surtout si vous étiez de la race qui connaît
Joseph. Vous serez son amie, n'est-ce pas, chère Anne?»

«Bien sûr, si elle me le permet», fit Anne avec sa gentille
et impulsive sincérité.

«Non, vous devez l'être, qu'elle vous le permette ou non,
dit résolument Mlle Cornelia. Ne vous formalisez pas si elle se
montre sèche parfois. Souvenez-vous de ce que sa vie a été –
et est encore – et sera toujours, j'imagine, car les créatures
comme Dick Moore vivent vieux, d'après ce que je comprends. Vous devriez voir comme il a engraissé depuis son
retour. Il avait coutume d'être plutôt maigre. Arrangez-vous
seulement pour qu'elle soit votre amie – vous en êtes capable
– vous faites partie de ces personnes qui ont le don. Une
seule chose, vous ne devez pas vous montrer susceptible. Et
ne vous en faites pas si elle ne semble pas beaucoup vouloir
que vous alliez chez elle. Elle sait que certaines femmes n'aiment pas se trouver en compagnie de Dick : elles se plaignent qu'il leur donne la chair de poule. Permettez-lui seulement de venir ici aussi souvent qu'elle le pourra. Elle ne peut
pas beaucoup s'éloigner, elle ne peut laisser Dick très longtemps, car Dieu seul sait ce qu'il manigancerait, probablement mettre le feu à la maison. Elle n'est libre, pratiquement, que le soir, quand il est couché et qu'il dort. Il va toujours au lit très tôt et dort comme une souche jusqu'au
matin. C'est sans doute de cette façon que vous l'avez
rencontrée sur la plage. Elle s'y promène souvent.»

«Je ferai tout ce que je pourrai pour elle», l'assura Anne.
L'intérêt qu'elle éprouvait envers Leslie Moore, très vif
depuis qu'elle l'avait aperçue conduisant ses oies en bas de la
colline, se trouva mille fois plus intense après la narration de
Mlle Cornelia. La beauté de la jeune femme, sa peine et sa
solitude la lui rendaient irrésistiblement fascinante. Elle
n'avait jamais rencontré personne qui lui ressemblât; ses

amies avaient toujours été, comme elle, des filles saines, normales et joyeuses, avec le fardeau habituel d'affliction et de souci humains assombrissant leurs rêves de jeunes filles. Leslie Moore se tenait à part, figure tragique et attirante de féminité distordue. Anne résolut de gagner l'entrée dans le royaume de cette âme solitaire et d'y découvrir la camaraderie qu'elle pourrait si richement donner, sans les chaînes cruelles qui la maintenaient dans une prison qu'elle n'avait pas elle-même construite.

« Et écoutez bien, chère Anne, reprit Mlle Cornelia qui n'avait pas encore entièrement soulagé son esprit, vous ne devez pas croire que Leslie soit une infidèle parce qu'elle ne va presque jamais à l'église, ou même qu'elle soit une méthodiste. Elle ne peut évidemment pas amener Dick à l'église, bien qu'il ne l'ait pas fréquentée beaucoup dans ses meilleurs jours. Mais vous devez vous rappeler, ma chère Anne, qu'elle est une vraie presbytérienne de cœur. »

12

Leslie rend visite

Leslie arriva à la maison de rêve un soir glacial d'octobre; les brumes du clair de lune pendaient au-dessus du port et faisaient penser à des boucles de ruban argenté le long des vallons bordant l'océan. Elle parut regretter d'être venue lorsque Gilbert lui ouvrit la porte; mais Anne le devança, se précipita vers elle et la fit entrer.

«Je suis si contente que vous ayez choisi ce soir-ci pour venir, s'exclama-t-elle gaiement. J'ai fait une grosse quantité de fondant au chocolat cet après-midi et nous avions besoin de quelqu'un pour nous aider à le manger, près du feu, en nous racontant des histoires. Le Capitaine viendra peut-être aussi faire un tour. C'est son soir.»

«Non. Le Capitaine Jim est chez moi, dit Leslie. C'est lui qui... qui m'a poussée à venir ici», ajouta-t-elle d'un ton à demi provocateur.

«Je l'en remercierai quand je le verrai», dit Anne en tirant des fauteuils devant la cheminée.

«Oh! Je ne voulais pas dire que je ne voulais pas venir, protesta Leslie en rougissant un peu. J'y songeais... mais ce n'est pas toujours facile de m'éloigner.»

«Bien entendu, ce doit être difficile pour vous de laisser M. Moore», approuva Anne d'un ton neutre. Elle avait décidé qu'il serait préférable de mentionner occasionnel-

lement Dick Moore comme un fait accepté afin de ne pas
rendre le sujet plus morbide en l'évitant. Elle avait raison,
car l'air contraint de Leslie disparut tout à coup. Elle s'était
évidemment demandé à quel point Anne était au courant de
ses conditions de vie et se sentait soulagée de ne pas avoir à
fournir d'explications. Elle accepta de retirer son chapeau et
sa veste et se pelotonna, d'un geste un peu enfantin, dans le
grand fauteuil près de Magog. Elle était joliment et soigneu-
sement vêtue, un géranium rouge sur son corsage donnant la
touche habituelle de couleur à son costume. Ses beaux cheveux luisaient comme de l'or liquide dans la lumière chaude
du foyer. Ses yeux bleu océan étaient pleins de douce gaieté
et de séduction. Pour le moment, sous l'influence de la petite
maison de rêve, elle était de nouveau une jeune fille – une
jeune fille ayant oublié le passé et son amertume. Prise dans
l'atmosphère des nombreuses amours qui avaient sanctifié la
petite maison, en compagnie de deux jeunes gens sains et
heureux de sa génération, elle ressentit la magie de ce qui l'entourait et y céda. Mlle Cornelia et le Capitaine Jim auraient eu
peine à la reconnaître ; Anne trouva difficile de croire que
cette jeune fille animée bavardant et écoutant avec l'avidité
d'une âme affamée était la femme froide et fermée qu'elle
avait rencontrée sur la plage. Et avec quelle envie les yeux de
Leslie regardaient les livres sur les étagères entre les fenêtres.

« Notre bibliothèque n'est pas très fournie, expliqua Anne,
mais chacun des livres qu'elle contient est un *ami*. Nous
avons choisi nos livres au cours des années, ici et là, n'en
achetant jamais un avant de l'avoir déjà lu et constaté qu'il
était de la race de Joseph. »

Leslie éclata de rire, d'un beau rire qui semblait proche
parent de toute la joie dont l'écho avait résonné dans la petite
maison par le passé.

« J'ai quelques livres ayant appartenu à mon père, pas beaucoup, précisa-t-elle. Je les ai lus jusqu'à les connaître pratiquement par cœur. Je ne trouve pas beaucoup de livres. Il y a
une bibliothèque au magasin du Glen, mais je ne crois pas
que le comité qui choisit les livres pour M. Parker connaisse

ceux qui sont de la race de Joseph, ou peut-être cela leur est-il égal. J'en ai si rarement trouvé un que j'ai renoncé à en emprunter. »

« J'espère que vous considérerez notre bibliothèque comme la vôtre, répliqua Anne. Vous êtes entièrement et de tout cœur bienvenue à emprunter n'importe lequel de nos livres. »

« Vous me présentez un festin de mets rares », remercia joyeusement Leslie. Puis, comme dix heures sonnaient à l'horloge, elle se leva un peu à contrecœur.

« Je dois partir. Je ne m'étais pas aperçue qu'il était si tard. Le Capitaine Jim a coutume de dire que cela ne prend pas beaucoup de temps pour rester une heure. Mais je suis restée deux heures et oh! j'en ai bien profité », ajouta-t-elle avec franchise.

« Revenez souvent », dirent Anne et Gilbert. Ils s'étaient levés et se tenaient debout ensemble dans la lueur du feu de cheminée. Leslie les regarda : jeunes, pleins d'espoir, heureux, symbolisant tout ce qui lui avait manqué et lui manquerait toujours. La lumière disparut de son visage et de ses yeux; la jeune fille s'effaça; et ce fut la femme triste et trompée qui répondit presque froidement à l'invitation et s'enfuit avec une hâte pitoyable.

Anne la regarda jusqu'à ce qu'elle se perde dans les ombres de la nuit froide et brumeuse. Puis elle retourna lentement à son propre foyer radieux.

« N'est-elle pas charmante, Gilbert? Sa chevelure me fascine. Mlle Cornelia prétend qu'elle lui arrive aux chevilles. Ruby Gillis avait de beaux cheveux, mais ceux de Leslie vivent, chacun d'eux est un fil d'or vivant. »

« Elle est ravissante », approuva Gilbert, d'un ton si convaincu qu'Anne aurait presque souhaité qu'il démontre un peu moins d'enthousiasme.

« Gilbert, préférerais-tu mes cheveux s'ils étaient comme ceux de Leslie? » demanda-t-elle mélancoliquement.

« Pour rien au monde je ne voudrais voir tes cheveux d'une autre couleur, l'assura Gilbert, accompagnant sa déclaration d'un ou deux gestes convaincants. Tu ne serais pas

Anne si tu avais les cheveux dorés, ou d'une autre couleur que... »

« Roux », termina Anne avec une sombre satisfaction.

« Oui, roux, pour donner de la chaleur à ta peau laiteuse et à tes yeux brillants gris-vert. Une chevelure dorée ne te conviendrait pas du tout, Reine Anne – *ma* Reine Anne – reine de mon cœur, de ma vie et de ma maison. »

« Si c'est ainsi, tu peux admirer les cheveux de Leslie autant que tu le désires », déclara Anne, magnanime.

13

Une soirée avec des fantômes

Un soir de la semaine suivante, Anne décida de traverser les champs jusqu'à la maison au bout du ruisseau pour faire une visite improvisée. C'était un soir où un brouillard gris avait rampé à partir du golfe, couvert le port, rempli les gorges et les vallées et s'était accroché lourdement aux prairies automnales. On pouvait entendre sangloter et frémir la mer. Anne découvrit ainsi un nouvel aspect de Four Winds et le trouva étrange, mystérieux et fascinant; mais cela lui donna également une légère sensation de solitude. Gilbert était absent et le serait jusqu'au lendemain, assistant à un congrès médical à Charlottetown. Anne avait envie de passer un moment agréable avec une amie. Le Capitaine Jim et Mlle Cornelia étaient, chacun à sa façon, de «bons camarades»; mais la jeunesse appelait la jeunesse.

«Si seulement Diana, Phil, Pris ou Stella pouvait venir bavarder avec moi, se disait-elle, comme ce serait formidable! C'est un soir tellement propice aux *revenants*. Je suis sûre que si cet épais brouillard pouvait soudain se lever, on pourrait voir tous les vaisseaux ayant un jour quitté Four Winds pour leur dernier voyage rentrer au port avec, sur le pont, leurs équipages noyés. J'ai l'impression que le brouillard recèle d'innombrables mystères, comme si j'étais entourée par les apparitions d'anciennes générations d'habitants de

Four Winds qui me dévisagent à travers ce voile gris. S'il arrivait que les chères vieilles dames mortes de cette petite maison reviennent la visiter, elles le feraient par une nuit comme celle-ci. Si je reste ici plus longtemps, je vais voir l'une d'elles assise en face de moi dans le fauteuil de Gilbert. Cet endroit est inquiétant. Même Gog et Magog ont l'air de prêter l'oreille pour entendre marcher d'invisibles visiteurs. Je vais courir chez Leslie avant de me faire peur avec mes propres fictions, comme je le faisais autrefois dans la Forêt hantée. Je vais laisser ma petite maison de rêve accueillir ses anciens habitants. Mon feu leur prouvera ma bonne volonté et leur souhaitera la bienvenue ; ils seront partis avant mon retour et ma maison m'appartiendra de nouveau. Je suis certaine qu'elle a ce soir rendez-vous avec le passé. »

Riant un peu de ses propres fantasmes tout en éprouvant la chair de poule dans la région de l'épine dorsale, Anne envoya de la main un baiser à Gog et Magog et se glissa dehors dans le brouillard, quelques nouveaux magazines sous le bras pour Leslie.

« Leslie est folle des livres et des magazines, lui avait appris Mlle Cornelia, et elle n'en voit presque jamais. Elle ne peut se permettre d'en acheter ou de s'y abonner. Elle est réellement si pauvre que c'en est une pitié, Anne. Je ne comprends pas comment elle arrive à vivre du petit revenu qu'elle tire de la location de la ferme. Jamais elle ne se plaint de sa pauvreté, mais je sais ce que cela doit être. Toute sa vie, la pauvreté a été un handicap pour elle. Cela lui était égal quand elle était libre et ambitieuse, mais cela doit l'irriter à présent, vous pouvez me croire. Je suis contente qu'elle ait paru si brillante et heureuse le soir qu'elle a passé avec vous. Le Capitaine Jim m'a raconté qu'il avait pratiquement été obligé de lui mettre son chapeau et son manteau et de la pousser dehors. N'attendez pas trop avant d'aller la voir, sinon elle va croire que c'est parce que la vue de Dick vous rebute et elle va de nouveau rentrer dans sa coquille. Dick est un gros et grand bébé inoffensif, mais son sourire et son gloussement stupides tombent sur les nerfs de certaines personnes. Dieu merci, j'ai, quant à moi, les nerfs solides. Je préfère Dick à présent à ce qu'il était quand il avait tous ses esprits, et Dieu sait que cela ne veut pas dire grand-chose. Un jour, je suis allée donner un coup de main à Leslie pour faire son grand ménage et j'étais en train de faire frire des beignes. Dick, comme à l'accoutumée, rôdait aux alentours et, tout à coup, il en a pris un brûlant que je venais de retirer de l'huile et me l'a jeté sur la nuque pendant que je me penchais. Puis il s'est mis à rire et à rire encore. Vous pouvez me croire, Anne, cela a pris toute la grâce de Dieu dans mon cœur pour m'empêcher de prendre ce chaudron de graisse bouillante et de le lui verser sur la tête. »

Anne rit de la colère de Mlle Cornelia en se hâtant dans le noir. Mais le rire sonnait faux ce soir-là. Elle était suffisamment calme quand elle atteignit la maison au milieu des saules. Tout était très silencieux. Comme l'avant de la maison paraissait sombre et désert, Anne se glissa vers la porte de côté qui, de la véranda, ouvrait sur un petit boudoir. Là, elle s'arrêta sans faire de bruit.

La porte était ouverte. À l'intérieur, dans la pièce faiblement éclairée, Leslie était assise, la tête appuyée sur ses bras. Elle pleurait horriblement, avec des sanglots longs, féroces, étranglés, comme si une agonie de son âme tentait de frayer son chemin au-dehors. Un vieux chien noir se tenait près d'elle, le museau posé dans son giron, ses grands yeux pleins d'une sympathie et d'une dévotion muettes et implorantes. Anne recula, stupéfaite. Elle avait le sentiment de ne pouvoir rien faire pour cette amertume. Son cœur lui faisait mal d'une bienveillance qu'elle devait museler. Entrer maintenant serait comme fermer la porte à toute possibilité d'aide ou d'amitié future. Un instinct avertissait Anne que cette jeune femme fière et amère ne pardonnerait jamais à quiconque la surprendrait en train de s'abandonner au désespoir.

Anne se glissa silencieusement dehors par la véranda et trouva son chemin dans la cour. Plus loin, elle entendit des voix dans la pénombre et vit le faible éclat d'une lumière. À la barrière, elle rencontra deux hommes, le Capitaine Jim portant une lanterne et un autre qu'elle reconnut comme étant Dick Moore, un grand et gras bonhomme au visage large, rond et rouge et au regard vide. Même dans la lumière glauque, Anne avait l'impression que ses yeux avaient quelque chose d'inhabituel.

« C'est vous, Dame Blythe ? demanda le Capitaine Jim. Voyons, voyons, vous devriez pas vous promener toute seule une nuit comme celle-ci. Vous pourriez vous perdre dans c'brouillard. Attendez juste que j'aie reconduit Dick à la maison et j'vais revenir vous guider à travers les champs. Pas question que le Dr Blythe revienne chez lui pour découvrir que vous êtes tombée du cap Laforce dans l'brouillard. C'est arrivé à une femme il y a quarante ans. »

Lorsqu'il l'eut rejointe, il reprit :

« Comme ça, vous êtes allée voir Leslie ? »

« Je ne suis pas entrée », répondit Anne, et elle lui narra ce qu'elle avait vu. Le Capitaine Jim soupira.

« Pauvre, pauvre petite fille ! Elle pleure pas souvent, Dame Blythe, elle est trop courageuse pour ça. Elle doit se sentir terriblement mal quand elle pleure. Un soir comme celui-ci est dur pour les pauvres femmes qui souffrent. On dirait qu'il y a quelque chose dans l'air qui ramène à la surface tout ce qu'on a enduré, ou craint. »

« C'est une nuit pleine de fantômes, approuva Anne en frissonnant. C'est pourquoi je suis venue, je voulais tenir une main humaine, entendre une voix. Il semblait y avoir tant de présences *inhumaines* aux alentours ce soir. Même ma propre maison bien-aimée en paraissait envahie. Elles m'ont pratiquement chassée de chez moi. J'ai donc couru ici pour chercher la compagnie de mes semblables. »

« Vous avez eu raison de n'pas entrer, Dame Blythe. Leslie aurait pas aimé ça. Elle aurait pas aimé que j'entre avec Dick comme j'l'aurais fait si j'vous avais pas rencontrée. J'ai gardé Dick avec moi toute la journée. J'le fais aussi souvent que j'peux pour donner un p'tit coup de main à Leslie. »

« Les yeux de Dick n'ont-ils pas quelque chose d'étrange ? »

« Vous avez remarqué ? Oui, il a un œil bleu et l'autre noisette, comme son père. C'est une caractéristique des Moore.

C'est comme ça que j'ai su qu'il était Dick Moore quand je l'ai vu pour la première fois à Cuba. Si ça n'avait pas été de ses yeux, je l'aurais peut-être pas reconnu avec sa barbe et sa graisse. J'suppose que vous savez que c'est moi qui l'ai retrouvé et ramené ici. Mlle Cornelia dit toujours que j'aurais jamais dû faire ça, mais j'suis pas d'accord avec elle. C'était la meilleure chose à faire, la seule. J'peux pas remettre ça en question. Mais mon vieux cœur souffre pour Leslie. Elle n'a que vingt-huit ans et elle a mangé plus de pain amer que la plupart des femmes à quatre-vingts ans. »

Ils continuèrent à marcher en silence quelques instants.

« Vous savez, Capitaine Jim, je n'ai jamais aimé me promener avec une lanterne. J'éprouve toujours le sentiment bizarre que juste à l'extérieur du cercle de lumière, juste après le bord du cercle dans le noir, je suis entourée d'un anneau de choses furtives et sinistres qui me surveillent dans l'ombre avec des yeux hostiles. J'ai cette impression depuis mon enfance. Pourquoi ? Je ne ressens jamais cela quand je suis vraiment dans le noir ; quand le noir est proche de moi tout autour, je ne suis jamais effrayée. »

« J'éprouve quelque chose de semblable moi aussi, admit le Capitaine Jim. Je suppose que quand la noirceur est proche, elle est une amie. Mais quand on la repousse, comme qui dirait, avec la lumière de la lanterne, elle devient notre ennemie. Mais le brouillard se dissipe. Si vous remarquez, il y a un bon vent d'ouest qui se lève. Les étoiles seront sorties quand vous arriverez chez vous. »

Elles l'étaient ; et lorsque Anne rentra dans sa maison de rêve, les tisons rougeoyants luisaient encore dans le foyer, et toutes les présences spectrales s'étaient enfuies.

14

Jours de novembre

La splendeur des couleurs qui avaient ébloui tout le monde pendant des semaines le long des grèves de Four Winds Harbour s'était estompée en ce doux gris-bleu des collines de la fin de l'automne. Vinrent ensuite plusieurs jours où les champs et les plages furent assombris par la bruine ou frissonnèrent sous le souffle mélancolique du vent de la mer; on connut des nuits d'orage et de tempête au cours desquelles Anne se réveilla parfois pour prier qu'aucun navire ne heurte la sombre grève, car si cela se produisait, même le grand phare fidèle, tournant sans peur à travers le noir, pourrait échouer à le guider vers un havre sûr.

«En novembre, j'ai quelquefois l'impression que le printemps ne reviendra plus jamais», soupirait-elle, souffrant de la laideur désespérée de ses plates-bandes gelées et défraîchies. Le gai jardinet de l'épouse de l'instituteur était à présent devenu un lieu délaissé, et les peupliers et les bouleaux tiraient le diable par la queue, comme le disait le Capitaine Jim. Mais la futaie de sapins derrière la petite maison était à jamais verte et robuste; et même en novembre et en décembre, il y eut des journées charmantes de soleil et de vapeurs mauves où le port dansait et scintillait aussi joyeusement qu'en été, et le golfe était si doucement bleu et tendre que la tempête et le vent sauvage ne semblaient plus qu'un mauvais rêve.

Anne et Gilbert passèrent plusieurs soirées d'automne au phare. C'était toujours un endroit plein d'entrain. Même quand le vent d'est chantait en mineur et que la mer était morne et grise, des éclats de soleil semblaient se cacher dans tous les recoins. Cela était peut-être dû à Second qui y paradait toujours dans sa panoplie mordorée. Il était si grand et resplendissant que c'est à peine si on remarquait l'absence du soleil, et ses ronrons retentissants accompagnaient agréablement la conversation entrecoupée de rires qui se déroulait auprès de la cheminée du Capitaine. Ce dernier tenait avec Gilbert de longues discussions au sujet de tout et de rien.

« J'aime méditer sur toutes sortes de problèmes, même si j'peux pas les résoudre, disait-il. Mon père prétendait qu'on devait jamais parler de choses qu'on connaissait pas, mais si on l'faisait pas, les sujets de conversation seraient rares. J'présume que les dieux doivent souvent rire de nous entendre, mais qu'est-ce que ça peut faire pour autant qu'on se souvienne qu'on est rien que des humains et qu'on se prenne pas pour des dieux, vraiment, sachant la différence entre ce qui est bien et ce qui est mal. Comme j'imagine, docteur, que nos jasettes peuvent faire de tort à personne, on peut bien se questionner une autre fois sur l'où, le quand, le comment et le pourquoi des choses. »

Pendant qu'ils « jacassaient », Anne écoutait ou rêvassait. Quand Leslie les accompagnait au phare, elle et Anne se promenaient sur la grève dans l'inquiétant clair de lune ou s'asseyaient sur les rochers derrière le phare jusqu'à ce que la noirceur les ramène au joyeux feu de bois de grève. Le Capitaine Jim leur concoctait alors du thé et leur racontait des « histoires de terre et de mer, et de tout ce qui put arriver au grand monde oublié ».

Leslie semblait toujours beaucoup apprécier ces soirées impromptues au phare, et elle s'y épanouissait en rires et en mots d'esprit, ou dans un silence où ses yeux luisaient. La conversation prenait une saveur piquante lorsque Leslie était présente ; elle leur manquait quand elle était absente. Même quand elle ne parlait pas, on aurait dit qu'elle inspirait les autres à se montrer brillants. Le Capitaine Jim racontait mieux ses histoires, les reparties de Gilbert étaient plus vives et Anne sentait de petites bouffées d'imagination jaillir de ses lèvres sous l'influence de la personnalité de Leslie.

« Cette fille était née pour être une tête d'affiche dans des cercles sociaux et intellectuels loin de Four Winds, confia Anne à Gilbert un soir qu'ils rentraient chez eux. Elle végète ici. »

« Tu ne nous écoutais pas l'autre soir, le Capitaine Jim et ton fidèle serviteur, quand nous discutions de ce sujet d'une façon générale ? Nous en étions arrivés à la réconfortante conclusion que le Créateur savait probablement aussi bien que nous mener Son univers et que cela n'existe pas, des vies "gaspillées", sauf lorsqu'une personne gâche délibérément sa propre vie, ce qui n'est certainement pas le cas de Leslie Moore. Et certaines gens pourraient croire qu'une diplômée de Redmond que les éditeurs commençaient à honorer gaspille sa vie en étant l'épouse d'un médecin de campagne qui se débat dans la communauté de Four Winds. »

« Gilbert ! »

« Et si tu avais épousé Roy Gardner, poursuivit impitoyablement Gilbert, tu aurais pu briller dans les milieux sociaux et intellectuels loin de Four Winds. »

« Gilbert *Blythe* ! »

« Tu *sais* que tu as été amoureuse de lui à un certain moment. »

« Gilbert, c'est mesquin, c'est même méchant, c'est tout à fait masculin, comme dirait Mlle Cornelia. Je n'ai *jamais* été amoureuse de lui. J'ai seulement imaginé que je l'étais. *Tu* le sais. Tu *sais* que je préfère être ta femme dans la maison de nos rêves et de nos réalisations qu'une reine dans son palais. »

Gilbert ne répondit pas par des paroles ; mais j'ai bien peur que tous deux aient oublié la pauvre Leslie qui se hâtait, solitaire, à travers champs, vers une maison qui n'était ni un château ni un rêve réalisé.

La lune se levait sur l'océan triste et sombre et le transfigurait. Sa lumière n'avait pas encore atteint le port dont le côté le plus éloigné était peuplé d'ombres suggestives, avec ses criques indistinctes, ses riches ténèbres et ses lueurs scintillantes.

«Comme les lumières luisent dans la noirceur, ce soir! s'exclama Anne. On dirait que le port porte un collier. Et comme cela scintille au Glen! Oh! regarde, Gilbert, c'est notre lumière. Je suis si contente que nous l'ayons laissée allumée. Je déteste rentrer dans une maison sombre. La lumière de *notre* maison, Gilbert! N'est-ce pas joli à voir?»

«Ce n'est qu'une parmi des millions de maisons sur la terre, petite Anne, mais c'est la nôtre, la *nôtre*, notre phare dans un "monde méchant". Quand un type possède une maison et une adorable petite femme rousse, qu'est-ce qu'il peut demander de plus à la vie?»

«Bien, il pourrait demander *une* chose de plus, chuchota joyeusement Anne. Oh! Gilbert, il me semble que je ne *pourrai* tout simplement pas attendre jusqu'au printemps.»

15

Noël à Four Winds

Pour commencer, Anne et Gilbert envisagèrent de retourner à Avonlea pour Noël; puis ils décidèrent de rester à Four Winds. « Je veux passer le premier Noël de notre vie commune dans notre propre maison », décréta Anne.

C'est ainsi que Marilla, Mme Rachel Lynde et les jumeaux vinrent à Four Winds pour Noël. Marilla avait le visage de quelqu'un qui fait le tour du globe. Elle ne s'était jamais éloignée de plus de soixante milles de chez elle avant; et elle n'avait jamais mangé un repas de Noël ailleurs qu'à Green Gables.

Mme Rachel Lynde avait confectionné et apporté un énorme *plum pudding*. Rien n'aurait pu la convaincre qu'une diplômée d'université de la nouvelle génération était apte à faire un *plum pudding* acceptable; elle accorda cependant son approbation à la maison d'Anne.

« Anne est une bonne maîtresse de maison, confia-t-elle à Marilla dans la chambre d'ami le soir de leur arrivée. J'ai jeté un coup d'œil dans sa huche à pain et dans sa poubelle. C'est toujours sur ces deux points-là que je juge une ménagère. Sa poubelle ne contient rien qui n'aurait pas dû être jeté et il n'y a pas de croûtes moisies dans la huche à pain. C'est évidemment toi qui l'as élevée, mais après, elle a fréquenté l'université. Je remarque qu'elle a mis ma courtepointe à rayures tabac sur ce lit, et ton grand tapis rond natté devant la cheminée du salon. Je me sens réellement chez moi. »

Le premier Noël d'Anne dans sa propre maison fut aussi merveilleux qu'elle l'avait souhaité. La journée était belle et claire ; la première neige était tombée la veille de Noël et avait embelli le paysage ; le port était encore ouvert et scintillant.

Le Capitaine Jim et Mlle Cornelia vinrent dîner. Leslie et Dick avaient été invités, mais Leslie s'était excusée ; ils allaient toujours passer Noël chez son oncle Isaac West, avait-elle dit.

« Elle préfère cela, avait expliqué Mlle Cornelia. Elle ne peut supporter d'amener Dick là où il y a des étrangers. Noël est toujours un moment difficile pour Leslie. Elle et son père avaient coutume d'en faire un grand cas. »

Mlle Cornelia et Mme Rachel ne se prirent pas d'une très vive sympathie l'une vis-à-vis de l'autre. « Deux soleils ne peuvent tourner dans la même galaxie. » Elles n'eurent cependant pas à s'affronter car Mme Rachel aidait Anne et Marilla à préparer le repas dans la cuisine et ce fut à Gilbert qu'incomba la tâche de distraire le Capitaine Jim et Mlle Cornelia, ou d'être plutôt distrait par eux, un dialogue entre ces deux vieux amis et antagonistes ne risquant assurément jamais de devenir ennuyeux.

« Ça fait pas mal d'années qu'il n'y a pas eu de dîner de Noël ici, Dame Blythe, fit remarquer le Capitaine Jim. Mlle Russell allait toujours chez ses amis en ville pour Noël. Mais j'ai assisté au premier dîner de Noël qui ait jamais été mangé dans cette maison, et c'est la femme de l'instituteur qui l'avait préparé. Ça fait soixante ans aujourd'hui, Dame Blythe, et c'était une journée semblable à celle-ci ; il y avait juste assez de neige pour couvrir les collines, et le port était aussi bleu qu'en juin. J'étais qu'un jeune garçon et c'était la première fois que j'étais invité à manger ailleurs, et j'étais trop timide pour manger à ma faim. J'ai bien changé depuis. »

« Comme la plupart des hommes », rétorqua Mlle Cornelia qui cousait furieusement. Il n'était pas question pour elle de rester oisive, même le jour de Noël. Les bébés viennent au monde sans tenir compte des congés, et on en attendait un dans une famille vivant dans la misère à Glen St. Mary. Mlle Cornelia avait envoyé à cette petite famille un repas substantiel et entendait déguster le sien la conscience en paix.

« Ma foi, vous savez que c'est par le ventre qu'on atteint le cœur de l'homme, Cornelia », expliqua le Capitaine.

« Je vous crois, quand il *a* un cœur, répliqua cette dernière. Je suppose que c'est pour ça que tant de femmes se tuent à cuisiner, comme cette pauvre Amelia Baxter. Elle est morte l'an dernier, le matin de Noël, et elle disait que c'était le premier Noël depuis qu'elle était mariée où elle n'avait pas à préparer un gros dîner de vingt services. Cela aurait été un changement agréable pour elle. Bien, elle est morte depuis un an, alors Horace Baxter va sûrement refaire surface sous peu. »

« J'ai entendu dire qu'il avait déjà resurgi, affirma le Capitaine Jim en faisant un clin d'œil à Gilbert. Il était pas chez vous un dimanche dernièrement, portant son habit noir de l'enterrement et un faux-col bouilli ? »

« Il n'y était pas. Et il est inutile qu'il vienne. J'aurais pu l'avoir autrefois quand il était jeune. Je ne veux pas de marchandise usagée, vous pouvez me croire. Quant à Horace Baxter, il avait des problèmes financiers – cela a fait un an l'été dernier – et il a prié le Seigneur de l'aider ; et quand sa femme est morte et qu'il a reçu l'argent de son assurance-vie, il a déclaré qu'il pensait que c'était en réponse à sa prière. Un vrai homme, n'est-ce pas ? »

« Avez-vous la preuve qu'il a réellement dit ça, Cornelia ? »

« J'ai la parole du pasteur méthodiste, si on peut appeler ça une preuve. Robert Baxter m'a répété la même chose, mais j'admets que ce n'est pas une preuve non plus. Robert Baxter n'a pas la réputation de dire souvent la vérité. »

« Allons, allons, Cornelia, j'pense qu'il dit généralement la vérité, mais il change si souvent d'opinion qu'on peut avoir l'impression qu'il ment. »

« On a cette impression pas mal souvent, merci, croyez-moi. Mais faites confiance à un homme pour en excuser un autre. Je n'ai que faire de Robert Baxter. Il est devenu méthodiste seulement parce qu'une fois, la chorale presbytérienne a entonné "Voici venir le futur marié" pendant la quête, alors qu'il avançait dans l'allée avec Margaret, une semaine après leur mariage. Il n'avait qu'à ne pas arriver en retard ! Il a toujours prétendu que la chorale l'avait fait exprès pour l'insulter, comme s'il avait vraiment une telle importance. Mais cette famille s'est toujours considérée beaucoup plus importante qu'elle ne l'était. Son frère Eliphalet imaginait que le démon était toujours à ses côtés, mais je n'ai jamais cru que Satan gaspillait son temps avec lui. »

« Je... me... demande, dit le Capitaine Jim d'un air songeur. Eliphalet Baxter vivait trop seul... avait même pas de chat ou de chien pour le garder humain. Quand un homme est seul, il est puissamment apte à s'acoquiner avec le diable, s'il est pas avec Dieu. J'suppose qu'il doit choisir la compagnie qu'il gardera. Si le diable était toujours aux côtés de Life Baxter, ça doit être parce que Life Baxter l'aimait bien. »

« Un vrai homme », marmonna Mlle Cornelia, puis elle s'absorba en silence dans des points compliqués jusqu'à ce que le Capitaine Jim la sorte de sa concentration en lançant d'un ton désinvolte :

« J'suis allé à l'église méthodiste dimanche dernier. »

« Vous auriez mieux fait de rester chez vous à lire la Bible », rétorqua-t-elle.

« Allons, Cornelia, j'vois aucun mal à aller à l'église méthodiste quand y a pas d'sermon dans la mienne. Ça fait soixante-seize ans que j'suis presbytérien, et c'est plus maintenant que ma théologie risque de lever l'ancre. »

« C'est donner le mauvais exemple », reprit sombrement Mlle Cornelia.

« Et puis, continua malicieusement le Capitaine, j'avais envie d'entendre du bon chant. Les méthodistes ont une excellente chorale ; et vous pouvez pas nier, Cornelia, que le chant est épouvantable dans notre église depuis qu'la chorale est divisée. »

« Qu'est-ce que ça peut bien faire que le chant soit moche ?

Le chœur fait de son mieux et Dieu ne fait aucune différence entre le chant d'un corbeau et celui d'un rossignol. »

« Allons, Cornelia, fit doucement le Capitaine, j'ai une meilleure opinion que ça de l'oreille musicale de la Providence. »

« Qu'est-ce qui a causé la dissension dans notre chorale ? » s'enquit Gilbert qui se retenait d'éclater de rire.

« Ça remonte à la construction de la nouvelle église, il y a trois ans, répondit le Capitaine Jim. Nous avons eu toutes les peines du monde à la bâtir ; ça avait commencé avec la question du nouveau site. Y en avait deux qui n'étaient pas à plus de deux cents verges de distance, mais on aurait cru qu'ils étaient à un mille en voyant l'âpreté du combat. On a été divisés en trois clans : un qui voulait le terrain à l'est, un autre qui voulait celui au sud et un troisième qui voulait rester à l'ancien. La question a été débattue partout, au lit, à l'église comme au marché. Tous les vieux scandales datant de trois générations ont été tirés de leurs cercueils et propagés. Trois promesses de mariages ont été rompues. Et les assemblées qu'on a eues pour essayer de régler la question ! Oublierez-vous jamais, Cornelia, celle où le vieux Luther Burns s'est levé et a prononcé un discours ? Il s'est pas gêné pour exprimer ses idées. »

« N'ayons pas peur des mots, Capitaine. Vous voulez dire qu'il a piqué une vraie colère et qu'il n'a épargné personne, à l'avant comme à l'arrière. Ils le méritaient bien, aussi. Une bande d'incapables. Mais à quoi peut-on s'attendre de la part d'un comité composé d'hommes ? Ce comité de construction a tenu vingt-sept réunions, et à la fin de la vingt-septième, on n'était pas plus près qu'au début d'avoir une église, et on en était même très loin, en réalité, puisque dans une crise pour hâter les choses, ils s'étaient mis au travail et avaient démoli la vieille église et qu'on s'est alors retrouvés sans église du tout et qu'on n'avait plus que la salle municipale pour faire nos dévotions. »

« Les méthodistes nous ont offert leur église, Cornelia. »

« L'église de Glen St. Mary ne serait pas encore bâtie aujourd'hui, poursuivit Mlle Cornelia, ignorant la remarque

du Capitaine, si les femmes n'avaient pas décidé de s'en mêler et de prendre les choses en main. Nous avons dit que si
les hommes avaient l'intention de se quereller jusqu'au jour
du Jugement dernier, nous, *nous* entendions avoir une église
et que nous étions fatiguées de faire rire de nous par les
méthodistes. Nous avons tenu *une* réunion, élu un comité et
commencé à solliciter les souscriptions. Et nous les avons
obtenues. Quand un des hommes tentait de nous écœurer,
nous lui répondions que ça faisait deux ans qu'ils essayaient
de construire une église et que c'était à notre tour. Nous leur
avons cloué le bec, je vous en passe un papier, et six mois
plus tard, nous avions notre église. Évidemment, quand les
hommes ont vu que nous étions déterminées, ils ont cessé de
se battre et se sont mis au travail, exactement comme des
hommes, aussitôt qu'ils se sont aperçus qu'ils devaient agir ou
renoncer à commander. Oh! les femmes ne peuvent ni
prêcher ni faire partie du conseil de paroisse, mais elles peuvent construire des églises et ramasser des fonds. »

« Les méthodistes autorisent les femmes à prêcher », fit
remarquer le Capitaine Jim.

Mlle Cornelia le dévisagea.

« Je n'ai jamais dit que les méthodistes n'avaient aucun
bon sens, Capitaine. Ce que je dis, c'est que je doute qu'ils
soient très religieux. »

« Je suppose que vous êtes en faveur du vote des femmes,
Mlle Cornelia », dit Gilbert.

« Je ne languis pas après le droit de vote, vous pouvez me
croire, laissa tomber Mlle Cornelia avec mépris. Je sais ce que
c'est que de nettoyer après le passage des hommes. Mais un de
ces jours, quand les hommes prendront conscience qu'ils ont
mené le monde dans un chaos dont ils ne peuvent le sortir, ils
seront bien contents de nous donner le droit de vote et de
nous mettre leurs problèmes sur le dos. C'est leur plan. Oh!
c'est bien que les femmes soient patientes, croyez-moi. »

« Et qu'en est-il de Job? » suggéra Gilbert.

« Job! C'était une chose si exceptionnelle que de trouver
un homme patient que lorsqu'on en a vraiment découvert

un, on a décidé qu'il ne serait pas oublié, rétorqua triomphalement Mlle Cornelia. La vertu ne va pas avec le nom, en tout cas. Job Taylor du port est l'homme le plus impatient qui ait jamais existé. »

« Ma foi, vous savez, sa patience a été rudement mise à l'épreuve, Cornelia. Même vous ne pouvez prendre la part de sa femme. J'me souviendrai toujours de c'que le vieux William MacAllister a dit d'elle à ses funérailles : "Pas de doute qu'elle était une chritchenne, mais elle avait un tempérament du diable." »

« Je suppose qu'elle devait être pénible, admit Mlle Cornelia d'un air contraint, mais cela ne justifie pas ce que Job a dit à sa mort. Il est rentré du cimetière avec mon père après l'enterrement. Il n'a pas ouvert la bouche avant qu'ils soient arrivés à proximité de la maison. Il a alors poussé un gros soupir et il a dit : "Tu peux ne pas le croire, Stephen, mais c'est le plus beau jour de ma vie !" De vraies paroles d'homme, n'est-ce pas ? »

« J'imagine que la vieille Mme Job a pas dû lui rendre la vie ben facile », réfléchit le Capitaine Jim.

« Eh bien, il existe une chose qui s'appelle la décence, non ? Même si un homme se réjouit dans son cœur de la mort de sa femme, il n'a pas besoin de le crier sur les toits. Que ç'ait été ou non le plus beau jour de sa vie, vous remarquerez que Job Taylor n'a pas attendu longtemps pour se remarier. Sa deuxième femme savait le manipuler. Elle l'a fait marcher droit, je vous en passe un papier ! La première chose qu'elle a faite a été de le brasser pour qu'il érige une pierre tombale à la première Mme Job, et elle y a réservé un espace pour son propre nom. Elle a dit qu'autrement il n'y aurait personne pour forcer Job à lui ériger un monument. »

« À propos des Taylor, comment se porte Mme Lewis Taylor du Glen, docteur ? » s'enquit le Capitaine.

« Elle se rétablit lentement, mais elle doit travailler trop fort », répondit Gilbert.

« Son mari travaille fort lui aussi, à élever des cochons primés, persifla Mlle Cornelia. Il est réputé pour avoir de superbes porcs. Il en est d'ailleurs mille fois plus fier que de ses enfants. Mais c'est sûr que ses cochons sont les meilleurs cochons possibles alors que ses enfants ne font pas vraiment le poids. Il leur a donné une pauvre mère et l'a affamée pendant qu'elle les portait et les élevait. Ses porcs avaient la crème et ses enfants le lait écrémé. »

« Ça m'arrive de devoir être d'accord avec vous, Cornelia, même si ça m'fait mal, déclara le Capitaine Jim. C'est la vérité vraie à propos de Lewis Taylor. Quand j'vois ses pauvres misérables enfants, privés de tout c'que les enfants devraient avoir, ça m'empoisonne la nourriture pendant des jours après. »

Gilbert se rendit à la cuisine où Anne l'appelait. Elle ferma la porte et lui mit les points sur les *i*.

« Gilbert, toi et le Capitaine Jim devez cesser d'asticoter Mlle Cornelia. Oh! Je vous ai écoutés, et je ne le permettrai pas. »

« Anne, Mlle Cornelia s'amuse énormément. Tu sais que c'est vrai. »

« Eh bien, peu importe. Vous n'avez pas à la taquiner comme ça. Le dîner est prêt maintenant, et ne laisse pas Mme Rachel dépecer les oies. Je sais qu'elle a l'intention d'offrir de le faire parce qu'elle pense que tu n'en es pas capable. Prouve-lui le contraire. »

« Je devrais être capable. Cela fait un mois que j'étudie l'*abc* du dépeçage, répliqua Gilbert. Seulement, ne me parle pas pendant l'opération, Anne, parce que si je perds le fil, je me retrouverai dans une situation pire que celle que tu as connue au cours de géométrie à l'école quand le professeur a changé les lettres. »

Gilbert dépeça superbement les oies. Mme Rachel elle-même fut forcée de l'admettre. Et tout le monde en mangea et les apprécia. Le premier dîner de Noël d'Anne fut un grand succès et la maîtresse de maison en elle rayonna de fierté. Le festin fut joyeux et dura longtemps; et lorsqu'on eut fini de manger, on se rassembla autour du feu de foyer et le Capitaine Jim raconta des histoires jusqu'à ce que le soleil rouge descende derrière le port de Four Winds et que les longues ombres des peupliers tombent sur la neige de l'allée.

« I faut que j'retourne au phare, dit enfin le Capitaine. J'ai juste le temps d'arriver chez nous avant le coucher du soleil. Merci pour ce beau Noël, Dame Blythe. Amenez Master Davy au phare un soir avant qu'il reparte. »

« Je veux voir ces dieux de pierre », déclara Davy avec envie.

16

La veillée du jour de l'An au phare

Les gens de Green Gables retournèrent chez eux après Noël, Marilla ayant solennellement promis de revenir pour un mois au printemps. Il neigea encore avant le jour de l'An et le port gela, mais le golfe était encore libre par-delà les champs immaculés et emprisonnés. Le dernier jour de l'année fut un de ces jours d'hiver clairs, froids et éblouissants, qui nous bombardent de leur éclat et suscitent notre admiration, mais jamais notre amour. Le ciel était impitoyablement bleu ; les diamants de neige scintillaient avec insistance ; les arbres rigides étaient nus mais sans honte, avec une sorte de beauté audacieuse ; les collines lançaient des flèches de cristal. Même les ombres étaient aiguës, raides et aux contours nets, comme jamais ne devraient être les ombres qui se respectent. Tout ce qui était beau paraissait dix fois plus beau et moins attirant dans la splendeur étincelante ; et tout ce qui était laid paraissait dix fois plus laid, et tout était beau ou laid. Il n'y avait ni doux mélange, ni obscurité bienveillante, ni brume fuyante dans ce scintillement pénétrant. Les seules choses qui conservaient leur individualité propre étaient les sapins, car le sapin est l'arbre du mystère et des ombres, et jamais il ne cède à l'envahissement de la lumière crue.

Mais la journée commença finalement à s'apercevoir qu'elle vieillissait. Sa beauté devint alors quelque peu pensive, assombrie mais intensifiée tout à la fois ; les angles aigus, les points brillants se fondirent au loin en courbes et en lueurs attrayantes. Le havre blanc se revêtit de nuances pastel grises et roses ; les collines lointaines prirent une teinte améthyste.

« La vieille année s'en va magnifiquement », remarqua Anne. Elle, Leslie et Gilbert étaient en route pour la pointe de Four Winds ; ils avaient prévu, avec le Capitaine Jim, d'aller au phare fêter l'arrivée du Nouvel An. Le soleil s'était couché et dans le firmament, au sud-ouest, Vénus était suspendue, glorieuse et dorée, s'étant rapprochée autant qu'elle le pouvait de sa sœur la terre. Pour la première fois, Anne et Gilbert virent l'ombre projetée par cette brillante étoile du soir, ombre ténue et mystérieuse, que l'on ne voit que quand une neige blanche la révèle, et même alors elle se détourne, disparaissant quand on la regarde directement.

« N'est-ce pas que cela ressemble à l'esprit d'une ombre ? chuchota Anne. On peut la voir si simplement nous hanter quand on regarde devant, mais lorsqu'on se tourne pour la regarder, elle est partie. »

« J'ai entendu dire qu'on ne pouvait voir l'ombre de Vénus qu'une seule fois au cours de son existence et que, dans l'année qui suit, on recevra le plus merveilleux cadeau de sa vie », dit Leslie. Mais elle parlait d'un ton plutôt dur ; peut-être songeait-elle que même l'ombre de Vénus ne pouvait lui apporter aucun cadeau. Anne sourit dans le doux crépuscule ; elle avait une bonne idée de ce que lui promettait l'ombre mystique.

Marshall Elliott était au phare. Pour commencer, Anne fut portée à en vouloir à cet excentrique chevelu et barbu de son intrusion dans le petit cercle intime. Mais Marshall Elliott prouva bientôt qu'il avait le droit de se déclarer membre du clan de Joseph. C'était un homme spirituel, intelligent et cultivé, rivalisant avec le Capitaine Jim lui-même quant au don de raconter une bonne histoire. Tout le monde fut content lorsqu'il accepta de rester avec eux pour dire adieu à la vieille année.

Joe, le petit-neveu du Capitaine, était venu passer le jour de l'An avec son grand-oncle et il s'était endormi sur le canapé, Second pelotonné à ses pieds comme une énorme boule dorée.

« C'est-i pas un adorable petit homme ? s'émerveilla le Capitaine Jim. J'adore regarder dormir un petit enfant, Dame Blythe. Y a rien d'plus beau à voir au monde, j'présume. Joe aime vraiment venir passer la nuit ici, parce que j'le laisse dormir avec moi. Chez lui, il doit coucher avec les deux autres garçons, et ça lui plaît pas. "Pourquoi z'peux pas dormir avec papa, oncle Zim ? qu'il me demande. Dans la Bible, tout le monde dort avec ses parents." Pour c'qui est des questions qu'il pose, le pasteur lui-même pourrait pas y répondre. Elles me chamboulent complètement. "Oncle Zim, si z'étais pas *moi*, qui ze s'rais ?" et "Oncle Zim, qu'est-ce qui se passerait si Dieu mourait ?" Il me les a lancées toutes les deux ce soir avant de s'endormir. Et pour ce qui est de l'imagination, il navigue en haute mer. Il invente les histoires les plus remarquables, et alors, sa mère l'enferme dans la garde-robe pour avoir raconté des mensonges. Et là, il s'assoit et en invente une autre immédiatement, et il la raconte à sa mère quand elle le laisse sortir. Il en avait une pour moi quand il est arrivé ce soir. "Oncle Zim, qu'il m'a dit, aussi solennel qu'une pierre tombale, z'ai eu une 'venture au Glen aujourd'hui." "Ah ! bon, et qu'est-ce que c'était ?" que je lui ai demandé, m'attendant à quelque chose d'assez sensationnel mais absolument pas préparé à sa réponse. "Z'ai rencontré un loup dans la rue, qu'il m'a raconté, un énorme loup avec une grosse gueule rouge et des dents affreusement longues, oncle Zim." "J'savais pas qu'il y avait des loups au Glen", que j'ai dit. "Oh ! Il venait de très très loin, m'a expliqué Joe, et z'ai cru qu'il allait me manger." "As-tu eu peur ?" "Non, parce que z'avais un grand fusil, m'a répondu Joe, et z'ai tiré dessus pis il est mort, oncle Zim, complètement mort, et alors il est monté au ciel et il a mordu le bon Dieu", qu'il m'a dit. Eh ben, j'étais plutôt ébranlé, Dame Blythe. »

Le temps s'écoula joyeusement autour du feu de bois de grève. Le Capitaine Jim raconta des histoires, et Marshall Elliott chanta de vieilles ballades écossaises de sa belle voix

de ténor ; pour finir, le Capitaine décrocha son vieux violon
du mur. Il jouait plutôt bien et tout le monde l'apprécia, sauf
le chat qui bondit du canapé comme si on lui avait tiré dessus, fit entendre un cri de protestation et s'enfuit en haut.

« Impossible de cultiver l'oreille d'ce chat pour la musique,
remarqua le Capitaine Jim. Il reste jamais assez longtemps
pour apprendre à l'aimer. Quand on a eu l'orgue à l'église du
Glen, le vieux Elder Richards a bondi de son siège aussitôt
que l'organiste a commencé à jouer, pis il s'est précipité dans
l'allée et est sorti de l'église à cent milles à l'heure. Ça m'a
tellement fait penser à Second qui prend la poudre d'escam-
pette dès que j'me mets à jouer du violon que j'ai failli éclater
de rire dans l'église comme jamais je l'avais fait auparavant. »

Il y avait quelque chose de si contagieux dans les airs
joyeux que jouait le Capitaine que Marshall Elliott se mit
bientôt à se trémousser. Il avait été un fameux danseur dans
sa jeunesse. Il se leva et tendit les mains à Leslie. Elle réagit
instantanément. Ils tournèrent et tourbillonnèrent dans la
pièce éclairée par le feu de bois avec une grâce et un rythme
exceptionnels. Leslie dansait comme si elle était inspirée ; le
doux et sauvage abandon de la musique paraissait être entré
en elle et la posséder. Anne la contempla avec une admiration
fascinée. Elle ne l'avait jamais vue ainsi. Toute la richesse, la
couleur, tout le charme inné de sa nature semblaient s'être
libérés et débordaient dans ses joues vermeilles, ses yeux
brillants, sa grâce et ses mouvements. Même l'apparence de
Marshall Elliott, avec ses longs cheveux et sa barbe, ne pouvait
gâcher l'image. Elle semblait au contraire l'améliorer.
Marshall Elliott avait l'air d'un Viking d'autrefois, dansant
avec l'une des filles du Nord aux yeux bleus et aux cheveux
d'or.

« Jamais rien vu d'plus beau, et pourtant j'en ai vu dans mon
temps », affirma le Capitaine Jim quand l'instrument tomba
finalement de ses mains fatiguées. Essoufflée, Leslie s'effondra
sur sa chaise en riant.

« J'adore danser, confia-t-elle à Anne en aparté. Je n'ai pas
dansé depuis mes seize ans, mais j'adore cela. On dirait que la

musique court dans mes veines comme du vif argent et j'oublie tout, tout, sauf le plaisir de m'accorder à son rythme. Il n'y a plus de sol sous mes pieds, ni de toit au-dessus de ma tête, je flotte parmi les étoiles. »

Le Capitaine Jim raccrocha le violon à sa place, à côté d'un cadre contenant plusieurs billets de banque.

« Connaissez-vous quelqu'un d'autre que moi qui peut s'permettre de décorer ses murs avec des billets de banque ? demanda-t-il. Y a vingt billets de dix piastres, sans compter le prix de la vitre. Ce sont de vieux billets de la Banque de l'Île-du-Prince-Édouard. J'les avais avec moi quand la banque a fait faillite et j'les ai fait encadrer, en partie pour me rappeler qu'on doit pas placer sa confiance dans les banques, et en partie pour avoir la sensation d'être un vrai millionnaire. Allez, Second, aie pas peur. Tu peux revenir maintenant. La musique et la fête sont finies pour ce soir. Il ne reste plus qu'une heure à la vieille année. J'ai vu soixante-seize nouvelles années arriver sur ce golfe-là, Dame Blythe. »

« Vous en verrez cent », dit Marshall Elliott.

Le Capitaine Jim hocha la tête.

« Non ; et je veux pas, du moins j'pense que je veux pas. La mort devient de plus en plus invitante à mesure que je vieillis. Non pas que personne d'entre nous désire vraiment mourir, Marshall. Le poète Tennyson avait bien raison à ce point de vue-là. Y a c'te vieille Mme Wallace au Glen. Elle a eu des tonnes de problèmes dans sa vie, pauvre elle, et elle a perdu pratiquement tous ceux qu'elle aimait. Elle dit toujours qu'elle sera contente quand son heure sera venue, et qu'elle veut pas séjourner plus longtemps dans c'te vallée de larmes. Mais quand elle tombe malade, c'est tout un branle-bas : les docteurs de la ville, une garde-malade diplômée et assez de médicaments pour tuer un chien. La vie est peut-être une vallée de larmes, d'accord, mais j'présume qu'il y a des gens qui aiment pleurer. »

Ils passèrent la dernière heure de l'année assis calmement auprès du feu. Quelques minutes avant minuit, le Capitaine Jim se leva et ouvrit la porte.

« Il faut faire entrer la nouvelle année », dit-il.

Dehors, la nuit était d'un bleu magnifique. Un scintillant ruban de clair de lune faisait au golfe une guirlande. En deçà de la jetée, la grève avait l'air pavée de nacre. Ils restèrent devant la porte et attendirent : le Capitaine Jim avec son expérience pleine et mûre, Marshall Elliott avec sa vie d'adulte vigoureuse mais vide, Gilbert et Anne avec leurs souvenirs précieux et leurs espérances exquises, Leslie avec sa mémoire d'années affamées et son avenir sans espoir. L'horloge sur la petite étagère au-dessus de la cheminée sonna les douze coups de minuit.

« Bienvenue, nouvelle année, dit le Capitaine Jim, s'inclinant très bas au moment où le dernier coup eut résonné. Je vous souhaite à tous la meilleure année de votre vie. J'imagine que peu importe ce que la nouvelle année nous apportera, ce sera ce que le Grand Capitaine a prévu de mieux pour nous, et d'une façon ou d'une autre, nous arriverons tous à bon port. »

17

Un hiver à Four Winds

L'hiver s'installa en force après le jour de l'An. De grosses congères blanches s'empilaient autour de la maison, et des palmes de givre couvraient les fenêtres. La glace du port durcit et épaissit jusqu'à ce que les habitants de Four Winds puissent marcher dessus, comme tous les hivers. Les chemins sûrs étaient signalés par un gouvernement bienveillant, et nuit et jour on y entendait résonner le joyeux tintement des grelots des traîneaux. Les soirs de pleine lune, ils évoquaient des clochettes de fées pour Anne dans sa maison de rêve. Le golfe gela et la lumière du phare de Four Winds cessa de briller. Pendant les mois où la navigation était arrêtée, la vie du Capitaine Jim était une vraie sinécure.

« Nous aurons rien à faire, le Second et moi, à part nous tenir au chaud et nous amuser. Le dernier gardien de phare avait coutume de déménager au Glen en hiver; mais moi, j'préfère rester à la pointe. Au Glen, le Second pourrait s'empoisonner ou se faire dévorer par les chiens. C'est un peu solitaire, pour sûr, sans la lumière ni l'eau pour nous tenir compagnie, mais si nos amis viennent nous voir souvent, nous passerons au travers. »

Le Capitaine Jim possédait un brise-glace, et Anne, Gilbert et Leslie firent avec lui maintes splendides et folles promenades sur la glace miroitante du port. Anne et Leslie firent également ensemble de longues randonnées en raquettes à travers les champs, ou au port après des tempêtes, ou encore dans les bois par-delà le Glen. Elles s'entendaient très bien au cours de leurs randonnées ou de leurs conversations auprès du feu. Chacune avait quelque chose à offrir à l'autre. Toutes deux trouvaient que l'échange de pensées et le silence complice enrichissaient leur vie ; toutes deux regardaient à travers les champs immaculés, ravies de savoir qu'elles avaient une amie au-delà. Pourtant, malgré tout cela, Anne avait le sentiment qu'il existait toujours une barrière entre elle et Leslie, une contrainte qui ne s'était jamais totalement estompée.

« Je ne sais pas pourquoi je n'arrive pas à me rapprocher davantage d'elle, confia Anne au Capitaine Jim, un soir. « Je l'aime tant, je l'admire tant, je veux la faire entrer dans mon cœur et me faufiler jusqu'au sien. Mais il m'est impossible de franchir la barrière. »

« Vous avez eu une vie trop heureuse, Dame Blythe, répondit sagement le Capitaine. J'suppose que c'est pour ça que vous et Leslie pouvez pas être plus proches dans vos âmes. C'est son expérience de la souffrance qui fait une barrière entre vous. Ni vous ni elle en êtes responsables ; mais la barrière existe et ni vous ni elle pouvez la traverser. »

« Je n'ai pas eu une enfance très heureuse avant d'arriver à Green Gables », remarqua Anne en contemplant par la fenêtre la beauté immobile, morne et désolée des ombres des arbres sans feuilles sur la neige éclairée par la lune.

« Peut-être que non, mais c'était juste le malheur normal d'une enfant qui a personne pour s'occuper d'elle convenablement. Y a pas eu de tragédie dans votre vie, Dame Blythe. Alors que la vie de la pauvre Leslie a presque toute été une tragédie. Elle a l'impression, j'imagine, peut-être même sans s'en rendre compte, qu'il y a une grande partie de sa vie que vous pouvez ni comprendre ni pénétrer, et c'est pourquoi elle doit vous tenir à l'écart, vous empêcher, pour ainsi dire, de lui faire mal. Vous savez, quand on a une blessure, on a peur que quelqu'un y touche ou s'en approche. C'est vrai pour l'âme autant que pour le corps, j'imagine. Comme l'âme de Leslie doit être plutôt à vif, faut pas s'étonner qu'elle la cache. »

« Si ce n'était que cela, je ne m'en formaliserais pas, Capitaine Jim, je comprendrais. Mais il m'arrive – pas toujours, mais à l'occasion – d'avoir le sentiment que Leslie ne m'aime pas. Parfois, je surprends un éclair dans ses yeux qui semble exprimer de la rancune et de la haine; il disparaît vite, mais je l'ai vu, j'en suis convaincue. Et cela me fait mal, Capitaine Jim. Je n'ai pas l'habitude de ne pas être aimée et j'ai tant essayé de gagner l'amitié de Leslie. »

« Vous l'avez gagnée, Dame Blythe. Commencez pas à vous mettre dans la tête qu'elle vous aime pas. Si elle vous aimait pas, elle voudrait rien avoir à faire avec vous, encore moins se montrer bonne camarade comme elle le fait. J'connais trop Leslie Moore pour pas en être sûr. »

« La première fois que je l'ai vue, elle menait ses oies; c'était le jour de mon arrivée à Four Winds, et elle m'a regardée avec la même expression, insista Anne. Je l'ai senti, même à travers le voile de mon admiration pour sa beauté. Elle m'a regardée avec rancune, c'est la vérité, Capitaine Jim. »

« La rancune devait être à propos d'autre chose, Dame Blythe, et vous en avez souffert parce que le hasard a voulu que vous soyez là. Leslie pique occasionnellement des crises de mauvaise humeur, la pauvre. J'peux pas la blâmer quand je sais ce qu'elle a à endurer. J'sais pas pourquoi ces choses arrivent. On a beaucoup parlé, le docteur et moi, de l'origine du mal, mais on n'a pas encore tout découvert à ce sujet. Y a tellement de choses incompréhensibles dans c'bas monde, vous trouvez pas, Dame Blythe? Des fois, les choses ont l'air d'aller rondement, comme entre le docteur et vous. Pis d'autres fois, tout semble aller de travers. Voilà Leslie, si intelligente et si belle qu'on penserait qu'elle était née pour être reine, et au lieu de ça, la voilà enfermée, privée de tout c'qui compte pour une femme, et sans aucun autre avenir que celui de prendre soin de Dick pour le reste de ses jours. Quoique, vous savez, Dame Blythe, j'dirais qu'elle préfère encore c'te vie-là à celle qu'elle partageait avec Dick avant qu'il s'en aille. C'est une chose qu'un vieux marin devrait pas dire, mais vous avez beaucoup aidé Leslie, elle est différente depuis votre arrivée à Four Winds. Nous autres, ses vieux amis, on voit la différence tandis que vous, vous pouvez pas la voir. Mlle Cornelia et moi on en parlait l'autre jour, et c'est une des rares choses sur lesquelles on est d'accord, elle et moi. Alors, jetez par-dessus bord l'idée qu'elle vous aime pas. »

Anne pouvait difficilement renoncer totalement à cette idée, car il y avait des fois où, indubitablement, elle sentait, avec cet instinct contre lequel la raison n'a aucun effet, que Leslie refoulait un étrange et indéfinissable ressentiment à son égard. Parfois, cette conscience secrète ternissait l'harmonie de leur amitié; d'autres fois, c'était presque oublié; pourtant Anne sentait toujours que l'épine cachée était là, et qu'elle pourrait la piquer à tout moment. Anne éprouva une douleur cruelle le jour où elle confia à Leslie son espoir pour le printemps. Leslie la dévisagea d'un air dur, amer, hostile.

« Ainsi, vous aurez *cela* aussi », avait-elle prononcé d'une voix étranglée. Et sans une autre parole, elle lui avait tourné le dos et était repartie chez elle à travers champs. Anne en fut profondément blessée; pendant un instant, elle eut l'impression qu'elle ne pourrait plus jamais aimer Leslie. Mais quand Leslie revint quelques soirées plus tard, elle se montra si charmante, si amicale, franche, spirituelle et séduisante qu'Anne, charmée, lui pardonna et oublia. Seulement, jamais plus elle ne fit allusion à son espoir chéri devant Leslie; Leslie n'en reparla pas, elle non plus. Un soir pourtant, alors que la fin de l'hiver attendait un mot du printemps, elle vint à la petite maison pour une séance de bavardage vespéral; et en partant, elle laissa sur la table une petite boîte blanche. Anne la découvrit après son départ et l'ouvrit en se demandant de quoi il s'agissait. C'était une exquise petite robe blanche faite à la main, délicatement brodée, aux remplis charmants, une pure merveille. Chaque point avait été cousu à la main; et le petit volant de dentelle au col et aux manches était de valenciennes véritables. Sur la robe, une carte portait les mots « Avec l'affection de Leslie ».

« Combien d'heures elle a dû y consacrer, se dit Anne. Et le tissu doit lui avoir coûté beaucoup plus qu'elle ne peut se le permettre. C'est vraiment gentil à elle. »

Mais Leslie se montra brusque et fuyante quand Anne la remercia et une fois de plus, celle-ci se sentit rejetée.

Le cadeau de Leslie ne fut pas le seul qui arriva à la petite maison. Pour une fois, Mlle Cornelia avait renoncé à coudre pour les bébés non désirés et s'était mise au travail pour un premier enfant vraiment attendu et pour lequel tout était prévu. Philippa Blake et Diana Wright avaient toutes deux envoyé un somptueux vêtement ; et Mme Rachel Lynde en fit parvenir plusieurs dont le tissu de qualité et les points bien faits remplaçaient la broderie et les volants habituels. Anne elle-même passa les moments les plus heureux de cet hiver à en confectionner à la main un grand nombre, qui ne furent ainsi jamais « profanés » par une machine à coudre.

Le Capitaine Jim fut l'invité qu'on vit le plus souvent à la petite maison et personne d'autre n'était autant le bienvenu. Anne aimait chaque jour davantage le vieux marin au cœur simple et loyal. Il était aussi rafraîchissant que la brise océane, aussi captivant qu'une chronique ancienne. Jamais elle ne se lassait d'écouter ses histoires, et ses remarques et commentaires pittoresques lui étaient un ravissement continuel. Le Capitaine Jim était une de ces rares personnes qui « ne parlent pas beaucoup mais ont beaucoup à dire ». Le lait de la bonté humaine et la sagesse du serpent étaient merveilleusement proportionnés en lui.

Rien ne semblait jamais le faire sortir de ses gonds ni le déprimer.

« J'ai, comme qui dirait, pris l'habitude de m'amuser, remarqua-t-il une fois qu'Anne lui parlait de son invariable bonne humeur. C'est devenu si chronique que j'pense que j'aurais du plaisir même dans les choses désagréables. C'est rudement bon de penser qu'elles peuvent pas durer toujours. "Vieux rhumatimes, que j'dis quand ça m'prend fort, il faut que t'arrêtes de faire mal des fois. Peut-être ben que pire t'es, plus vite t'arrêteras. Au bout d'la ligne, j'vas avoir raison de toi, que ce soit dans mon corps ou en dehors de lui." »

Un soir qu'elle s'était rendue au phare, Anne, au coin du feu, vit le «livre de vie» du Capitaine Jim. Il ne se fit pas prier pour le montrer et le lui tendit fièrement pour qu'elle le lise.

«Je l'ai écrit pour le laisser au petit Joe, expliqua-t-il. J'aime pas l'idée que tout c'que j'ai fait ou vu soit complètement oublié après que j'me s'rai embarqué pour mon dernier voyage. Joe, lui, il s'en souviendra et il racontera mes histoires à ses enfants.»

C'était un vieux journal de bord à la reliure de cuir, dans lequel il avait consigné ses voyages et ses aventures. Anne songea que pour un écrivain, ce serait un véritable coffre aux trésors. Chaque phrase était un bijou. En tant que tel, le livre n'avait aucun mérite littéraire; le charme de raconteur d'histoires du Capitaine Jim lui faisait défaut quand il prenait la plume; il ne pouvait que donner un aperçu de ses fameuses anecdotes, et l'orthographe et la grammaire étaient toutes deux de travers. Mais Anne sentit que si quelqu'un de doué pouvait prendre cette simple relation d'une vie courageuse semée d'aventures, lisant entre les lignes sèches l'histoire des dangers bravement affrontés et des devoirs virilement accomplis, il pourrait en tirer un livre exceptionnel. Une riche comédie et une émouvante tragédie se cachaient dans le livre du Capitaine Jim; il ne fallait que l'intervention d'une main de maître pour susciter le rire, la tristesse et l'horreur chez des milliers de lecteurs.

Anne en toucha un mot à Gilbert sur le chemin du retour.

«Pourquoi ne t'y essaierais-tu pas, Anne?»

Anne secoua la tête.

«Si seulement je le pouvais! Mais non, je n'ai pas ce don. Tu connais mon point fort, Gilbert: la fantaisie, le féerique, le joli. Pour bien écrire le livre du Capitaine Jim, il faut une personne qui maîtrise un style à la fois vigoureux et subtil, un psychologue clairvoyant, un humoriste et un tragédien-né. Une rare combinaison de talents est nécessaire. Paul pourrait le faire s'il était plus âgé. De toute façon, je vais lui demander de venir l'été prochain rencontrer le Capitaine Jim.»

«Viens voir notre port, lui écrivit Anne. Je crains que tu n'y rencontres ni Nora ni la Dame dorée ni les Jumeaux marins ; mais tu trouveras un vieux loup de mer qui pourra te raconter de merveilleuses histoires.»

Paul lui répondit qu'il ne lui était malheureusement pas possible de venir cet été-là. Il s'en allait en Europe pour deux années d'études.

«À mon retour, j'irai à Four Winds, ma chère institutrice», écrivit-il.

«Mais entre temps, le Capitaine Jim aura vieilli, regretta Anne, et il n'y a personne pour écrire son livre de vie.»

18

Jours de printemps

La glace du port devint noire et meurtrie sous le soleil de mars; en avril, on put de nouveau voir l'eau bleue, le golfe crêté d'écume dans le vent et le phare illuminant le crépuscule.

«Je suis si contente de revoir le phare, déclara Anne le soir de sa réapparition. Il m'a tant manqué tout l'hiver. Au nord-ouest, le ciel paraissait vide et solitaire sans lui.»

La terre était tendre et de jeunes feuilles d'un vert doré faisaient leur apparition. Une brume couleur émeraude baignait les bois par-delà le Glen. À l'aube, les vallées près de la mer étaient pleines de vapeurs féeriques.

Des brises vibrantes allaient et venaient, soufflant une haleine saline. La mer riait, scintillait, se parait et se faisait belle, comme une femme coquette. Des bancs de harengs apparurent, redonnant vie au village de pêche. Le port était plein d'animation, avec des voiles blanches empruntant le chenal. Les navires recommencèrent à quitter le port et à y entrer.

«Un jour de printemps comme celui-ci, dit Anne, je sais exactement ce que mon âme ressentira le matin de la résurrection.»

«Des fois, au printemps, j'ai l'sentiment que j'aurais pu être poète si on m'avait appris jeune, affirma le Capitaine

Jim. J'me surprends moi-même à me laisser emporter par les belles phrases et les vers que l'instituteur récitait il y a soixante ans. Ils me troublent pas le reste du temps. À présent, j'me sens comme si j'devais aller sur les rochers ou dans les champs pour les faire jaillir de moi. »

Le Capitaine Jim était venu cet après-midi-là apporter à Anne un chargement de coquilles pour le jardin, ainsi qu'une petite branche de glycérie* découverte lors d'une promenade dans les dunes.

« C'est d'plus en plus rare le long d'cette plage, de nos jours, remarqua-t-il. Quand j'étais jeune, y en avait plein. À présent, on en trouve une talle que de temps en temps, et encore, jamais quand on en cherche. Il faut qu'on tombe simplement dessus : on marche le long des dunes sans penser aux glycéries pis, tout d'un coup, l'air devient parfumé, et on l'a sous les pieds. J'ai un faible pour cette senteur. Ça m'rappelle toujours ma mère. »

« Votre mère aimait les glycéries elle aussi ? » interrogea Anne.

« Pas que je sache. J'sais même pas si elle en a déjà vu. Non, c'est juste parce que ça a un parfum maternel – pas trop jeune, vous comprenez – quelque chose de piquant, de sain et de fiable, comme une mère. La femme de l'instituteur en gardait toujours dans ses mouchoirs. Vous pourriez mettre ce petit bouquet dans les vôtres, Dame Blythe. J'aime pas ces parfums achetés, mais une bouffée de glycérie va partout où une dame va. »

Anne ne considérait pas avec beaucoup d'enthousiasme l'idée d'entourer ses plates-bandes de coquilles de palourdes ; de prime abord, elles ne l'attiraient pas comme décorations. Mais jamais elle n'aurait voulu blesser le Capitaine Jim ; elle feignit donc de les apprécier et le remercia chaleureusement. Et quand le Capitaine eut fièrement encerclé chaque plate-bande d'un anneau de grosses coquilles d'un blanc laiteux, Anne découvrit,

---

* Plante de la famille des graminacées, abondante au bord de la mer et des étangs.

à sa grande surprise, qu'elle en aimait l'effet. Sur une pelouse de ville, ou même au Glen, elles n'auraient pas été en harmonie avec le décor, mais ici, dans le jardin à l'ancienne de la petite maison au bord de la mer, elles étaient à leur place.

« Elles font vraiment un bel effet », affirma-t-elle sincèrement.

« La femme de l'instituteur mettait toujours des coques autour de ses plates-bandes, lui apprit le Capitaine Jim. Elle avait le « pouce vert » avec les fleurs. Elle les regardait, et les touchait et les touchait encore, et elles poussaient comme des folles. Certaines personnes ont le tour ; j'imagine que vous l'avez aussi, Dame Blythe. »

« Oh ! Je ne sais pas, mais je raffole de mon jardin, et j'aime vraiment y travailler. Planter des choses vertes qui poussent, et regarder chaque jour sortir de nouveaux bourgeons adorables, c'est comme participer à la création, je pense. Actuellement, mon jardin est comme la foi, c'est de l'espoir. Mais attendez un peu. »

« Ça m'renverse toujours de regarder les petites graines brunes et ridées en pensant aux arcs-en-ciel qu'il y a en elles, reprit le Capitaine. Quand je m'y arrête, j'trouve pas difficile de croire qu'on a des âmes qui vivront dans d'autres mondes. Si on oublie leur couleur et leur senteur, si on n'a jamais vu le miracle, on pourrait à peine croire qu'il y avait de la vie dans ces choses minuscules, certaines pas plus grosses que des grains de poussière, vous trouvez pas ? »

Anne, qui comptait les jours comme des grains argentés sur un chapelet, ne pouvait plus faire la longue marche jusqu'au phare ou prendre la route jusqu'au Glen. Mais Mlle Cornelia et le Capitaine Jim venaient très souvent à la petite maison. Mlle Cornelia faisait la joie de l'existence d'Anne et de Gilbert. Après chacune de ses visites, ses discours les faisaient rire aux larmes. Quand elle et le Capitaine Jim leur rendaient visite en même temps, les écouter était un véritable sport. Ils tenaient des joutes verbales vigoureuses, elle attaquant, lui se défendant. Anne reprocha un jour au Capitaine Jim de taquiner ainsi Mlle Cornelia.

«Oh! J'aime la mettre en train, Dame Blythe, gloussa le Capitaine Jim. C'est l'plus grand plaisir que j'ai dans la vie. Elle n'a pas la langue dans sa poche. Et vous et ce jeune docteur prenez autant de plaisir que moi à l'écouter.»

Le Capitaine Jim vint un autre soir apporter à Anne des fleurs de mai. Le jardin débordait de cet air humide et parfumé d'une soirée de printemps maritime. Une brume blanc lait montait du bord de la mer, une jeune lune l'embrassait et des étoiles joyeuses et argentées scintillaient au-dessus. La cloche de l'église résonnait rêveusement de l'autre côté du port. Son tintement mélodieux traversait le crépuscule pour se mêler au doux mugissement de la mer. Les fleurs de mai du Capitaine Jim ajoutaient au charme du soir la touche finale.

«Je n'en avais pas encore vu ce printemps, et elles me manquaient», fit Anne en y enfouissant son visage.

«On peut pas en trouver autour de Four Winds, mais seulement dans les terres sèches loin par là-bas, derrière le Glen. J'ai fait une petite promenade aujourd'hui pour vous en chercher. J'imagine que ce sont les dernières qu'on verra ce printemps-ci, parce que leur temps est pratiquement fini.»

«Comme c'est gentil à vous d'y avoir pensé, Capitaine Jim. Personne, pas même Gilbert, précisa-t-elle en hochant la tête dans sa direction, ne s'est rappelé que j'attends toujours les fleurs de mai au printemps.»

«Eh ben, j'ai fait une autre course. J'voulais payer une traite de truite à M. Howard. Il aime en manger une de temps en temps et c'est tout c'que je peux faire pour lui rendre une faveur qu'il m'a faite un jour. J'ai passé tout l'après-midi à jaser avec lui. Il aime parler avec moi, même s'il est un homme très instruit et moi un vieux marin ignorant, parce qu'il fait partie de ces gens qui sont malheureux s'ils ne parlent pas, et y a pas grand-monde pour l'écouter. Les gens du Glen l'évitent parce qu'ils le prennent pour un païen. C'est pas exactement ce qu'il est – peu d'hommes le sont, j'présume – mais il est c'qu'on pourrait appeler un hérétique. Les hérétiques sont mauvais, mais ils sont rudement intéressants. C'est juste qu'ils ont comme qui dirait arrêté de chercher Dieu, ayant l'impression qu'Il est difficile à trouver, ce qui est absolument faux. J'suppose que la plupart tombent dessus un jour ou l'autre. J'pense pas que le fait d'écouter ses arguments puisse me faire grand mal. Vous savez, moi j'crois ce qu'on m'a appris à croire. Ça m'épargne une tonne de problèmes. Et en fin de compte, Dieu est bon. L'ennui avec M. Howard, c'est qu'il est un petit peu trop intelligent. Il pense qu'il vit à la hauteur de son intelligence et que c'est plus sage d'inventer quelque nouveau moyen de gagner son ciel que d'y arriver par l'ancien chemin que prennent les gens communs et ignorants. Mais il va y arriver un bon jour, et alors il rira de lui-même. »

« Pour commencer, M. Howard était méthodiste », déclara Mlle Cornelia, qui semblait croire que de là à l'hérésie, il n'y avait pas une longue route.

« Savez-vous, Mlle Cornelia, dit gravement le Capitaine Jim, que j'ai souvent pensé que si j'étais pas presbytérien, je s'rais méthodiste ? »

« Oh ! ma foi, concéda Mlle Cornelia, si vous n'étiez pas presbytérien, ce que vous seriez n'aurait pas beaucoup d'importance. À propos d'hérésie, cela me rappelle, docteur, que je vous ai rapporté le livre que vous m'avez prêté, *Loi naturelle dans le monde spirituel*. Je n'en ai pas lu plus que le tiers. Je peux lire des choses sensées et des choses insensées, mais ce livre n'est ni l'un ni l'autre. »

« C'est vrai qu'on le considère hérétique dans certains milieux, admit Gilbert, mais je vous en avais avertie avant que vous le preniez, Mlle Cornelia. »

« Oh ! Cela ne m'aurait pas dérangée qu'il soit hérétique, je peux supporter la méchanceté, mais pas la folie », décréta calmement Mlle Cornelia, l'air de quelqu'un qui vient de dire la dernière chose qu'il y avait à dire à propos de *Loi naturelle*.

« Parlant de livres, *Un amour fou* est arrivé à sa conclusion il y a deux semaines, remarqua songeusement le Capitaine Jim. Ça a duré cent trois chapitres. Quand les jeunes gens se sont mariés, le livre était fini, et j'suppose qu'ils étaient arrivés à la fin de leurs ennuis. C'est réellement beau que ça se passe comme ça dans les livres, même si c'est le contraire dans la vie, n'est-ce pas ?»

«Je ne lis jamais de romans, déclara Mlle Cornelia. Avez-vous appris comment allait Geordie Russell aujourd'hui, Capitaine Jim ?»

«Oui, j'suis arrêté le voir en rentrant chez moi. Il se remet, mais il mijote dans un bouillon de problèmes, comme d'habitude, le pauvre. C'est évidemment lui qui en a mijoté une grande partie, mais j'imagine que ça les rend pas plus faciles à supporter.»

«Cet homme est un épouvantable pessimiste», dit Mlle Cornelia.

«Ben, non, c'est pas exactement un pessimiste, Cornelia. C'est juste qu'il trouve jamais ce qui lui convient.»

«Et ce n'est pas ça, un pessimiste ?»

«Non, non. Un pessimiste, c'est quelqu'un qui ne s'attend jamais à trouver ce qui lui convient. Geordie n'est pas encore rendu aussi loin.»

«Vous trouveriez quelque chose de positif à dire à propos du diable lui-même, Jim Boyd.»

«Ben, vous connaissez l'histoire de la vieille dame qui disait que Geordie était obstiné. Pourtant non, Cornelia, j'ai rien de bon à dire sur Satan.»

«Est-ce que vous croyez qu'il existe ?» demanda sérieusement Mlle Cornelia.

«Comment vous pouvez me poser cette question quand vous savez quel bon presbytérien je suis, Cornelia ? Qu'est-ce qu'un presbytérien pourrait faire sans démon ?»

«Vous ne m'avez pas répondu», insista Mlle Cornelia.

Le Capitaine Jim devint grave tout à coup.

«J'crois à ce que j'ai une fois entendu un pasteur décrire comme "une force puissante, malveillante et *intelligente* du mal œuvrant dans l'univers", affirma-t-il solennellement. C'est ce que je crois, Cornelia. Vous pouvez l'appeler le démon, ou le "principe du mal", ou le Vieux Satan, ou n'importe quel autre nom. Ça existe, et tous les païens et les hérétiques du monde ne peuvent le nier, pas plus qu'ils peuvent nier l'existence de

Dieu. Ça existe, et ça fonctionne. Pourtant, vous savez, Cornelia, j'crois que cette force ne gagnera jamais sur le bien.»

«C'est sûr que je l'espère aussi, approuva cette dernière sans trop de conviction. Mais parlant du démon, j'ai la certitude que Billy Booth est possédé par lui à présent. Connaissez-vous son dernier exploit?»

«Non. Qu'est-ce que c'est?»

«Il a mis le feu au tailleur neuf de sa femme, en lainage brun, qu'elle avait payé vingt-cinq dollars à Charlottetown, parce qu'il a déclaré que les hommes la regardaient avec trop d'admiration la première fois qu'elle l'a porté pour aller à l'église. Un vrai homme, n'est-ce pas?»

«Dame Booth est rudement jolie, et le brun est sa couleur», remarqua songeusement le Capitaine Jim.»

«Est-ce une raison pour jeter son costume neuf dans le poêle? Billy Booth est fou de jalousie, et il rend sa femme malheureuse. Elle a pleuré toute la semaine à cause de son tailleur. Oh! Anne, si seulement je pouvais écrire comme vous! Quel savon je passerais à quelques hommes des alentours!»

«Ces Booth ont tous un grain de folie, reprit le Capitaine Jim. Jusqu'à son mariage, Billy paraissait le plus sain d'esprit de la bande. Mais c'est alors que son caractère jaloux s'est dévoilé. Quant à son frère Daniel, il a toujours été bizarre.»

«Il avait des crises tous les deux ou trois jours et refusait de sortir du lit, poursuivit Mlle Cornelia, l'air de se délecter. Sa femme devait faire tout le travail de la ferme jusqu'à ce que la crise soit passée. À sa mort, les gens lui ont envoyé des lettres de condoléances; si j'en avais écrit une, ç'aurait été une lettre de félicitations. Son père, le vieux Abram Booth, était un vieil imbécile répugnant. Il était ivre aux funérailles de sa femme, et n'arrêtait pas de tourner en rond en hoquetant "J'ai p... p... pas bu tant que ça, mais j'me sens d... d... drôle." Je lui ai donné un bon coup de parapluie dans le dos quand il a été près de moi, et ça l'a dessaoulé jusqu'au moment où on a sorti le cercueil de la maison. Le jeune Johnny Booth devait se marier hier, mais il n'a pas pu parce qu'il a attrapé les oreillons. Un vrai homme ! »

« Comment est-ce qu'il aurait pu éviter d'attraper les oreillons, le pauvre ? »

« Le pauvre, en effet, c'est bien qu'il est pour Kate Sterns ! J'ignore comment il aurait pu éviter d'attraper les oreillons ; tout ce que je sais, c'est que le souper de noces était prêt et que tout va être gâché avant qu'il soit rétabli. Quel gaspillage ! Il aurait dû avoir les oreillons quand il était enfant. »

« Allons, allons, Cornelia, vous pensez pas que vous y allez un peu fort ? »

Mlle Cornelia dédaigna de répondre et se tourna plutôt vers Susan Baker, une vieille fille du Glen au visage sombre et au grand cœur, qui vivait à la petite maison depuis quelques semaines à titre de bonne à tout faire. Susan venait de rentrer du Glen où elle était allée visiter une malade.

« Comment se porte la vieille Tante Mandy ce soir ? » s'enquit Mlle Cornelia.

Susan soupira.

« Très mal, très mal, Cornelia. J'ai peur qu'elle soit bientôt au paradis, la pauvre. »

« Oh ! certainement, ce n'est déjà pas si mal ! » s'exclama Mlle Cornelia avec sympathie.

Le Capitaine Jim et Gilbert se regardèrent. Puis, ils se levèrent soudain et sortirent.

« Y a des fois, dit le Capitaine entre deux spasmes, où ce serait un péché de n'pas rire. Ces deux femmes sont vraiment exceptionnelles ! »

19

Aube et crépuscule

Au début de juin, quand les rosiers sauvages festoyaient sur les dunes de sable et que les pommiers en fleurs adoucissaient le Glen, Marilla arriva à la petite maison avec une malle en poil de cheval noir ornée de clous de bronze qui avait séjourné pendant un demi-siècle dans le grenier de Green Gables sans être dérangée. Susan Baker qui, au cours des quelques semaines de son séjour à la petite maison, en était venue à vénérer la «jeune Mme Docteur», comme elle appelait Anne, avec une ferveur aveugle, regarda de prime abord Marilla de travers et d'un œil jaloux. Mais comme Marilla ne tenta pas de se mêler des questions culinaires et ne montra aucun désir d'interrompre les bons conseils qu'elle prodiguait à la jeune Mme Docteur, la bonne servante se réconcilia avec sa présence et déclara à ses copines du Glen que Mlle Cuthbert était une vieille dame sympathique et qu'elle connaissait sa place.

Un soir, au moment où la voûte limpide du firmament rougeoyait somptueusement et que les hirondelles peuplaient la brunante d'hymnes jubilatoires aux étoiles du soir, il y eut une commotion soudaine dans la petite maison. Des messages téléphoniques furent envoyés au Glen, le Dr Dave et une infirmière à la coiffe blanche arrivèrent en hâte, Marilla arpenta le jardin entre les coquilles de palourdes en murmurant des prières, les lèvres serrées, et Susan s'installa dans la cuisine, de la ouate dans les oreilles et le tablier sur la tête.

Leslie, jetant un coup d'œil depuis sa maison près du ruisseau, constata que chaque fenêtre de la petite maison était éclairée, et n'arriva pas à dormir.

Cette nuit de juin fut courte; mais elle parut une éternité à ceux qui veillaient en attendant.

« Oh! est-ce que ça finira jamais? » dit Marilla; puis elle vit combien l'infirmière et le médecin avaient l'air grave et elle n'osa poser aucune autre question. En supposant qu'Anne... mais Marilla ne pouvait pas le supposer.

« Ne me dites pas, fit férocement Susan, répondant à l'angoisse qu'elle lisait dans les yeux de Marilla, que Dieu pourrait être assez cruel pour nous enlever cet adorable agneau quand nous l'aimons tous tellement! »

« Il en a pris d'autres qu'on aimait tout autant », répliqua Marilla d'une voix enrouée.

Mais à l'aube, au moment où le soleil levant dispersa les vapeurs suspendues au-dessus de la barre de sable et les irisa, la joie revint dans la petite maison. Anne était saine et sauve, et une minuscule petite dame qui avait les grands yeux de sa mère reposait à son côté. Gilbert, le visage gris et hagard après cette nuit d'agonie, descendit apprendre la nouvelle à Marilla et Susan.

« Merci, mon Dieu! » bredouilla Marilla.

Susan se leva et retira la ouate de ses oreilles.

« À présent, le déjeuner », dit-elle vivement. « J'suis d'avis qu'une bouchée fera de tort à personne. Dites à la jeune Mme Docteur de s'inquiéter de rien, Susan prend le gouvernail. Dites-lui de penser à rien d'autre qu'à son bébé. »

Gilbert s'en alla en souriant tristement. Anne, son pâle visage blêmi par ce baptême de souffrance, les yeux brillants de la passion sacrée de la maternité, n'avait nul besoin qu'on lui dise de penser à son bébé. Elle ne pensait à rien d'autre. Pendant quelques heures, elle goûta un bonheur si rare et si exquis qu'elle se demanda si les anges du ciel ne l'enviaient pas.

«Petite Joyce, murmura-t-elle quand Marilla vint voir le bébé. Nous avions prévu de l'appeler comme ça si c'était une fille. Il y avait tant de noms que nous voulions lui donner; finalement, nous avons décidé que ce serait Joyce. On pourra lui donner le diminutif de Joy... Joy, cela lui va si bien. Oh! Marilla, je croyais que j'étais heureuse avant. À présent, je sais que ce n'était qu'un beau rêve de bonheur. Voici la réalité.»

«Tu ne dois pas parler, Anne, attends d'être plus forte», lui conseilla Marilla.

«Tu sais combien cela m'est difficile de me taire», fit Anne en souriant.

Au début, elle était trop faible et trop heureuse pour remarquer que Gilbert et l'infirmière avaient un air grave et que Marilla était triste. Puis, aussi subtilement, aussi froidement, aussi impitoyablement qu'un brouillard maritime s'approche des terres, la peur s'insinua dans son cœur. Pourquoi Gilbert n'était-il pas plus gai? Pourquoi ne parlait-il pas du bébé? Pourquoi ne voulaient-ils pas la laisser auprès d'elle après cette première heure de félicité absolue? Est-ce que... est-ce que quelque chose n'allait pas?

«Gilbert, chuchota Anne d'une voix implorante, le bébé... va bien... n'est-ce pas? Dis-moi... dis-moi.»

Gilbert hésita longuement; puis il se pencha vers Anne et la regarda dans les yeux. Marilla, qui écoutait craintivement derrière la porte, entendit un gémissement pitoyable et déchirant et se précipita à la cuisine où Susan pleurait.

«Oh! pauvre agneau... pauvre agneau! Comment pourra-t-elle supporter cette peine, Mlle Cuthbert? Cela va la tuer, j'en ai peur. Elle était si excitée, si heureuse, elle avait si hâte d'avoir le bébé, elle faisait tant de projets. Vous êtes sûre qu'il n'y a rien à faire, Mlle Cuthbert?»

«Je crains que non, Susan. Gilbert dit que c'est sans espoir. Il savait dès le début que ce petit être ne pouvait pas survivre.»

«Et c'est un si joli bébé, sanglota Susan. Je n'ai jamais vu un bébé aussi blanc, la plupart sont rouges ou jaunes. Et elle ouvrait ses grands yeux comme si elle avait plusieurs mois. Tout petit bébé! Oh! La pauvre jeune Mme Docteur!»

Au coucher du soleil, la petite âme qui était arrivée avec l'aube s'en fut, laissant derrière elle des cœurs brisés. Mlle Cornelia prit la minuscule dame blanche des mains pleines de bonté mais étrangères de l'infirmière, et revêtit le petit corps cireux de la ravissante robe que Leslie lui avait fabriquée. C'est Leslie qui lui avait demandé de le faire. Puis elle la rapporta et la coucha à côté de la pauvre petite maman défaite et aveuglée par les larmes.

«Le Seigneur a donné et le Seigneur a repris, dit-elle à travers ses propres larmes. Béni soit son nom.»

Elle se retira ensuite, laissant Anne et Gilbert avec leur morte.

Le lendemain, la petite Joy toute blanche fut placée dans un cercueil de velours que Leslie avait doublé de fleurs de pommiers et portée au cimetière de l'église de l'autre côté du port. Mlle Cornelia et Marilla enlevèrent tous les petits vêtements cousus avec tant d'amour, de même que le panier festonné qui avait été orné de volants et de dentelle pour un corps potelé et une tête duveteuse. Petite Joy n'y dormirait jamais; elle avait trouvé un lit plus froid et plus étroit.

«Ce fut pour moi une terrible déception, soupira Mlle Cornelia. J'avais si hâte de voir ce bébé, et je voulais que ce soit une fille.»

«Grâce à Dieu, la vie d'Anne a été épargnée, fit Marilla en frissonnant, repensant aux sombres heures pendant lesquelles la fille qu'elle aimait traversait la vallée de l'ombre.

«Pauvre, pauvre petit agneau! Elle a le cœur brisé», ajouta Susan.

«Moi, j'envie Anne, s'écria tout à coup Leslie d'un ton dur, et même si elle était morte, je l'envierais encore! Elle a été mère pendant une belle journée. Je donnerais avec plaisir cinq ans de ma vie pour cela!»

«Je ne parlerais pas comme ça, ma chère Leslie», dit Mlle Cornelia d'un ton désapprobateur. Elle craignait que la digne Mlle Cuthbert ne trouve Leslie plutôt affreuse.

Anne fut longue à se rétablir et plusieurs choses rendirent sa convalescence encore plus amère. La floraison et le soleil de Four Winds l'horripilaient; et pourtant, quand la pluie tombait à verse, elle s'imaginait qu'elle cognait impitoyablement sur la petite tombe de l'autre côté du port; et quand le vent soufflait autour des avant-toits, elle y entendait des voix tristes que jamais auparavant elle n'avait entendues.

Les visiteurs compatissants, pleins de bonnes intentions, la blessaient aussi avec les platitudes qu'ils débitaient pour camoufler la nudité de son deuil. Une lettre de Phil Blake lui causa une nouvelle souffrance. Phil, qui avait appris la naissance du bébé mais non son décès, avait écrit à Anne une lettre de félicitations gentiment amusante qui la blessa horriblement.

« Cette lettre m'aurait tellement fait rire si j'avais eu mon bébé, confia-t-elle à Marilla en pleurant. Mais comme je ne l'ai pas, cela ressemble à de la cruauté pure et simple, même si je sais que pour rien au monde Phil ne voudrait me faire de mal. Oh! Marilla, je ne vois pas comment je pourrai être de nouveau heureuse. Tout me blessera pour le reste de ma vie. »

« Le temps t'aidera », affirma Marilla qui, bien que débordant de sympathie, n'avait jamais appris à exprimer ce sentiment autrement qu'en lieux communs.

« Cela paraît injuste, poursuivit Anne d'un air révolté. Des enfants naissent et vivent là où on ne veut pas d'eux, où ils seront négligés, où ils n'auront jamais de chance. Moi, j'aurais tant aimé mon bébé, je m'en serais occupée si tendrement, et j'aurais essayé de lui donner toutes les chances de réussir. On ne m'a pourtant pas permis de le garder. »

« C'était la volonté de Dieu, Anne, dit Marilla, impuissante devant l'énigme de l'univers, devant les raisons de la souffrance non méritée. Et la petite Joy est mieux là où elle est. »

« Je ne peux pas croire cela », s'écria Anne d'un ton amer. Puis, voyant que Marilla avait l'air choqué, elle ajouta avec passion : « Pourquoi devait-elle naître – pourquoi n'importe qui devrait-il naître – si elle est mieux morte? Je ne crois pas que ce soit mieux pour un enfant de mourir à la naissance que de vivre sa vie, d'aimer et d'être aimé, de jouir et de souffrir, d'accomplir son travail, et de développer un caractère qui lui donnera une personnalité pour l'éternité. Et comment sais-tu que c'était la volonté de Dieu ? C'était peut-être la puissance du mal qui a fait dévier le projet de Dieu. On ne peut pas exiger qu'on se résigne à ça. »

« Oh ! Anne, ne dis pas ça, supplia Marilla, profondément alarmée, craignant qu'Anne ne dérive en eaux profondes et dangereuses. Nous ne pouvons comprendre, mais nous devons avoir la foi, nous devons croire que tout est pour le mieux. Je sais que c'est difficile pour toi de le croire maintenant. Mais essaie de te montrer courageuse, pour l'amour de Gilbert. Il est si inquiet à ton sujet. Tu ne te rétablis pas aussi vite que tu le devrais. »

« Oh ! Je sais que j'ai été très égoïste, soupira Anne. J'aime Gilbert plus que jamais, et je veux vivre par amour pour lui. Mais c'est comme si une partie de moi était enterrée là-bas dans le petit cimetière du port, et cela me fait si mal que j'ai peur de la vie. »

« Cela ne te fera pas toujours souffrir autant, Anne. »

« La pensée que je pourrais cesser d'en souffrir me fait quelquefois encore plus mal que tout le reste, Marilla. »

« Oui, je sais. J'ai déjà éprouvé ce sentiment moi aussi, en d'autres occasions. Mais nous t'aimons tous, Anne. Le Capitaine Jim est venu tous les jours prendre de tes nouvelles, et Mme Moore n'est jamais loin, et Mlle Bryant passe la majorité de son temps, je crois, à te cuisiner de bons petits plats. Susan en prend ombrage. Elle est d'avis qu'elle cuisine aussi bien que Mlle Bryant. »

« Chère Susan ! Oh ! Tout le monde s'est montré si gentil, si bon et si aimable avec moi, Marilla. Je ne suis pas ingrate et peut-être que, quand cette horrible souffrance se sera atténuée quelque peu, je trouverai qu'il est possible de continuer à vivre. »

20

Margaret perdue

Anne découvrit qu'il était possible de continuer à vivre; un jour vint où une des péroraisons de Mlle Cornelia lui arracha même un sourire. Mais il y avait quelque chose dans son sourire qui n'y avait jamais été avant et qui n'en serait plus jamais absent.

Le premier jour où elle fut capable d'aller se promener, Gilbert l'amena à la pointe de Four Winds et la laissa là pendant qu'il traversait le chenal à la rame pour aller visiter un patient au village de pêcheurs. Un vent fou s'était levé sur le port, fouettant l'eau en écume blanche et lavant la plage en longues lignes de brisants argentés.

« J'suis vraiment fier de vous revoir, Dame Blythe, dit avec chaleur le Capitaine Jim. J'ai peur que ce soit un peu poussiéreux ici aujourd'hui, mais on n'a pas besoin de regarder la poussière quand on a un si beau paysage devant les yeux. »

« La poussière ne me dérange pas, répondit Anne, mais Gilbert dit que je dois rester au grand air. Je pense que je vais aller m'asseoir sur les rochers là-bas. »

« Aimeriez-vous avoir de la compagnie ou préférez-vous rester seule ? »

« Si, par compagnie, vous entendez la vôtre, je la préférerais de beaucoup à la solitude », fit Anne avec un sourire. Puis elle soupira. Avant, la solitude lui était égale. À présent, elle la terrifiait. Quand elle se retrouvait seule, elle se sentait désormais si inexorablement seule.

« Voici un beau petit coin où le vent pourra pas vous atteindre, dit le Capitaine Jim comme ils arrivaient aux rochers. J'viens souvent m'asseoir ici. C'est un endroit idéal juste pour s'asseoir et rêver. »

« Oh ! Les rêves, soupira Anne. Je ne peux plus rêver, maintenant, Capitaine Jim. J'en ai fini avec les rêves. »

« Oh ! non, c'est pas vrai, Dame Blythe, pas vrai du tout, dit le Capitaine d'un air songeur. J'sais c'que vous ressentez à présent, mais si vous continuez à vivre, vous connaîtrez de nouveau le bonheur et la première chose que vous saurez, c'est que vous serez encore en train de rêver, grâce au bon Dieu. Si on n'avait pas nos rêves, ça serait aussi bien qu'on nous enterre. Comment on pourrait supporter de vivre sans notre rêve de l'immortalité ? Et c'est un rêve qui va se réaliser, Dame Blythe. Vous reverrez votre petite Joyce un jour. »

« Mais ce ne sera plus mon bébé, fit Anne, les lèvres tremblantes. Oh ! Elle sera peut-être, comme le dit Longfellow, "une jeune fille blonde revêtue de la grâce céleste", mais elle sera pour moi une étrangère. »

« Dieu fera les choses mieux que ça, je pense », objecta le Capitaine Jim.

Ils gardèrent tous deux silence quelques instants. Puis le Capitaine demanda d'une voix très douce :

« Dame Blythe, est-ce que j'peux vous parler de Margaret perdue ? »

« Bien sûr », répondit gentiment Anne. Elle ignorait qui était cette "Margaret perdue", mais elle sentait qu'elle allait entendre le Capitaine Jim lui raconter l'histoire d'amour de sa vie.

« J'ai souvent eu envie d'vous en parler, poursuivit ce dernier. Savez-vous pourquoi, Dame Blythe ? C'est parce que je veux que quelqu'un se souvienne d'elle quand je s'rai parti. J'peux pas supporter l'idée que son nom soit oublié par tous les êtres vivants. Et maintenant, personne d'autre que moi se souvient de Margaret perdue. »

Le Capitaine raconta alors l'histoire, une vieille histoire oubliée, car il y avait plus de cinquante ans que Margaret s'était endormie dans le doris de son père et qu'elle était partie à la dérive – c'était du moins ce qu'on supposait, rien n'ayant jamais été établi quant à son sort – en dehors du chenal, au large de la jetée, pour périr foudroyée au cours de l'orage qui avait éclaté si brusquement par cet après-midi d'été d'autrefois. Pourtant, pour le Capitaine Jim, cela semblait être arrivé hier.

« J'ai arpenté la plage pendant des mois après ça, continuat-il tristement. Je cherchais son cher petit corps adorable; mais la mer me l'a jamais rendu. J'la trouverai, un jour, Dame Blythe, j'la trouverai. Elle m'attend. Si seulement j'pouvais vous la décrire; mais j'peux pas. J'ai vu une jolie brume argentée suspendue au-dessus de la jetée au lever du soleil et elle lui ressemblait; et dans la forêt, derrière, j'ai vu un bouleau blanc qui m'a fait penser à elle. Elle avait des cheveux châtains, et un joli petit visage blanc, et de longs doigts minces comme les vôtres, Dame Blythe; ils étaient seulement plus bruns, parce que c'était une fille de la plage. Il m'arrive de me réveiller la nuit et d'entendre la mer m'appeler comme autrefois, et c'est comme si c'était Margaret perdue qui m'appelait. Et quand il y a une tempête et que les vagues pleurent et gémissent, je l'entends se lamenter au milieu d'elles. Et quand c'est un jour gai et que les vagues rient, c'est son rire, son petit rire doux et espiègle. La mer me l'a enlevée, mais un jour, j'la retrouverai, Dame Blythe. Elle peut pas nous garder séparés pour toujours. »

« Je suis contente que vous m'ayez parlé d'elle, dit Anne. Je m'étais souvent demandé pourquoi vous aviez vécu seul toute votre vie. »

« Personne d'autre pouvait me plaire. Margaret perdue a emporté mon cœur avec elle, là-bas, déclara le vieil amoureux, qui, pendant cinquante ans, était demeuré fidèle à sa bien-aimée noyée. Ça vous dérangera pas si je parle beaucoup d'elle, Dame Blythe? C'est un plaisir pour moi, parce que toute la souffrance est partie depuis des années, et il en reste juste la beauté. Je sais que vous l'oublierez jamais, Dame Blythe. Et si les années, comme je l'espère, apportent d'autres petits enfants dans votre maison, j'veux que vous m'promettiez de leur raconter l'histoire de Margaret perdue, pour que l'humanité se souvienne de son nom. »

21

Barrières balayées

« Anne, dit Leslie, rompant abruptement un bref silence, vous ne pouvez pas savoir comme c'est bon d'être de nouveau assise ici avec vous, de travailler, de parler, et de rester silencieuses ensemble. »

Elles étaient assises au milieu des myosotis au bord du ruisseau dans le jardin d'Anne. L'eau scintillait et fredonnait en passant près d'elles ; les bouleaux jetaient sur elles leur ombre mouchetée ; les roses s'épanouissaient le long des sentiers. Le soleil commençait à descendre et différentes musiques emplissaient l'air : celle de la brise dans les sapins derrière la maison, celle des vagues sur la jetée, ou une autre encore, au loin, celle de la cloche de l'église près de laquelle reposait la petite dame blanche. Anne raffolait de cette cloche, même si elle provoquait à présent de mélancoliques pensées.

Elle regarda Leslie avec curiosité ; celle-ci avait rejeté son travail de couture et avait parlé avec une absence de retenue qui ne lui ressemblait pas.

« Cette horrible nuit où vous avez été si souffrante, poursuivit Leslie, je n'ai cessé de penser que plus jamais nous ne bavarderions, marcherions, *travaillerions* ensemble. Et j'ai alors pris conscience de ce que votre amitié en était venue à signifier pour moi, de ce que *vous* en étiez venue à signifier, et de la petite bête haineuse que j'avais été. »

« Leslie ! Leslie ! Je ne permets à personne d'insulter mes amis ! »

« C'est la vérité. C'est exactement ce que je suis, une petite bête haineuse. Je *devais* vous le dire, Anne. Je suppose
que vous allez me mépriser, mais je vous dois un aveu. Anne,
l'hiver et le printemps derniers, il m'est quelquefois arrivé de
vous *haïr*. »

« Je le savais », répondit calmement Anne.

« Vous le *saviez* ? »

« Oui, je le lisais dans vos yeux. »

« Et vous continuiez pourtant à m'offrir votre affection et
votre amitié. »

« Eh bien, vous ne me haïssiez qu'occasionnellement. Le
reste du temps, je pense que vous m'aimiez. »

« Bien sûr que je vous aimais. Mais cet horrible sentiment
était toujours là, tapi au fond de mon cœur, empoisonnant
l'affection que je vous portais. Je le camouflais – il m'arrivait
même de l'oublier – mais il resurgissait parfois pour prendre
possession de moi. Je vous détestais parce que je vous *enviais*,
oh ! j'étais parfois malade de jalousie. Vous possédiez une
adorable petite maison, et l'amour, et le bonheur, et des
rêves heureux, tout ce que je désire et n'ai jamais eu, et
n'aurai jamais. Oh ! Que je ne pourrais jamais avoir. C'était
ça qui faisait mal. Je ne vous aurais pas enviée si j'avais eu
quelque *espoir* que ma vie serait un jour différente. Mais je
n'avais pas d'espoir, je n'en avais pas, et cela me semblait
injuste. Cela me révoltait, et me blessait, alors je me mettais à
vous haïr. Oh ! J'avais si honte de moi – je meurs de honte à
présent – mais je ne pouvais m'en empêcher. Cette nuit-là,
quand j'ai eu peur que vous ne surviviez pas, j'ai pensé que
j'étais punie pour ma méchanceté, et je vous aimais tant,
alors. Anne, Anne, je n'ai rien eu à aimer depuis la mort de
ma mère, sauf le vieux chien de Dick, et c'est si affreux de
n'avoir rien à aimer, la vie est si *vide* – et il n'y a rien de pire
que le vide – et j'aurais pu tant vous aimer si cette horrible
chose n'avait pas tout gâché... »

Leslie tremblait et la violence de son émotion la rendait
presque incohérente.

« Arrêtez, Leslie, implora Anne, oh ! arrêtez. Je comprends. N'en parlez plus. »

« Il le faut, il le faut. Quand j'ai su que vous alliez vivre, j'ai juré de vous le dire dès que vous seriez rétablie, de ne plus continuer à accepter votre compagnie et votre amitié sans vous avouer à quel point j'en étais indigne. Et j'ai eu si peur que cela ne vous détourne de moi. »

« Vous n'aviez pas à craindre cela, Leslie. »

« Oh ! Je suis si contente, si contente, Anne. » Leslie, en tremblant, joignit ses mains brunes, abîmées par le travail. « Mais à présent que j'ai commencé, je veux tout vous dire. Je suppose que vous ne vous rappelez pas la première fois que je vous ai vue – ce n'était pas le soir où nous nous sommes rencontrées sur la plage... »

« Non, c'était le soir où Gilbert et moi sommes arrivés chez nous. Vous descendiez la colline avec vos oies. Je pense bien que je m'en souviens ! Je vous avais trouvée si belle. J'ai attendu des semaines avant de découvrir qui vous étiez. »

« Moi, je savais *qui* vous étiez, même si je ne vous avais jamais vus avant ni l'un ni l'autre. J'avais entendu parler du nouveau médecin et de sa femme qui allaient habiter dans la petite maison de Mlle Russell. Je... je vous ai haïe à cet instant même, Anne. »

« J'ai senti qu'il y avait de l'hostilité dans vos yeux... puis j'ai douté... j'ai cru que je m'étais trompée... parce que *pourquoi* m'en auriez-vous voulu ? »

« C'était parce que vous aviez l'air si heureuse. Oh ! À présent, vous conviendrez avec moi que je suis vraiment une petite bête haineuse : haïr une autre femme seulement parce qu'elle est heureuse et cela quand son bonheur ne m'enlève rien ! C'est pourquoi je ne suis jamais allée vous rendre visite. Je savais bien que je devais y aller : même les coutumes simples de Four Winds l'exigent. Mais cela m'était impossible. J'avais l'habitude de vous regarder de ma fenêtre, je pouvais vous voir flâner dans le jardin avec votre mari, le soir, ou courir à sa rencontre dans l'allée des peupliers. Et cela me faisait mal. Pourtant, d'autre part, je désirais aller vous voir. J'avais

l'impression que, si je n'avais pas été aussi misérable, j'aurais
pu vous aimer et trouver en vous ce que je n'avais jamais eu
de ma vie : une *vraie* amie intime de mon âge. Et ensuite,
vous vous rappelez le soir sur la grève ? Vous aviez peur que je
vous prenne pour une folle. Vous avez dû penser que c'était
moi qui l'étais. »

« Non, mais je n'arrivais pas à vous comprendre. Vous
m'attiriez vers vous, ensuite vous me repoussiez. »

« Je me sentais très malheureuse, ce soir-là. J'avais eu une
dure journée. Dick s'était montré très... très difficile à con-
trôler. En général, il a plutôt bon caractère et il est facile à
manier, vous savez, Anne. Mais d'autres jours, il est très
différent. J'avais tant de peine... j'ai couru à la plage dès qu'il
a été endormi. C'est mon seul refuge. J'étais assise là, en train
de penser à la façon dont mon pauvre père avait mis fin à ses
jours et à me demander si je n'allais pas en être réduite à
faire comme lui un jour. Oh ! Mon cœur était rempli d'idées
noires ! C'est alors que vous êtes arrivée en dansant le long
de la crique comme une enfant heureuse et au cœur léger.
Je... je vous ai alors détestée plus que jamais. Et en même
temps, je désirais ardemment votre amitié. Le premier sentiment me submergeait pendant un instant ; puis c'était le
second. Quand je suis rentrée chez moi ce soir-là, j'ai pleuré
de honte en pensant à l'impression que j'avais dû vous faire.
Mais c'était toujours la même chose quand je venais ici.
Parfois j'étais sereine et j'appréciais ma visite. D'autres fois,
ce sentiment hideux gâtait tout. Il arrivait que tout ce qui
vous touchait, vous et votre maison, me blessât. Vous possédiez tant de choses charmantes que je ne pouvais avoir.
Savez-vous – c'est ridicule – mais j'en voulais particulièrement à vos chiens de porcelaine. Parfois, j'avais envie d'attraper Gog et Magog et de cogner ensemble leurs museaux
noirs effrontés ! Oh ! Vous souriez, Anne, mais ce n'était jamais
amusant pour moi. Je venais ici et vous voyais, vous et Gilbert
avec vos livres et vos fleurs, vos dieux du logis et vos petites
plaisanteries conjugales, et votre amour l'un pour l'autre qui
transparaissait dans chacun de vos regards, chacune de vos

paroles, même quand vous n'en aviez pas conscience, et je m'en retournais chez moi vers... vous savez vers quoi je retournais! Oh! Anne, je ne crois pas être de nature jalouse et envieuse. Dans ma jeunesse, il me manquait beaucoup de choses que mes compagnes de classe possédaient, mais cela m'était égal, je ne leur en ai jamais voulu pour ça. Mais il semble que je sois devenue si remplie de haine en vieillissant...»

«Chère Leslie, arrêtez de vous condamner. Vous n'êtes ni haineuse, ni jalouse, ni envieuse. La vie que vous avez à vivre vous a peut-être quelque peu usée, mais elle aurait complètement démoli une nature moins fine et noble que la vôtre. Je vous laisse parler parce que je pense qu'il vaut mieux que vous vous vidiez le cœur. Mais cessez de rejeter le blâme sur vous.»

«Bon, c'est d'accord. Je voulais seulement que vous me connaissiez telle que je suis. La fois où vous m'avez confié ce que vous espériez pour le printemps a été la pire de toutes, Anne. Jamais je ne me pardonnerai ma conduite à ce moment-là. Je m'en suis repentie avec mes larmes. Et j'ai *vraiment* mis ma tendresse et mon affection pour vous dans la petite robe que j'ai cousue. Mais j'aurais dû savoir que tout ce que je fais doit devenir un linceul à la fin.»

«Allons, Leslie, voilà que vous devenez amère et morbide... chassez ces pensées loin de vous. J'étais si contente quand vous avez apporté la petite robe; et comme je devais perdre ma petite Joy, j'aime penser que sa robe est celle que vous avez confectionnée pour elle quand vous vous êtes laissée aller à m'aimer.»

«Savez-vous, Anne, je crois que je vous aimerai toujours après ceci. Je ne pense pas que j'éprouverai encore cet affreux sentiment à votre égard. On dirait que le fait d'en avoir parlé m'en a complètement libérée. C'est très étrange... et dire que je le pensais si réel et si amer. C'est comme si vous ouvriez la porte d'une pièce sombre pour faire voir une créature hideuse que vous pensiez là, et quand la lumière jaillit, votre monstre se révèle n'être qu'une ombre qui s'évanouit. Cela ne sera plus jamais entre nous.»

« Non, nous sommes des amies véritables désormais, Leslie, et j'en suis ravie. »

« J'espère que vous ne vous méprendrez pas si j'ajoute quelque chose, Anne. J'ai eu mal jusqu'au fond de mon cœur quand vous avez perdu votre bébé ; et si j'avais pu sauver sa vie en me tranchant une main, je l'aurais fait. Pourtant votre peine nous a rapprochées. Votre parfait bonheur n'est donc plus un obstacle désormais. Oh ! Ne vous méprenez pas, ma chérie, cela ne me fait pas plaisir que votre bonheur ne soit plus parfait, je vous le dis sincèrement ; mais comme il ne l'est plus, il n'y a plus ce gouffre entre nous. »

« Je comprends cela aussi, Leslie. À présent, oublions le passé et ce qui était désagréable. Tout va être différent. Nous sommes toutes deux de la race de Joseph, maintenant. Je pense que vous avez été formidable, tout à fait formidable. Et, Leslie, je ne peux m'empêcher de croire que la vie vous réserve encore quelque chose de bon et de beau. »

Leslie hocha la tête.

« Non, fit-elle d'un ton neutre. Il n'y a aucun espoir. Dick ne se rétablira jamais, et même s'il devait recouvrer la mémoire... oh ! Anne, ce serait pire, encore pire que maintenant. C'est une chose que vous ne pouvez pas comprendre, vous qui êtes une épouse comblée. Anne, Mlle Cornelia vous a-t-elle raconté comment j'en suis venue à épouser Dick ? »

« Oui. »

« J'en suis contente ; je voulais que vous le sachiez, mais je n'aurais pu me résoudre à vous en parler si vous n'aviez pas été au courant de la situation. Anne, il me semble que la vie est dure depuis que j'ai atteint l'âge de douze ans. Avant, j'avais eu une enfance heureuse. Nous étions très pauvres, mais cela ne nous dérangeait pas. Mon père était tout simplement merveilleux, si intelligent, et aimant et sympathique. D'aussi loin que je me souvienne, nous avons été des amis. Et maman était si charmante. Elle était ravissante. Je lui ressemble sans être aussi belle qu'elle. »

« Mlle Cornelia prétend que vous êtes cent fois plus jolie. »

« Elle se trompe... ou elle n'est pas impartiale. Je crois que j'ai une plus belle silhouette – maman était frêle et voûtée par le dur travail – mais elle avait le visage d'un ange. Je la regardais avec vénération. Nous la vénérions tous, papa, Kenneth et moi. »

Anne se souvint que Mlle Cornelia lui avait donné une tout autre impression de la mère de Leslie. Mais la vision de l'amour n'est-elle pas la plus vraie ? C'était pourtant égoïste de la part de Rose West d'obliger sa fille à épouser Dick Moore.

« Kenneth était mon frère, reprit Leslie. Oh ! Je ne peux pas vous dire combien je l'aimais. Et il a été cruellement tué. Savez-vous comment ? »

« Oui. »

« Anne, j'ai vu son petit visage au moment où la roue l'écrasait. Il était tombé sur le dos. Anne... Anne... je le vois en ce moment. Je le verrai toujours. Anne, tout ce que je demande au ciel, c'est d'effacer ce souvenir de ma mémoire. Oh ! Mon Dieu ! »

« N'en parlez plus, Leslie. Je connais l'histoire, n'entrez pas dans des détails qui ne peuvent que vous faire souffrir inutilement. Ce souvenir sera effacé. »

Après avoir lutté quelques instants contre son émotion, Leslie retrouva son sang-froid.

« Ensuite, la santé de papa empira et il devint déprimé, son esprit se déséquilibra, on vous a raconté cela aussi ? »

« Oui. »

« Après, je ne vivais plus que pour maman. Mais j'étais très ambitieuse. Je voulais enseigner et gagner ainsi l'argent pour mes études universitaires. J'avais l'intention de grimper jusqu'au sommet ; oh ! je ne parlerai pas de cela non plus. Ça n'en vaut pas la peine. Vous savez ce qui est arrivé. Je ne pouvais supporter que ma chère petite maman soit chassée de chez elle après avoir peiné comme une esclave toute sa vie. J'aurais évidemment pu gagner suffisamment d'argent pour assurer notre subsistance. Mais maman ne *pouvait* pas laisser sa maison. Elle y était arrivée jeune mariée – elle aimait

tant papa – et tous ses souvenirs étaient là. Encore aujourd'hui,
quand je songe que grâce à moi sa dernière année a été
heureuse, je ne regrette pas ce que j'ai fait. Quant à Dick, je
ne le détestais pas lorsque je l'ai épousé, je n'éprouvais à son
égard qu'un sentiment indifférent et cordial, le même que
pour la plupart de mes compagnons de classe. Je savais qu'il
buvait, mais jamais je n'avais entendu parler de l'histoire de
la fille de l'anse au village de pêche. Si je l'avais sue, jamais
je n'aurais accepté de l'épouser, même pour l'amour de ma
mère. Ensuite, je l'ai franchement détesté, mais ma mère
n'en a jamais rien su. Elle est morte, et je suis restée seule. Je
n'avais que dix-sept ans et j'étais seule. Dick s'était embarqué
sur le *Four Sisters*. J'espérais qu'il ne serait pas plus souvent à
la maison. Il avait toujours eu la mer dans le sang. Je n'avais
pas d'autre espoir. Eh bien, le Capitaine Jim me l'a ramené,
comme vous le savez, et il n'y a rien d'autre à ajouter. Vous
me connaissez à présent, Anne ; vous connaissez le pire à
mon sujet, toutes les barrières sont abolies. Et vous voulez
toujours être mon amie ? »

Anne leva les yeux et regarda, à travers les bouleaux, la
demi-lune blanche en forme de lanterne chinoise qui descendait vers le golfe teinté par le soleil couchant. Son expression était très douce.

« Je suis ton amie et tu es la mienne, pour toujours, déclara-t-elle. Une amie comme je n'en ai jamais eue. J'ai eu de
nombreuses amies très chères, mais il y a quelque chose en
toi, Leslie, que je n'ai jamais trouvé en personne d'autre. Ta
nature riche a davantage à m'offrir, et j'ai moi aussi davantage à t'offrir maintenant que dans ma jeunesse insouciante.
Nous sommes deux femmes – et des amies pour toujours. »

Elles joignirent leurs mains et sourirent à travers les larmes
qui montaient dans leurs yeux gris et bleus.

22

Mlle Cornelia arrange les choses

Gilbert insista pour qu'on garde Susan à la petite maison pour l'été. Anne commença par protester.

« C'est si agréable de vivre ici juste toi et moi, Gilbert. Cela m'ennuie un peu lorsqu'il y a quelqu'un d'autre. Susan est très gentille, mais c'est une étrangère. Cela ne me fera pas de mal de faire le travail ici. »

« Tu dois suivre l'avis de ton médecin, objecta Gilbert. D'après un vieux proverbe, la femme du cordonnier marche pieds nus et celle du médecin meurt jeune. Je n'ai pas l'intention de le voir confirmé chez moi. Tu vas garder Susan jusqu'à ce que ta démarche retrouve son ancienne vivacité et que tes joues creuses soient remplies. »

« Vous en faites pas, chère Mme Docteur, dit Susan, entrant brusquement. Profitez de la vie et oubliez le garde-manger. Susan est à la barre. C'est inutile de garder un chien si c'est vous qui jappez. J'm'en vas vous monter votre petit déjeuner au lit chaque matin. »

« Il n'en est pas question, protesta Anne en riant. Je pense, comme Mlle Cornelia, que c'est scandaleux qu'une femme en santé mange son petit déjeuner au lit, et que cela justifie presque les énormités commises par les hommes. »

« Oh ! Cornelia ! fit Susan avec un ineffable mépris. J'pense que vous avez assez de jugeote, chère Mme Docteur, pour pas prêter attention à c'que raconte Cornelia Bryant.

J'vois pas pourquoi elle passe son temps à parler contre les hommes, même si elle est vieille fille. J'suis aussi une vieille fille, et jamais vous m'entendrez déblatérer contre les hommes. J'les aime bien. Je me serais mariée si j'avais pu. Vous trouvez pas ça drôle que personne m'ait jamais demandée en mariage, chère Mme Docteur ? J'suis peut-être pas une beauté, mais j'parais aussi bien que la plupart des femmes mariées que j'rencontre. Pourtant j'ai jamais eu de prétendant. Comment ça se fait, à votre avis ? »

« C'est peut-être la prédestination », suggéra Anne avec une solennité mystérieuse.

« C'est c'que je pense souvent, chère Mme Docteur, et c'est un grand réconfort. Ça m'est égal que personne ait voulu d'moi si c'est la Providence qui en a décidé ainsi dans Sa grande sagesse. Mais parfois j'ai des doutes, chère Mme Docteur, et j'me demande si ce serait pas par hasard le vieux Satan qui serait derrière tout ça. Si c'est ça, j'vais pas me résigner. Mais peut-être, ajouta-t-elle en s'animant, que j'ai encore une chance de me marier. J'pense souvent à un vieux dicton que ma tante avait coutume de répéter : "Tôt ou tard, chaque torchon trouve sa guenille." Une femme peut jamais être sûre de rester sur le carreau avant d'être enterrée, chère Mme Docteur. Entre temps, j'vais faire une fournée de tartes aux cerises. J'ai remarqué que le docteur a un faible pour elles et j'*aime* cuisiner pour un homme qui apprécie ses victuailles. »

Mlle Cornelia vint faire un tour cet après-midi-là, un peu essoufflée.

« Le monde ou le diable ne me dérangent pas tellement, mais la chair, oui, admit-elle. Vous paraissez toujours aussi imperturbable qu'un concombre, chère Anne. Est-ce un arôme de tartes aux cerises que je respire ? Si oui, invitez-moi pour le thé. Je n'ai pas encore goûté à une tarte aux cerises cet été. Mes cerises ont été volées par ces garnements de Gilman du Glen. »

« Allons, allons, Cornelia, lui reprocha le Capitaine Jim, qui était en train de lire un roman maritime dans un coin du salon, vous devriez pas accuser ces pauvres petits Gilman orphelins de mère, à moins d'en avoir la preuve irréfutable. C'est pas parce que leur père est pas très honnête qu'il faut les traiter de voleurs. C'est probablement les merles qui ont pris vos cerises. Il y en a vraiment beaucoup, cette année. »

« Des merles ! s'exclama Mlle Cornelia avec mépris. Hum ! Des merles à deux pattes, vous pouvez me croire ! »

« Ma foi, la plupart des merles de Four Winds sont bâtis d'après ce principe », rétorqua gravement le Capitaine.

Mlle Cornelia le dévisagea pendant un moment. Puis elle se laissa aller en arrière dans sa berçante et éclata d'un rire long et sincère.

« Eh bien, vous m'avez eue finalement, Jim Boyd, je l'admets. Regardez comme il a l'air fier de lui, chère Anne, souriant comme le chat d'*Alice au Pays des merveilles*. Quant aux merles, s'ils ont de grandes et grosses pattes nues et bronzées, sur lesquelles pendouillent des pantalons en loques, comme celles que j'ai vues dans mon cerisier un matin de la semaine dernière au lever du soleil, je vais présenter mes excuses aux petits Gilman. Le temps que j'arrive sur place, ils s'étaient déjà volatilisés. Je ne pouvais comprendre comment ils avaient pu disparaître si vite, mais le Capitaine Jim a éclairé ma lanterne. Ils se sont envolés, bien sûr. »

Le Capitaine Jim rit et prit congé, déclinant à regret une invitation à souper et à partager la tarte aux cerises.

« Je vais voir Leslie pour lui demander si elle accepterait de prendre un pensionnaire, reprit Mlle Cornelia. J'ai reçu une lettre d'une certaine Mme Daly de Toronto, hier, qui avait pris pension chez moi il y a deux ans. Elle voulait que je loge un de ses amis cet été. Il s'appelle Owen Ford ; c'est un journaliste et il est, paraît-il, un petit-fils de l'instituteur qui a construit cette maison. La fille aînée de John Selwyn a épousé un Ontarien du nom de Ford, et c'est leur fils. Il veut connaître l'endroit où ses grands-parents ont vécu. Il a eu une mauvaise fièvre typhoïde au printemps et comme il n'est pas complètement rétabli, le médecin lui a prescrit d'aller à la mer. Il ne veut pas aller à l'hôtel mais rester dans un foyer tranquille. Il m'est impossible de le prendre parce que je serai absente en août. J'ai été nommée déléguée au congrès du Cercle des fermières à Kingsport et je dois y aller. J'ignore si Leslie sera d'accord, mais il n'y a personne d'autre. Si elle refuse, il devra aller au port. »

« Lorsque vous l'aurez vue, revenez nous aider à manger la tarte aux cerises, dit Anne. Amenez Leslie et Dick aussi, s'ils peuvent venir. Ainsi, vous allez à Kingsport? Quelle chance vous avez! Il faudra que je vous donne une lettre pour une de mes amies là-bas, Mme Jonas Blake. »

« J'ai convaincu Mme Thomas Holt de venir avec moi, poursuivit Mlle Cornelia d'un air satisfait. Il est temps qu'elle prenne des petites vacances, croyez-moi. Elle s'est pratiquement tuée au travail. Tom Holt peut crocheter magnifiquement, mais faire vivre sa famille, non. S'il n'a jamais l'air d'être capable de se lever assez tôt pour exécuter un travail quelconque, j'ai remarqué qu'il est toujours debout assez tôt pour aller à la pêche. Un vrai homme, n'est-ce pas? »

Anne sourit. Elle avait appris à prendre avec un grain de sel les opinions émises par Mlle Cornelia sur les mâles de Four Winds. Sinon, elle les aurait considérées comme l'assortiment le plus désespéré dans un monde de dépravés et de ratés, mariés à des esclaves et à des martyres. Ce Tom Holt, par exemple, elle le connaissait comme un bon mari, un père très aimé et un excellent voisin. S'il avait tendance à la paresse, préférant la pêche au travail de ferme qui ne lui convenait pas, et s'il avait de plus un inoffensif penchant pour les travaux d'aiguille délicats, personne, à l'exception de Mlle Cornelia, ne semblait lui en tenir rigueur. Sa femme était une « femme d'action » et s'en glorifiait; sa famille vivait confortablement des produits de la ferme; et ses enfants robustes, ayant hérité l'énergie de leur mère, étaient tous partis pour réussir dans le monde. Il n'y avait pas plus heureux que le foyer Holt dans tout Glen St. Mary.

Mlle Cornelia revint satisfaite de sa visite à la maison du ruisseau.

« Leslie va le prendre, annonça-t-elle. Elle a sauté sur l'occasion. Elle voulait ramasser un peu d'argent pour refaire les bardeaux du toit cet automne, et elle ne savait pas comment elle allait y parvenir. J'imagine que le Capitaine Jim sera plus qu'intéressé quand il apprendra qu'un petit-fils des Selwyn s'en vient. Leslie m'a demandé de vous dire que la tarte aux cerises lui mettait l'eau à la bouche mais qu'elle ne pouvait venir parce qu'elle devait chercher ses dindons. Ils se sont égarés. Elle a dit que s'il en restait une pointe, vous pourriez la ranger dans le garde-manger et qu'elle viendrait la dévorer à l'heure des fauves, quand la chasse est de mise. Vous ne pouvez pas savoir, ma chère Anne, comme ça m'a fait chaud au cœur d'entendre Leslie vous envoyer un tel message, en riant comme elle avait coutume de le faire autrefois. Elle a énormément changé, ces derniers temps. Elle rit et plaisante comme une jeune fille et d'après ce qu'elle dit, j'imagine qu'elle est souvent ici. »

« Tous les jours, sinon c'est moi qui vais chez elle, répondit Anne. J'ignore ce que je ferais sans Leslie, surtout maintenant que Gilbert est si occupé. Il n'est presque jamais à la maison, sauf aux petites heures du matin. Il se fait littéralement mourir au travail. Tellement d'habitants du port l'envoient chercher à présent. »

« Ils pourraient bien se contenter de leur propre médecin, fit Mlle Cornelia. Bien qu'évidemment je ne puisse les blâmer : c'est un méthodiste. Depuis le jour où le Dr Blythe a guéri Mme Allonby, les gens pensent qu'il peut ressusciter les morts. Je crois que le Dr Dave est un tantinet jaloux, un vrai homme ! À son avis, le Dr Blythe a trop d'idées nouvelles ! "Eh bien, lui ai-je dit, c'est une idée nouvelle qui a sauvé Rhoda Allonby. Si vous l'aviez soignée, elle serait morte et on aurait eu une pierre tombale disant que c'était la volonté de Dieu de nous l'enlever." Oh ! J'aime dire ma façon de penser au Dr Dave ! Il a mené le Glen au doigt et à l'œil pendant des années et il croit avoir oublié davantage que les autres ont jamais su. À propos de médecins, j'aimerais que le Dr Blythe aille vite voir ce furoncle que Dick a dans le cou. Leslie n'y peut vraiment rien. Je me demande bien ce qu'il lui prend d'avoir des clous, comme s'il ne causait pas assez de problèmes comme ça ! »

«Savez-vous que Dick s'est beaucoup attaché à moi? dit Anne. Il me suit comme un chien et sourit comme un enfant heureux quand je m'occupe de lui.»

«Est-ce que cela vous donne la chair de poule?»

«Pas du tout. J'aime bien ce pauvre Dick Moore. D'une certaine façon, il a l'air si pitoyable et implorant.»

«Vous ne le trouveriez pas si implorant si vous le voyiez quand il est d'humeur maussade, croyez-moi. Mais je suis contente qu'il ne vous dérange pas, c'est préférable pour Leslie. Elle sera plus occupée quand son pensionnaire sera là. J'espère qu'il sera convenable. Il vous plaira sans doute, c'est un écrivain.»

«Je me demande pourquoi les gens ont coutume de penser que lorsque deux personnes écrivent elles ont automatiquement tant en commun, remarqua Anne d'un ton quelque peu méprisant. Personne ne s'attend à ce que deux forgerons soient irrésistiblement attirés l'un par l'autre simplement parce qu'ils exercent le même métier.»

Elle attendit cependant avec une certaine hâte l'arrivée d'Owen Ford. S'il était jeune et aimable, il pourrait se révéler un ajout des plus plaisants à la société de Four Winds. Le loquet de la petite maison n'était jamais mis pour ceux de la race de Joseph.

23

L'arrivée d'Owen Ford

Un soir, Mlle Cornelia téléphona à Anne.

« L'écrivain vient tout juste d'arriver. Je vais le conduire chez vous et vous pourrez lui montrer où habite Leslie. C'est plus court que de faire le tour par l'autre route et je suis épouvantablement pressée. Le bébé Reese est tombé dans un seau d'eau chaude et il s'est presque ébouillanté, alors ils m'ont immédiatement envoyé chercher, pour mettre une nouvelle peau sur l'enfant, je présume. Mme Reese est toujours si négligente et après, elle s'attend à ce que les autres ramassent ses pots cassés. Cela ne vous dérange pas, n'est-ce pas, ma chère ? Sa malle pourra suivre demain. »

« Très bien, répondit Anne. De quoi a-t-il l'air ? »

« Vous verrez à quoi il ressemble extérieurement quand je vous l'amènerai. Quant à l'intérieur, seul Dieu sait comment il est. Je ne prononcerai pas une parole de plus parce que tous les récepteurs du Glen sont décrochés. »

« Mlle Cornelia ne peut évidemment trouver grand-chose à redire sur l'apparence de M. Ford, sinon elle en trouverait même malgré les téléphones, remarqua Anne. J'en conclus donc, Susan, que M. Ford est plutôt bel homme qu'autre chose. »

« Ma foi, chère Mme Docteur, j'apprécie vraiment de voir un bel homme, affirma candidement Susan. Est-ce que je ferais pas mieux de lui concocter une petite collation ? Il y a de la tarte aux fraises qui vous fond dans la bouche. »

« Non, Leslie l'attend et lui a préparé à souper. De plus, je veux garder cette tarte aux fraises pour mon propre pauvre homme. Comme il ne rentrera que très tard, laissez-la-lui avec un verre de lait, Susan. »

« Sûr que je le ferai, Mme Docteur. Susan est à la barre. Après tout, vaut mieux donner de la tarte à nos propres hommes qu'aux étrangers qui, peut-être, cherchent seulement à s'empiffrer, puis le docteur lui-même est aussi bel homme que tous ceux qu'on peut rencontrer. »

Lorsque Owen Ford se présenta, précédé par Mlle Cornelia, Anne admit dans son for intérieur qu'il avait vraiment belle apparence. Il était grand et large d'épaules, avait une épaisse chevelure brune, un nez et un menton finement découpés et de grands yeux gris foncé très brillants.

« Et avez-vous remarqué ses oreilles et ses dents, chère Mme Docteur ? s'enquit Susan un peu plus tard. Il a les oreilles les mieux formées que j'aie jamais vues sur la tête d'un homme. J'suis difficile en ce qui concerne les oreilles. Dans ma jeunesse, j'avais peur d'avoir à épouser un homme aux oreilles décollées. Mais j'avais pas besoin de m'inquiéter, parce que j'ai jamais eu aucune chance avec aucune espèce d'oreilles. »

Anne n'avait pas remarqué les oreilles d'Owen Ford, mais elle avait vu ses dents quand ses lèvres les avaient découvertes en un sourire franc et cordial. Quand il ne souriait pas, son visage était plutôt triste et absent, et il n'était pas loin de ressembler au héros mélancolique et ténébreux des premiers rêves d'Anne ; mais la gaieté, l'humour et le charme l'illuminaient quand il souriait. Il ne faisait aucun doute que, pour l'apparence extérieure, comme le disait Mlle Cornelia, Owen Ford était un type très présentable.

« Vous ne pouvez savoir comme je suis ravi d'être ici, Mme Blythe, déclara-t-il en regardant autour de lui avec des yeux curieux et intéressés. J'ai l'étrange impression d'arriver chez moi. Ma mère est née ici et y a passé son enfance, vous savez.

Elle avait coutume de me parler beaucoup de sa vieille maison. Je la connais aussi bien que la mienne et, bien sûr, maman m'a raconté l'histoire de la construction de la maison, et aussi celle de mon grand-père qui attendait désespérément le *Royal William*. Je croyais qu'une si vieille maison avait disparu depuis des années, sans quoi je serais venu la voir bien avant. »

« Les vieilles maisons ne disparaissent pas facilement sur cette côte enchantée, répondit Anne. C'est une terre où tout semble toujours pareil, du moins presque toujours. La maison de John Selwyn n'a pas beaucoup changé et dehors, les rosiers que votre grand-père avait plantés pour sa femme fleurissent à cet instant même. »

« Comme je me sens lié à eux par la pensée ! Avec votre permission, je voudrais tout explorer bientôt. »

« La porte ne sera jamais verrouillée pour vous, promit Anne. Et savez-vous que le vieux capitaine qui garde le phare de Four Winds a bien connu, dans sa jeunesse, John Selwyn et sa femme ? Il m'a raconté leur histoire quand je suis arrivée ici, moi la troisième femme de la vieille maison. »

« Est-ce possible ? Voilà une découverte. Il faut absolument que j'aille le voir. »

« Ce ne sera pas difficile, nous sommes tous des amis du Capitaine Jim. Il aura aussi hâte que vous de faire connaissance. Votre grand-mère brille comme une étoile dans sa mémoire. Mais je crois que Mme Moore vous attend. Je vais vous montrer le raccourci. »

Anne l'accompagna à la maison près du ruisseau en passant par un champ que les marguerites faisaient paraître aussi blanc que la neige. Dans le port, au loin, des gens chantaient sur un bateau. Le son était porté au-dessus de l'eau comme une musique évanescente, irréelle, soufflée par la brise sur l'océan où les étoiles se miraient. Owen Ford regarda autour de lui d'un air satisfait.

« Et voici donc Four Winds, dit-il. Je ne m'attendais pas à trouver cela aussi beau, malgré tout le bien que ma mère en disait. Quelles couleurs ! Quel panorama ! Quel charme ! Je serai fort comme un cheval en peu de temps. Et si la beauté inspire, je serai certainement en mesure d'entreprendre ici mon grand roman canadien. »

« Vous ne l'avez pas encore commencé ? » demanda Anne.

« Hélas non. Je n'ai pas encore été capable de trouver la bonne idée directrice. Elle rôde autour de moi, elle m'attire, m'invite, puis recule, j'arrive presque à l'attraper... et la voilà enfuie. Peut-être que j'arriverai à la capturer dans cet endroit paisible et charmant. Mlle Bryant m'a dit que vous êtes écrivain. »

« Oh ! Je ponds de petites choses pour les enfants. Je n'ai pas beaucoup écrit depuis mon mariage. Et je n'ai aucun projet de grand roman canadien, ajouta Anne en riant. C'est beaucoup trop considérable pour moi. »

Owen Ford rit aussi.

« Je dirais que ce l'est également pour moi. J'ai quand même l'intention de m'y essayer un jour, si jamais je trouve le temps. Un journaliste n'a pas beaucoup l'occasion de faire ce genre de choses. J'ai écrit plusieurs nouvelles pour des revues, mais je n'ai jamais eu le loisir nécessaire pour écrire un livre. Avec trois mois de liberté, je devrais pouvoir faire une ébauche, cependant, si seulement j'arrive à trouver le *motif* nécessaire, l'*âme* du livre. »

Une idée traversa la tête d'Anne si brusquement qu'elle sursauta. Elle n'en parla pas car ils venaient d'arriver chez les Moore. Au moment où ils pénétraient dans la cour, Leslie sortait sur la véranda par la porte de côté, scrutant la pénombre pour discerner un signe de la présence de l'invité qu'elle attendait. Elle était debout, baignée dans la chaude lumière jaunâtre qui venait de la porte ouverte. Elle portait une simple robe en voile de coton bon marché, de couleur crème, rehaussée de l'habituelle ceinture écarlate. Quoi que Leslie portât, elle ne manquait jamais d'y ajouter une touche de rouge. Elle avait confié à Anne qu'elle ne se sentait pas satisfaite sans un peu de rouge sur elle, même si ce n'était qu'une fleur. Pour Anne, cela paraissait symboliser sa personnalité brûlante, mais hélas réprimée, à l'exception de cette touche incarnate. La robe, légèrement échancrée, avait des manches courtes. Les bras de Leslie luisaient comme de l'ivoire. Chacune des courbes exquises de sa silhouette se dessinait dans la douce pénombre contre la lumière. Sa chevelure flamboyait. Derrière elle, le ciel violet était parsemé d'étoiles.

Anne entendit son compagnon étouffer un cri. Même dans le crépuscule, elle pouvait lire la stupéfaction et l'admiration qui s'exprimaient sur son visage.

« Qui est cette ravissante créature ? » demanda-t-il.

« C'est Mme Moore, lui apprit Anne. N'est-ce pas qu'elle est charmante ? »

« Je... je n'ai jamais rien vu de pareil, répondit-il, abasourdi. Je n'étais pas préparé... je ne m'attendais pas... Grands dieux, on ne s'attend pas à avoir une déesse pour logeuse ! Si elle portait une robe bleu outremer et une guirlande d'améthystes dans les cheveux, elle aurait l'air d'une véritable reine des mers. Et elle prend des pensionnaires ! »

« Même les déesses doivent vivre, dit Anne. Et Leslie n'est pas une déesse. Elle n'est qu'une femme très belle, aussi humaine que vous et moi. Mlle Bryant vous a-t-elle parlé de M. Moore ? »

« Oui... il est mentalement déficient, ou quelque chose du genre, n'est-ce pas ? Mais elle ne m'a rien dit au sujet de Mme Moore et j'imaginais qu'elle était l'habituelle ménagère énergique de campagne qui loue des chambres pour amasser un honnête pécule. »

« Eh bien, c'est exactement ce que fait Leslie, rétorqua brusquement Anne. Et elle ne trouve pas cela vraiment plaisant non plus. J'espère que Dick ne vous gênera pas. Si c'est le cas, ne le laissez pas voir à Leslie, je vous en prie. Cela la blesserait terriblement. Dick n'est qu'un grand bébé, mais il est parfois assez dérangeant. »

« Oh ! Il ne me gênera pas. D'ailleurs, je présume que je ne serai pas beaucoup à la maison, sauf pour les repas. Mais quel dommage pour elle ! Sa vie ne doit pas être facile. »

« En effet. Mais elle n'aime pas qu'on la prenne en pitié. »

Leslie était rentrée dans la maison et elle vint à leur rencontre à la porte d'entrée. Elle souhaita froidement la bienvenue à Owen Ford et lui déclara que sa chambre et son repas étaient prêts. Dick sourit avec ravissement, monta gauchement la valise, et Owen Ford se retrouva installé comme pensionnaire de la vieille maison parmi les saules.

24

Le livre du Capitaine Jim

« J'ai une idée qui, si elle se réalisait, pourrait donner un résultat extraordinaire, confia Anne à Gilbert en rentrant. Revenu plus tôt que prévu, celui-ci était en train de se régaler de la tarte aux fraises de Susan. Celle-ci rôdait à l'arrière-plan, comme un esprit gardien plutôt mélancolique quoique bienfaisant, et avait autant de plaisir à regarder Gilbert manger sa tarte que lui à la manger.

« Quelle est ton idée ? » demanda-t-il.

« Je ne veux pas te la dire tout de suite... pas avant de voir si je peux en faire quelque chose. »

« Quelle sorte de type est ce Ford ? »

« Oh ! très bien, et assez bel homme. »

« Avec de si belles oreilles, cher docteur », interrompit Susan avec ravissement.

« Il doit avoir environ trente, trente-cinq ans, et il projette d'écrire un roman. Il a une voix agréable et un merveilleux sourire, et il sait s'habiller. Mais d'une certaine façon, on dirait que la vie n'a pas toujours été facile pour lui. »

Owen vint le lendemain soir, avec un petit mot pour Anne de la part de Leslie ; ils restèrent dans le jardin pendant le coucher du soleil puis, au clair de lune, allèrent faire un tour dans le bateau que Gilbert avait équipé pour les sorties estivales. Owen leur plut énormément et ils eurent l'impression de le connaître depuis de nombreuses années, ce qui distingue bien les membres du clan de Joseph des francsmaçons.

« Il est aussi beau que ses oreilles, chère Mme Docteur », déclara Susan après son départ. Il lui avait dit qu'il n'avait jamais goûté rien d'aussi succulent que son short-cake aux fraises, ce qui lui avait gagné pour toujours le cœur sensible de Susan.

« Il a quelque chose, ajouta-t-elle d'un air songeur en enlevant les restes du souper. C'est vraiment bizarre qu'il se soit pas marié, lui qui aurait pu demander la main de n'importe qui. Eh ben, peut-être qu'il est comme moi et qu'il a pas encore rencontré la personne qui lui convienne. »

En lavant la vaisselle, Susan sombra dans un romantisme de plus en plus profond.

Deux soirs plus tard, Anne amena Owen Ford à la pointe de Four Winds pour lui présenter le Capitaine Jim. Les champs de trèfle le long de la plage s'étalaient, immaculés, sous le vent d'ouest ; et le Capitaine Jim, qui arrivait du port, put faire admirer un des plus beaux couchers de soleil.

« Il fallait que j'aille dire à Henry Pollock qu'il allait mourir. Tout le monde avait peur d'lui apprendre la nouvelle. On s'attendait à ce qu'il le prenne vraiment mal, parce qu'il était épouvantablement déterminé à vivre et qu'il arrêtait pas de faire des projets pour l'automne. Sa femme était d'avis qu'il devait être mis au courant et que j'étais le plus apte à lui apprendre qu'il y avait pas de rétablissement possible dans son cas. On est de vieux copains, Henry et moi, on a navigué des années ensemble sur le *Gray Gull*. Alors, j'suis allé, et j'me suis assis sur le bord de son lit et j'lui ai dit, tout d'une traite, parce que si une chose doit être dite, ben on peut aussi bien la dire au début qu'à la fin, j'lui ai donc dit "Henry, que j'lui ai dit, j'imagine que cette fois, t'as reçu l'ordre d'appareiller." J'tremblais pas mal à l'intérieur de moi, parce que c'est vraiment affreux de devoir dire à un type qui s'en doute pas qu'il va mourir. Mais, tenez-vous ben, Dame Blythe, Henry m'a regardé avec ses vieux yeux noirs brillants et rusés : "Dis-

moi quelque chose que j'savais point, Jim Boyd, qu'il m'a dit,
si tu veux me donner une information. Ça, j'le sais depuis
une semaine." J'étais trop éberlué pour parler, et quant à
Henry, il a pouffé de rire. "Quand j'pense que t'es v'nu icitte,
qu'il m'a dit, la face aussi solennelle qu'une pierre tombale et
que tu t'es assis là, les mains jointes sur la bedaine, pour
m'apprendre c'te vieille nouvelle ! Ça f'rait rire un chat, Jim
Boyd", qu'il m'a dit. "Qui te l'a appris ?" que je lui ai demandé
comme un idiot. "Personne, qu'il m'a répondu. Mardi de la
semaine passée, j'étais couché ici, réveillé, et je l'ai su, juste
comme ça. Avant, j'm'en doutais, mais là, je l'ai *su*. J'ai fait
semblant de rien pour l'amour de ma femme. Et j'aimerais
vraiment construire c'te grange, parce que Eben le fera jamais
comme il faut. En tout cas, maintenant que tu t'es soulagé
l'esprit, Jim, accroche un sourire à ta face et raconte-moi
quelque chose d'intéressant." Ben, ç'a été la fin de l'histoire.
On avait peur de lui dire, et pendant ce temps-là, lui, il
savait tout. Étrange comme la nature prend soin d'nous, vous
trouvez pas, et nous apprend c'que nous devons savoir le
moment venu ? Est-ce que j'vous ai déjà raconté la fois où
Henry s'est accroché un hameçon dans le nez, Dame Blythe ?»

«Non. »

«Ben on en a ri un bon coup, aujourd'hui, lui et moi.
L'histoire de l'hameçon s'est passée y a une trentaine d'années. Un bon jour, lui, moi et plusieurs autres, on était allés à
la pêche au maquereau. C'était une journée faste – j'ai jamais
vu un pareil banc de maquereaux dans le golfe – et voilà que
dans l'énervement général, Henry s'est tellement démené
qu'il s'est organisé pour se planter un hameçon à travers une
narine. Et le voilà donc, un crochet d'un bord et un gros
morceau de plomb de l'autre, de sorte qu'on pouvait pas le
tirer. On a voulu le ramener à terre immédiatement, mais
Henry avait du cœur au ventre ; il a dit qu'il serait un pou
des sables s'il laissait un banc de poissons comme celui-là
pour moins qu'une mâchoire barrée ; il a donc continué à
pêcher, tirant de toutes ses forces et grognant de temps en
temps. Le banc a finalement passé et on est revenus à terre

avec notre cargaison; j'ai pris une lime et commencé à essayer de limer ce crochet. J'essayais d'être le plus doux possible, mais vous auriez dû entendre Henry, c'est-à-dire que non... c'était aussi bien qu'il n'y ait pas eu de dames aux alentours. Henry était pas un sacreur, mais il avait déjà entendu des jurons le long de la grève dans son temps et il les a tous sortis de sa mémoire pour me les hurler. Il a finalement déclaré qu'il pouvait plus supporter ça et que j'avais aucune pitié. On a donc attelé et je l'ai amené voir un médecin à Charlottetown – à trente-cinq milles, il n'y en avait pas de plus près dans c'temps-là – avec ce satané hameçon qui lui pendait toujours au nez. Le vieux Dr Crabb a juste pris une lime et s'est mis à limer l'hameçon de la même façon que j'avais essayé d'le faire; la seule différence, c'est que lui, il faisait aucun effort pour être doux. »

La visite que le Capitaine Jim avait rendue à son vieil ami avait fait revivre de nombreux souvenirs et il était à présent d'excellente humeur pour les raconter.

« Henry me demandait aujourd'hui si j'me rappelais la fois où le vieux Père Chiniquy avait béni le bateau d'Alexander MacAllister. Une autre vieille histoire, et aussi vraie que l'Évangile. Je me trouvais moi-même dans le bateau. On était allés, lui et moi, dans le bateau d'Alexander MacAllister un matin au lever du soleil. En passant, il y avait un Français à bord, un catholique, évidemment. Vous savez, comme le vieux Père Chiniquy était devenu protestant, les catholiques le portaient pas dans leur cœur. Alors on est tous restés assis là, dans le golfe, sous le soleil brûlant jusqu'à midi, sans avoir attrapé un seul poisson. Lorsqu'on est revenus à terre, le vieux Père Chiniquy devait partir, alors il a dit à sa manière polie : "Je suis vraiment désolé de ne pouvoir aller avec vous cet après-midi, M. MacAllister, mais je vous donne ma bénédiction. Vous allez prendre un millier de poissons cet après-midi." Ma foi, nous en avons pas pris mille, mais exactement neuf cent quatre-vingt-dix-neuf, la plus grosse prise de l'été de toute la rive nord pour un petit bateau. Curieux, n'est-ce pas ? Alexander MacAllister a demandé à Andrew Peters :

"Eh ben, qu'est-ce que vous pensez du Père Chiniquy maintenant ?" "J'pense ben qu'il reste encore quelques bénédictions à
ce vieux diable." Mon Dieu, comme Henry en a ri ce jour-là. »

« Savez-vous qui est M. Ford, Capitaine Jim ? demanda
Anne, voyant que la fontaine de souvenirs du Capitaine
était tarie pour le moment. Je veux que vous deviniez. »

Le Capitaine Jim hocha la tête.

« J'ai jamais été très fort en devinettes, Dame Blythe, et
pourtant, j'ai déjà vu ces yeux-là, j'les ai vraiment vus. »

« Pensez à un matin de septembre il y a plusieurs années,
reprit doucement Anne. Pensez à un bateau entrant dans le
port, un bateau attendu depuis longtemps et dont on déses-
pérait d'avoir des nouvelles. Pensez au jour où le *Royal William*
est arrivé et au premier regard que vous avez jeté à la femme
de l'instituteur. »

Le Capitaine Jim bondit.

« Ce sont les yeux de Persis Selwyn, cria-t-il. Vous pouvez
pas être son fils... vous devez être son... »

« Petit-fils ; en effet, je suis le fils d'Alice Selwyn. »

Le Capitaine Jim se rua sur Owen Ford et lui serra la main
plusieurs fois de suite.

« Le fils d'Alice Selwyn ! Seigneur ! Mais vous êtes le
bienvenu ! Combien de fois j'me suis demandé où vivaient
les descendants de l'instituteur. J'savais qu'il y en avait aucun
sur l'Île. Alice... Alice... le premier bébé qui soit né dans
cette petite maison. Jamais un bébé n'a apporté autant de
joie ! Je l'ai fait sauter sur mes genoux une bonne centaine de
fois. C'est à partir de mon genou qu'elle a fait ses premiers
pas toute seule. J'vois encore sa mère en train d'la regarder...
et ça fait près de soixante ans. Est-ce qu'elle vit toujours ? »

« Non, j'étais encore enfant quand elle est morte. »

« Oh ! Ça m'semble pas juste de vivre pour entendre ça,
soupira le Capitaine Jim. Mais ça m'réjouit le cœur de vous
connaître. Ça m'ramène à mes propres jeunes années pour
un moment. Vous savez pas encore quel délice ça peut être.
Dame Blythe ici présente a le tour, elle me fait r'monter dans
l'temps pas mal souvent. »

Le Capitaine Jim fut encore plus excité quand il découvrit qu'Owen Ford était ce qu'il appelait un «vrai homme d'écriture». Il le considéra comme un être supérieur. S'il savait qu'Anne écrivait, il n'avait pourtant jamais pris la chose très au sérieux. Selon le Capitaine, les femmes étaient de merveilleuses créatures qui devaient obtenir le droit de vote et toutes les autres choses que, dans leur innocence, elles désiraient; mais il ne croyait pas qu'elles pouvaient écrire.

«Regardez seulement *Un amour fou*, protestait-il; c'est écrit par une femme et voyez c'que ça donne : cent trois chapitres quand tout aurait pu être écrit en dix. Une femme écrivain sait jamais quand s'arrêter, c'est ça le problème. Le secret de la bonne écriture est de savoir quand s'arrêter.»

«M. Ford aimerait entendre quelques-unes de vos histoires, Capitaine Jim, dit Anne. Racontez-lui celle du capitaine qui est devenu fou et s'est pris pour le Hollandais volant.»

C'était là son histoire la plus savoureuse. C'était un mélange d'horreur et d'humour, et bien qu'Anne l'eût entendue plusieurs fois, elle en rit d'aussi bon cœur que M. Ford et en ressentit autant d'épouvante. D'autres anecdotes suivirent, car le Capitaine avait un auditoire à son goût. Il raconta comment son navire avait été coulé par un *steamer*; comment il avait été recueilli à bord d'un bateau de pirates malais; comment son bateau avait pris feu; comment il était venu en aide à un prisonnier politique évadé d'une république sud-africaine; comment, un automne, il avait fait naufrage aux Îles-de-la-Madeleine et était resté échoué là tout l'hiver; comment un tigre s'était échappé de sa cage à bord d'un vaisseau; comment son équipage s'était mutiné et l'avait abandonné sur une île déserte. Il raconta celles-là et plusieurs autres, tout aussi tragiques, comiques ou grotesques. Le mystère de la mer, la fascination exercée par les terres lointaines, l'appel de l'aventure, le rire, pour ses auditeurs, tout cela était réel et ressenti. Owen Ford écoutait, la tête dans sa main et Second ronronnant sur ses genoux, ses yeux brillants fixés sur le visage éloquent et buriné du Capitaine Jim.

«Laisserez-vous M. Ford voir votre livre, Capitaine Jim?» demanda Anne quand ce dernier eut finalement déclaré en avoir fini avec ses histoires.

«Oh! il a pas envie d'être ennuyé par *ça* », protesta-t-il, mourant secrètement d'envie de le montrer.

«Il n'y a rien qui me plairait davantage, Capitaine Boyd, l'assura Owen. S'il est aussi intéressant que vos histoires, il vaut la peine d'être vu.»

Feignant de s'y résoudre à contrecœur, le Capitaine Jim tira son livre d'un vieux coffre et le tendit à Owen.

«J'présume que vous aurez pas le goût d'vous battre longtemps avec ma vieille écriture. J'suis pas allé longtemps à l'école, observa-t-il négligemment. J'ai juste écrit ça pour amuser mon neveu Joe. Il veut toujours des histoires. Il est venu ici hier et il m'a dit d'un ton de reproche pendant que je retirais une morue de vingt livres de mon bateau : "Oncle Zim, est-ce qu'une morue est pas un animal innocent?" J'lui avais dit, vous savez, qu'il devait être bon avec les bêtes innocentes et jamais leur faire de mal d'aucune façon. J'me suis sorti du pétrin en disant qu'une morue était passablement innocente, mais que c'était pas un animal, mais Joe avait pas l'air très satisfait, et j'l'étais pas moi non plus. Il faut faire très attention à c'qu'on raconte à ces petites créatures. Elles peuvent voir à travers vous.»

Tout en parlant, le Capitaine Jim surveillait Owen Ford du coin de l'œil pendant que celui-ci examinait son livre; et s'apercevant que son invité était perdu dans ses pages, il se tourna en souriant vers le comptoir et commença à préparer du thé. Owen Ford eut peine à se séparer du livre, tout comme un misérable qui ne veut s'arracher à son or. Il prit juste le temps de boire son thé, puis replongea avidement dans sa lecture.

«Oh! Vous pouvez apporter cette chose avec vous si vous le voulez, dit le Capitaine, comme si la "chose" n'était pas son plus cher trésor. Il faut que j'sorte tirer mon bateau sur les billots. Le vent se lève. Avez-vous vu le ciel ce soir?

Ciels pommelés et queues de chats
Font faire aux grands navires de courts voyages. »

Owen Ford accepta avec plaisir l'offre d'apporter le livre du Capitaine. Sur le chemin du retour, Anne lui raconta l'histoire de Margaret perdue.

«Ce vieux capitaine est un type extraordinaire, déclara-t-il. Quelle vie il a vécue! Ma foi, cet homme a connu plus d'aventures dans une seule semaine que la plupart d'entre nous pendant toute la durée de notre vie. Croyez-vous réellement que ses histoires soient authentiques?»

«Certainement. Je suis convaincue que le Capitaine Jim ne pourrait pas dire de mensonges; d'ailleurs, tous les gens des environs disent que les choses se sont passées exactement comme il les raconte. Avant, il y avait une foule de ses vieux compagnons de voyage vivants qui corroboraient ses dires. Il est l'un des derniers représentants de l'ancien type des capitaines de bateau de l'Île-du-Prince-Édouard. C'est une race en voie d'extinction.»

25

La rédaction du « livre de vie »

Owen Ford arriva le lendemain à la petite maison dans un état d'effervescence.

« Mme Blythe, c'est là un livre formidable... absolument formidable. Si je pouvais le prendre et utiliser la matière pour un livre, je suis convaincu que cela donnerait le roman de l'année. Croyez-vous que le Capitaine Jim m'y autoriserait ? »

« ... vous autoriserait ! Je suis sûre qu'il en serait ravi ! s'écria Anne. J'admets que c'était ça que j'avais derrière la tête en vous amenant chez lui hier soir. Le Capitaine Jim espère depuis toujours rencontrer quelqu'un qui écrirait le livre à sa place. »

« M'accompagnerez-vous à la pointe ce soir, Mme Blythe ? Je lui demanderai moi-même si je peux m'inspirer de son livre, mais j'aimerais que vous lui disiez que vous m'avez raconté l'histoire de Margaret perdue et que vous lui demandiez s'il me laisserait m'en servir comme fil conducteur pour relier les péripéties du livre. »

Le Capitaine Jim fut plus excité que jamais quand Owen Ford lui eut décrit son projet. Son rêve chéri serait enfin réalisé et son « livre de vie » verrait le jour. L'idée d'intégrer l'histoire de Margaret perdue l'enchanta également.

« Ça empêchera le nom de Margaret d'être oublié, déclara-t-il mélancoliquement. C'est pour ça que j'veux qu'on le mette. »

« Nous collaborerons, s'écria Owen, ravi. Vous donnerez l'âme et moi, le corps. Oh ! Nous allons écrire un fameux livre, tous les deux, Capitaine Jim. Et nous allons nous mettre immédiatement au travail. »

« Et quand j'pense que mon livre va être écrit par le petit-fils de l'instituteur, s'exclama le Capitaine. Mon garçon, votre grand-père était mon plus cher ami. J'pensais qu'il y avait personne comme lui. J'comprends à présent pourquoi j'ai dû attendre si longtemps. Le livre pouvait pas être écrit avant qu'arrive l'homme de la situation. Vous *êtes* d'ici, vous avez en vous l'âme de cette vieille côte nord, vous êtes le seul qui *puissiez* l'écrire. »

On s'entendit pour que la chambrette attenant au salon du phare serve de bureau à Owen. Il était nécessaire que le Capitaine soit à proximité pendant qu'il écrivait, afin qu'il puisse le consulter sur des questions de mers lointaines et d'usages dans le golfe, ce dont il était passablement ignorant.

Il se mit au travail dès le lendemain matin et se plongea dans le livre corps et âme. Quant au Capitaine Jim, ce fut un homme comblé cet été-là. Il considérait la petite pièce où travaillait Owen comme un sanctuaire. Owen décrivait au Capitaine tout ce qu'il écrivait, mais refusait de lui laisser voir le manuscrit.

« Vous devez attendre qu'il soit publié, dit-il. Vous le verrez alors d'un seul coup dans sa meilleure forme. »

Il fouillait dans les trésors du livre du Capitaine et les utilisait à son gré. Margaret perdue le fit rêver et broyer du noir jusqu'à ce qu'elle devienne réelle pour lui et se mette à vivre dans ses pages. Le livre, au fur et à mesure qu'il progressait, prit possession de lui et il s'y consacra avec une avidité fiévreuse. Owen permit à Anne et à Leslie de lire le manuscrit et d'en faire la critique ; et le dernier chapitre du roman que, par la suite, les critiques considérèrent comme idyllique, fut modelé d'après une suggestion de Leslie.

Anne ne cessait de se féliciter du succès de son initiative.

« Dès que j'ai vu Owen Ford, j'ai su qu'il était exactement l'homme qu'il fallait, confia-t-elle à Gilbert. Il y avait de l'humour et de la passion dans son visage, et cela, associé à l'art de l'expression, était tout à fait ce qui était nécessaire pour la rédaction de ce livre. Comme le dirait Mme Rachel, il était prédestiné à jouer ce rôle. »

Owen Ford écrivait le matin. Les après-midi étaient habituellement consacrés à quelque joyeuse randonnée avec les Blythe. Leslie venait souvent elle aussi, car le Capitaine Jim se chargeait fréquemment de Dick pour lui laisser un peu de liberté. Ils allèrent en bateau dans le port et dans les trois jolies rivières qui s'y jetaient; ils firent cuire des palourdes sur la jetée, et des moules dans les rochers; ils cueillirent des fraises dans les dunes; ils allèrent pêcher la morue avec le Capitaine Jim; les hommes chassèrent le pluvier dans les champs de la grève, et le canard sauvage dans la crique. Le soir, ils se promenaient dans les terres basses semées de pâquerettes sous une lune dorée, ou restaient assis dans le salon de la petite maison où souvent la fraîcheur de la brise marine justifiait qu'on allume un feu de bois de grève, et parlaient des mille et une choses pouvant intéresser des jeunes gens heureux, intelligents et curieux.

Depuis le jour où elle s'était confessée à Anne, Leslie était une femme métamorphosée. Il n'y avait plus en elle trace de son ancienne froideur et de sa réserve, plus d'ombre de sa vieille amertume. La jeunesse qu'on lui avait volée semblait lui revenir avec la maturité de l'âge adulte; elle s'épanouissait comme une fleur flamboyante et parfumée; aucun rire n'était plus radieux que le sien, aucun esprit plus vif, dans les cercles qui se formaient à la brunante au cours de cet été enchanteur. Lorsqu'il ne lui était pas possible d'être avec eux, ils sentaient tous qu'il manquait une saveur exquise dans leurs rapports. Sa beauté était illuminée par l'âme en éveil à l'intérieur, tout comme une lampe rosée pouvait briller à travers un vase d'albâtre sans défaut. À certains moments, sa splendeur faisait presque mal aux yeux d'Anne. Quant à Owen Ford, la « Margaret » de son livre, tout en ayant les doux cheveux bruns et le visage d'elfe de la jeune fille réelle qui avait disparu autrefois, « endormie là où sommeille l'Atlantide perdue », elle avait la personnalité de Leslie Moore, telle qu'elle lui fut révélée en ces jours sereins de Four Winds Harbour.

Tout compte fait, ce fut un été inoubliable, l'un de ceux comme on en connaît rarement dans une vie, mais qui laissent un riche héritage de beaux souvenirs, un de ces étés qui, grâce à une heureuse combinaison de merveilleuse température, de merveilleux amis et de moments merveilleux, sont aussi près de la perfection qu'il est possible de l'être ici-bas.

« C'est trop beau pour durer », songea Anne en soupirant légèrement, une journée de septembre où un certain pincement du vent et une certaine nuance de bleu intense dans l'eau du golfe annonçaient la proximité de l'automne.

Ce soir-là, Owen Ford leur apprit qu'il avait achevé la rédaction du livre et que la fin de ses vacances approchait.

« J'ai encore beaucoup de travail à faire sur le texte, réviser et fignoler et ainsi de suite, dit-il, mais le principal est fait. J'ai écrit la dernière phrase ce matin. Si je peux trouver un éditeur, le livre pourra probablement sortir l'été ou l'automne prochain. »

Owen ne doutait pas beaucoup de trouver un éditeur. Il avait conscience d'avoir écrit un bon livre, un livre qui obtiendrait un succès extraordinaire, un livre qui *vivrait*. Il savait que cette œuvre lui apporterait la renommée et la fortune, mais après avoir écrit la dernière phrase, il pencha la tête sur le manuscrit et resta longtemps ainsi. Il ne pensait plus au travail bien fait...

26

La confession d'Owen Ford

« Je regrette vraiment que Gilbert soit absent, dit Anne. Il a été obligé de partir : Allan Lyons du Glen a eu un grave accident. Il ne rentrera probablement que très tard. Mais il m'a chargée de vous dire qu'il se lèverait assez tôt demain matin pour passer vous voir avant votre départ. C'est trop dommage. Susan et moi avions planifié une si belle petite fête pour votre dernière soirée ici. »

Elle était assise dans le jardin près du ruisseau sur le petit banc rustique que Gilbert avait fabriqué. Owen Ford était debout en face d'elle, appuyé contre la colonne de bronze d'un bouleau jaune. Il était très pâle et son visage portait les traces d'une nuit d'insomnie. En le regardant, Anne se demanda si, en fin de compte, cet été lui avait apporté la force qu'il aurait dû. Avait-il trop travaillé sur le livre ? Elle se souvint qu'il n'avait pas l'air très en forme depuis une semaine.

« Je suis plutôt content que le docteur soit absent, répondit lentement Owen. Je voulais vous voir seul à seule, Mme Blythe. Il y a quelque chose qu'il faut que je dise à quelqu'un, sinon je crois que je vais devenir fou. Cela fait une semaine que j'essaie de voir les choses en face, et je ne peux pas. Je sais que je peux vous faire confiance et, de plus, que vous allez comprendre. Une femme avec des yeux comme les vôtres comprend toujours. Vous êtes une de ces personnes auxquelles les gens se confient instinctivement.

Mme Blythe, j'aime Leslie. Je l'*aime* ! Le mot semble trop faible ! »

Sa voix se brisa soudain de passion refoulée. Il tourna la tête et cacha son visage dans son bras. Tout son corps tremblait. Anne le regarda, pâle et abasourdie. Cela ne lui était jamais venu à l'idée ! Et pourtant, comment était-ce possible que cela ne lui eut jamais effleuré l'esprit ? Cela semblait à présent une chose normale et inévitable. Elle s'interrogea sur sa propre cécité. Mais... mais... des choses comme celle-ci ne se produisaient pas à Four Winds. Ailleurs dans le monde, les passions pouvaient peut-être défier les conventions et les lois, mais certainement pas *ici* ! Depuis dix ans, Leslie recevait à l'occasion des pensionnaires pour l'été et rien de semblable n'était jamais arrivé. Mais peut-être ne ressemblaient-ils pas à Owen Ford; et la Leslie vive et *vivante* de cet été n'était pas la fille froide et maussade des autres années. Oh ! *Quelqu'un* aurait dû y penser ! Pourquoi Mlle Cornelia n'y avait-elle pas pensé ? Mlle Cornelia était toujours prête à sonner l'alarme quand il s'agissait des hommes. Anne, absurdement, en voulut à Mlle Cornelia. Puis elle grogna intérieurement. Peu importe qui était à blâmer, le mal était fait. Et Leslie, qu'en était-il de Leslie ? C'était pour Leslie qu'Anne éprouvait le plus d'inquiétude.

« Leslie est-elle au courant, M. Ford ? » demanda-t-elle calmement.

« Non... non... à moins qu'elle ne l'ait deviné. Vous ne croyez certainement pas que je sois assez mesquin et dénué de tact pour le lui avoir dit, Mme Blythe. Je n'ai pu m'empêcher de l'aimer... c'est tout... et mon malheur est tellement grand que je ne peux plus le supporter. »

« Vous aime-t-elle ? » demanda Anne. Au moment où la question traversa ses lèvres, elle sentit qu'elle n'aurait pas dû la poser. Il protesta avec empressement :

« Non... non... bien sûr que non. Mais je pourrais me faire aimer d'elle si elle était libre... je sais que je le pourrais. »

« Elle l'aime... et il le sait », pensa Anne. Elle dit tout haut, d'un ton sympathique mais résolu :

« Mais elle n'est pas libre, M. Ford. Et la seule chose que vous puissiez faire est de partir en silence et de la laisser à sa propre vie. »

« Je sais... je sais, grogna Owen. Il s'assit sur l'herbe au bord du ruisseau et fixa sombrement l'eau ambrée au-dessous de lui. Je sais qu'il n'y a rien à faire, rien d'autre que de dire d'un ton conventionnel "Au revoir, Mme Moore. Merci pour la bonté que vous m'avez témoignée cet été", tout comme je l'aurais dit à la maîtresse de maison plantureuse, affairée et au regard acéré que je m'attendais à trouver à mon arrivée. Ensuite je paierai ma pension comme un honnête pensionnaire et je m'en irai ! Oh ! C'est très simple. Aucun doute, aucune perplexité... une route droite jusqu'à la fin du monde ! Et je la suivrai... soyez sans crainte, Mme Blythe. Mais ce serait plus facile de marcher sur des lames chauffées à blanc. »

La douleur dans sa voix ébranla Anne. Et dans la situation, il y avait si peu à dire. Le blâmer était hors de question... le conseiller était inutile... et la sympathie ne pouvait rien contre la pure agonie de cet homme. Anne ne pouvait que se sentir solidaire de lui dans un labyrinthe de compassion et de regret. Le cœur lui faisait mal pour Leslie. Cette pauvre fille n'avait-elle pas déjà assez souffert ?

« Ce serait moins dur de partir et de la laisser si au moins elle était heureuse, reprit Owen d'une voix passionnée. Mais penser qu'elle est morte vivante... avoir conscience de la situation dans laquelle je la laisse ! C'est *cela* le pire ! Je donnerais ma vie pour la rendre heureuse... et je ne peux absolument rien faire pour l'aider... rien. Elle est liée pour toujours à ce pauvre misérable... sans rien d'autre à espérer que de vieillir dans une succession d'années vides, insignifiantes et nues. Cette pensée me rend fou. Il faut pourtant que je vive ma vie sans jamais la revoir tout en sachant ce qu'elle endure. C'est tout simplement hideux ! »

« C'est très dur, approuva tristement Anne. Nous, ses amis, nous savons tous combien c'est difficile pour elle. »

« Et elle a tellement de possibilités, poursuivit Owen d'un ton révolté. Sa beauté est le moindre de ses dons, et c'est pourtant la plus belle femme que j'aie jamais vue. Et son rire ! Tout l'été, je me suis efforcé de provoquer ce rire, pour le seul plaisir de l'entendre. Et ses yeux... aussi profonds et bleus que le golfe là-bas. Jamais je n'ai vu un tel bleu, et un tel or ! Avez-vous déjà vu sa chevelure dénouée, Mme Blythe ? »

« Non. »

« Cela m'est arrivé une fois. J'étais allé pêcher à la pointe avec le Capitaine Jim mais la mer était trop mauvaise, alors j'étais revenu. Elle avait profité de ce qu'elle croyait être un après-midi de liberté pour laver ses cheveux, et elle les faisait sécher au soleil sur la véranda. Ils tombaient autour d'elle jusqu'à ses pieds comme une fontaine d'or vivant. En m'apercevant, elle s'est hâtée de rentrer et le vent fit alors tourbillonner ses cheveux autour d'elle : Danaé dans son nuage. C'est seulement à ce moment-là que j'ai su que je l'aimais et que j'ai compris que je l'aimais depuis le moment où je l'avais vue debout contre un fond noir, dans ce rayonnement de lumière. Et penser qu'elle doit vivre ici, à soigner et à calmer Dick, économisant un sou par-ci, par-là pour joindre à peine les deux bouts, pendant que je passe ma vie à l'attendre en vain, et qu'il ne m'est même pas possible de l'aider en tant qu'ami. La nuit dernière, j'ai marché sur la grève presque jusqu'à l'aube et j'ai ressassé tout cela en vain. Et pourtant, malgré tout, je ne peux, au fond de mon cœur, regretter d'être venu à Four Winds. Il me semble que, aussi douloureux que ce soit, ce serait encore pire de n'avoir jamais connu Leslie. Cela me brûle et me déchire de l'aimer et de la quitter, mais ne pas l'avoir aimée est inimaginable. Je suppose que tout ceci doit avoir l'air complètement fou, toutes ces terribles émotions semblent toujours absurdes quand nous essayons de les traduire dans nos mots inadéquats. Elles ne sont pas faites pour être dites, mais seulement pour être éprouvées et endurées. Je n'aurais pas dû parler, mais cela m'a aidé... un peu. Cela m'a au moins donné la force de partir demain matin de façon respectable, sans faire de scène. Vous m'écrirez de temps en temps, n'est-ce pas, Mme Blythe, et me donnerez de ses nouvelles ? »

« Oui, répondit Anne. Oh ! Je suis si triste que vous partiez... vous allez tellement nous manquer... nous étions de si bons amis ! Sans cet amour, vous auriez pu revenir d'autres étés. Peut-être, même encore, dans le futur, quand vous aurez oublié, peut-être... »

« Je n'oublierai jamais... et jamais je ne reviendrai à Four Winds », l'interrompit Owen.

Le silence et la pénombre envahirent le jardin. Au loin, la mer frappait la jetée avec douceur et monotonie. Le vent du soir dans les peupliers résonnait comme une vieille chanson triste et bizarre, quelque vieux souvenir de rêve brisé. Un jeune tremble mince se dressait devant eux contre le jaune délicat, l'émeraude et le rose pâle du ciel à l'ouest, ce qui donnait à chaque feuille, à chaque brindille, un charme sombre, timide et enchanté.

« N'est-ce pas ravissant ? » s'exclama Owen, l'air d'un homme qui met derrière lui une certaine conversation.

« C'est si beau que ça me fait mal, répondit doucement Anne. Les choses aussi parfaites me font toujours mal ; je me souviens que j'appelais cela le "mal étrange" quand j'étais enfant. Pour quelle raison une souffrance comme celle-ci paraît-elle inséparable de la perfection ? Est-ce la douleur de l'irrévocabilité, quand nous prenons conscience qu'il n'y a, devant nous, rien d'autre que la régression ? »

« Peut-être, dit rêveusement Owen, est-ce l'infini emprisonné à l'intérieur de nous qui appelle l'infini extérieur tel qu'il s'exprime dans cette perfection visible mais pourtant inaccessible. »

« On dirait que vous avez un rhume de cerveau. Vous feriez mieux de vous frotter le nez avec de la pommade avant d'aller au lit », conseilla Mlle Cornelia, qui venait de traverser la petite barrière entre les sapins juste à temps pour saisir la dernière remarque d'Owen. Mlle Cornelia aimait bien Owen, mais elle avait pour principe de prendre avec un grain de sel tout « langage pompeux » venant d'un homme.

Mlle Cornelia personnifiait la comédie qui pointe toujours le nez au coin de la tragédie de la vie. Anne, dont les nerfs

avaient été sérieusement éprouvés, éclata d'un rire hysté-
rique et même Owen esquissa un sourire. Il est vrai que le
sentiment et la passion avaient l'air de refouler en présence
de Mlle Cornelia. Et même à Anne, rien ne parut tout à fait
aussi désespéré, sombre et douloureux que quelques instants
auparavant. Mais le sommeil lui vint difficilement cette nuit-là.

27

Sur le banc de sable

Owen Ford quitta Four Winds le lendemain matin. Le même soir, Anne se rendit chez Leslie mais ne trouva personne à la maison. Celle-ci était verrouillée et il n'y avait de lumière à aucune fenêtre. La maison avait l'air sans âme. Leslie ne vint pas le lendemain, ce qui, pour Anne, était de mauvais augure.

Comme Gilbert avait l'occasion d'aller à l'anse des pêcheurs durant la soirée, Anne l'accompagna à la pointe avec l'intention de passer un moment avec le Capitaine Jim. Mais le grand phare, tranchant le brouillard de cette soirée d'automne, était sous la garde d'Alec Boyd et le Capitaine était absent.

« Que vas-tu faire ? demanda Gilbert. Veux-tu venir avec moi ? »

« Je ne veux pas aller à l'anse, mais je traverserai le chenal avec toi et me promènerai sur le banc de sable en t'attendant. La plage de galets est trop glissante et sombre ce soir. »

Seule sur le sable, Anne s'abandonna au charme inquiétant de la nuit. Le temps était chaud pour un soir de septembre, et la fin de l'après-midi avait été très brumeuse. Une pleine lune avait en partie dissipé le brouillard et transformé le port, le golfe et les plages avoisinantes en un paysage étrange, fantastique et irréel de pâle brume argentée à travers laquelle tout paraissait fantomatique. La goélette noire du Capitaine Josiah

Crawford qui s'en allait dans le chenal, chargée de pommes de terre pour les ports de Nouvelle-Écosse, avait l'air d'un navire fantôme en route pour une terre lointaine non indiquée sur les cartes, reculant toujours, impossible à atteindre. Les appels d'invisibles mouettes dans le ciel étaient les pleurs des marins défunts. Les petites boucles d'écume que le vent soufflait sur le sable ressemblaient à des elfes minuscules jaillissant des cavernes de la mer. Les grosses dunes aux épaules rondes faisaient penser aux géants endormis d'une vieille légende nordique. Les lumières qui clignotaient faiblement sur le port étaient les signes trompeurs venant d'une côte du pays des fées. Anne s'amusait en imaginant toutes ces choses pendant qu'elle errait dans le brouillard. C'était délicieux, romantique, mystérieux de se promener toute seule sur cette plage enchantée.

Mais était-elle seule ? Quelque chose se dessina dans la brume devant elle, prit forme, et se dirigea soudain vers elle sur le sable ridé par les vagues.

« Leslie ! s'exclama Anne, stupéfaite. Qu'est-ce que tu fais ici, ce soir ? »

« Et toi, qu'est-ce que tu y fais ? » rétorqua Leslie en essayant de rire. Elle échoua dans son effort. Elle semblait très pâle et fatiguée ; mais les accroche-cœurs sous son chapeau rouge frisaient autour de son visage et de ses yeux comme de petits anneaux d'or scintillants.

« J'attends Gilbert, il est allé à l'anse. J'avais l'intention de rester au phare, mais le Capitaine Jim est absent. »

« Eh bien, je suis venue ici parce que j'avais envie de marcher... de marcher... marcher, expliqua nerveusement Leslie. C'était impossible sur la plage rocailleuse, la marée était trop haute et les rochers m'emprisonnaient. Il fallait que je vienne ici, sinon je serais devenue folle, je crois. J'ai pris la chaloupe du Capitaine Jim et j'ai ramé dans le chenal. Il y a une heure que je suis ici. Viens... viens... marchons. Je ne peux rester immobile. Oh ! Anne ! »

« Très chère Leslie, qu'est-ce qui t'arrive ? » demanda Anne tout en ne le sachant que trop bien.

« Je ne peux te le dire... ne me demande rien. Cela me serait égal que tu le saches... et même que je le souhaite... mais je ne peux te le dire... je ne peux le dire à personne. Oh ! Comme j'ai été folle, Anne... et oh ! cela fait si mal d'être folle. Il n'y a rien de plus douloureux au monde. »

Elle éclata d'un rire amer. Anne glissa son bras autour des épaules de son amie.

« Leslie, serais-tu éprise de M. Ford ? »

Leslie fit passionnément volte-face.

« Comment l'as-tu appris ? cria-t-elle. Anne, dis-moi comment tu l'as su. Oh ! Est-ce écrit dans mon visage, est-ce que tout le monde peut le voir ? Est-ce aussi simple que ça ? »

« Non, non. Je... je ne peux te dire comment je l'ai su. Cela m'est juste venu à l'esprit, d'une façon ou d'une autre. Leslie, ne me regarde pas comme ça ! »

« Me méprises-tu ? demanda Leslie à voix basse, âprement. Me trouves-tu méchante, inhumaine ? Ou me prends-tu tout simplement pour une folle ? »

« Rien de tout cela. Allons, ma chérie, essayons d'en parler de façon intelligente, comme nous parlerions de n'importe quelle grande crise de la vie. Tu as broyé du noir et tu t'es laissée entraîner à une vision morbide de la chose. Tu sais que tu as tendance à le faire quand quelque chose va mal, et tu m'avais promis de la combattre. »

« Mais... oh ! c'est si... si honteux, murmura Leslie. L'aimer malgré moi, et quand je ne suis pas libre d'aimer qui que ce soit. »

« Tu n'as pas à avoir honte. Mais je regrette tant que tu te sois amourachée d'Owen parce que, dans la situation actuelle, cela ne peut que te rendre malheureuse. »

« Je ne me suis pas amourachée, protesta Leslie en continuant à marcher et à parler avec passion. Si les choses s'étaient passées comme ça, j'aurais pu l'éviter. Je n'ai jamais même imaginé une telle chose avant ce jour de la semaine dernière où il m'a dit qu'il avait terminé son livre et devait partir bientôt. C'est alors... alors que je l'ai su. J'ai senti comme si quelqu'un venait de m'assener un coup terrible. Je n'ai rien

dit – il m'était impossible de prononcer une parole – mais je
ne sais pas de quoi j'avais l'air. J'ai peur que mon expression
m'ait trahie. Oh! J'en mourrais de honte si je pensais qu'il l'a
su, ou soupçonné. »

Anne resta misérablement silencieuse, gênée par les
conclusions qu'elle avait tirées de sa conversation avec Owen.
Leslie poursuivit fiévreusement, comme si le fait de parler lui
apportait un certain soulagement.

« J'étais si heureuse cet été, Anne, plus heureuse que jamais
dans ma vie. Je pensais que c'était parce que la situation
avait été clarifiée entre toi et moi et que c'était ton amitié
qui de nouveau faisait paraître ma vie si belle et si pleine. Et
c'était vrai, en partie... mais pas complètement... oh! non,
loin de là. Je sais à présent pourquoi tout était si différent. Et
maintenant tout est fini... et il est parti. Comment puis-je
vivre, Anne? Quand je suis rentrée dans la maison le matin
après son départ, la solitude m'a frappée comme un coup de
poing au visage. »

« La douleur s'atténuera avec le temps, ma chère », fit
Anne qui ressentait toujours si vivement la souffrance de ses
amis qu'il lui était impossible de prononcer facilement des
paroles de réconfort. En outre, elle se souvenait combien les
discours bien intentionnés l'avaient blessée quand elle avait
elle-même eu de la peine, et elle avait peur.

« Oh! J'ai l'impression que cela va être de plus en plus dur,
dit misérablement Leslie. Je n'ai rien à espérer de la vie. Les
matins se suivront... et il ne reviendra pas... il ne reviendra
jamais. Oh! Quand je pense que jamais je ne le reverrai, je
me sens comme si une grande main brutale étranglait mon
cœur et le tordait. Une fois, il y a longtemps, j'ai rêvé de
l'amour... et j'ai cru que cela devait être beau... et à présent...
voilà ce que c'est. Quand il est parti hier matin, il était si
distant, si indifférent. Il m'a dit "Au revoir, Mme Moore", du
ton le plus froid au monde, comme si nous n'avions même
pas été amis, comme si je ne signifiais absolument rien pour
lui. Je sais que c'est le cas – je ne veux même pas qu'il s'inté-
resse à moi – mais il aurait pu se montrer un peu plus gentil. »

« Oh ! Si seulement Gilbert arrivait, songea Anne. Elle était déchirée entre sa sympathie pour Leslie et la nécessité d'éviter tout ce qui pourrait trahir les confidences d'Owen. Elle savait pourquoi son au revoir avait été si impersonnel, pourquoi il ne pouvait avoir la cordialité que leur camaraderie exigeait, mais elle ne pouvait le dire à Leslie.

« Je n'y pouvais rien, Anne... je n'y pouvais rien », répéta la pauvre Leslie.

« Je le sais. »

« Me blâmes-tu beaucoup ? »

« Je ne te blâme pas du tout. »

« Et tu ne... tu n'en diras rien à Gilbert ? »

« Leslie ! Penses-tu que je pourrais faire une telle chose ? »

« Oh ! Je ne sais pas – toi et Gilbert êtes si complices. Je ne vois pas comment tu peux t'empêcher de tout lui raconter. »

« Lui raconter tout sur moi, oui, mais pas les secrets de mes amis. »

« Je ne pourrais pas supporter qu'il le sache. Mais je suis contente que tu sois au courant. Je me sentirais coupable s'il y avait quelque chose que j'aurais honte de te confier. J'espère que Mlle Cornelia ne le découvrira pas. J'ai parfois l'impression que ses terribles bons yeux bruns lisent dans mon âme. Oh ! Je voudrais que cette brume ne se lève jamais, je voudrais pouvoir seulement rester ici pour toujours, cachée loin de tout être vivant. Je ne vois pas comment je pourrai continuer à vivre. Cet été a été si plein. Je ne me suis pas ennuyée un seul instant. Avant la venue d'Owen, j'avais coutume de connaître des moments horribles, quand j'avais été avec toi et Gilbert et que je devais vous quitter. Vous partiez en marchant ensemble et je partais en marchant *seule*. Quand Owen était là, il était toujours là pour m'accompagner jusqu'à la maison... et nous riions et parlions comme toi et Gilbert, et il n'y avait plus pour moi de moments de solitude et d'envie. Et *maintenant* ! Oh ! oui, j'ai été folle. Mais ne parlons plus de ma folie. Je ne t'ennuierai plus jamais avec cela. »

« Voici Gilbert, et tu reviens avec nous, dit Anne qui n'avait aucunement l'intention de laisser Leslie errer seule sur le banc de sable par une telle nuit et dans une humeur pareille. Il y a suffisamment de place pour trois dans notre bateau et nous attacherons la chaloupe derrière. »

« Oh ! Je suppose que je dois me réconcilier avec l'idée d'être de nouveau la cinquième roue du carosse, fit la pauvre Leslie avec un autre rire amer. Pardonne-moi, Anne, c'était odieux. Je dois être reconnaissante – et je le suis – d'avoir deux bons amis heureux de me compter parmi les leurs. Ne t'occupe pas de mes paroles hargneuses. Je ne suis que douleur. Tout me blesse. »

« Leslie avait l'air très calme ce soir, n'est-ce pas ? fit remarquer Gilbert au moment où lui et Anne rentraient à la maison. « Veux-tu bien me dire ce qu'elle fabriquait toute seule sur le banc de sable ? »

« Oh ! Elle était fatiguée... et tu sais qu'elle aime bien aller à la plage après une dure journée passée avec Dick. »

« Quel dommage qu'elle n'ait pas rencontré et épousé un type comme Ford il y a longtemps, rumina Gilbert. Ils auraient formé un couple idéal, tu ne penses pas ? »

« Pour l'amour de Dieu, Gilbert, ne deviens pas un entremetteur. C'est une profession abominable pour un homme », s'écria Anne assez sèchement, craignant que Gilbert ne finisse par découvrir la vérité.

« Mon Dieu ! Anne, je ne fais pas l'entremetteur, protesta Gilbert, assez surpris du ton de sa voix. Je ne faisais que penser à quelque chose qui aurait pu être. »

« Eh bien, arrête. C'est une perte de temps », dit Anne. Puis elle ajouta soudainement :

« Oh ! Gilbert, si seulement tout le monde pouvait être aussi heureux que nous ! »

28

De choses et d'autres

« Je lisais la chronique nécrologique », dit Mlle Cornelia en déposant le *Daily Enterprise* et en reprenant son ouvrage.

Le port s'étalait, noir et mélancolique sous un ciel sévère de novembre ; les feuilles mortes, mouillées, collaient, détrempées et brunies, sur les rebords des fenêtres ; mais un feu de foyer égayait la petite maison à laquelle les fougères et les géraniums d'Anne conféraient un air printanier.

« C'est toujours l'été, ici, Anne », lui avait dit Leslie un jour ; et tous les invités de la maison de rêve sentaient la même chose.

« L'*Enterprise* ne semble s'intéresser qu'à la chronique nécrologique ces jours-ci, poursuivit Mlle Cornelia. Il y a au moins deux colonnes et j'en dévore chaque ligne. C'est un de mes loisirs préférés, surtout quand l'avis de décès est poétique. En voici un exemple :

"Avec son Créateur, elle s'en est allée,
   On ne la verra plus jamais se promener ;
   Elle qui avait coutume de jouer et de chanter avec joie
   Le chant de la douceur de vivre chez soi."

« Qui est-ce qui prétend que nous n'avons pas de talent poétique sur l'Île ? Avez-vous déjà remarqué le nombre de bonnes personnes qui décèdent, ma chère Anne ? Cela fait plutôt pitié. Voici vingt avis, et ils concernent tous des saints et des modèles, même les hommes. Tenez le vieux Peter Stimson qui a "laissé un grand cercle d'amis pour déplorer son départ précoce". Seigneur! ma chère Anne, ce type avait quatre-vingts ans et tous ceux qui le connaissaient souhaitaient sa mort depuis trente ans. Lisez les avis de décès quand vous avez le cafard, ma chère Anne, surtout ceux des gens que vous connaissez. Si vous avez quelque sens de l'humour, cela va vous remonter le moral, croyez-moi. Si seulement j'avais à écrire l'avis de certaines personnes... "Nécrologique" n'est-ce pas un mot affreux et laid? Ce même Peter dont je viens de parler avait un visage tout à fait nécrologique. Non pas que j'aie jamais rien vu de nécrologique, mais le mot me passait par la tête en sa présence. Je ne connais qu'un seul mot plus laid, et c'est *veuve*. Seigneur! ma chère Anne, je suis peut-être une vieille fille, mais jamais – et cela me réconforte – je ne serai veuve. »

« C'est effectivement un mot laid, approuva Anne en riant. Le cimetière d'Avonlea était rempli de vieilles pierres tombales consacrées "à la mémoire d'une telle, *veuve* de feu un tel". Cela me faisait toujours penser à un vieux vêtement usé et mangé par les mites. Pourquoi tant des mots reliés à la mort sont si désagréables? J'espère vraiment que la coutume d'appeler un cadavre "les restes" sera abolie. Je frissonne littéralement lorsque j'entends l'entrepreneur des pompes funèbres dire à des funérailles "Que ceux qui désirent voir les restes passent de ce côté". Cela me donne toujours l'horrible impression d'être sur le point d'assister à un festin de cannibales. »

« Bien, tout ce que je souhaite, reprit posément Mlle Cornelia, c'est que quand je mourrai, personne ne m'appellera "notre chère sœur partie". J'ai une dent contre cette histoire de fraternité depuis que, il y a cinq ans, un évangéliste itinérant a tenu des assemblées au Glen. Dès le départ, il ne me plaisait pas. Je sentais dans mes os que quelque chose n'allait pas avec lui. Et c'était le cas. Imaginez-vous qu'il faisait semblant d'être presbytérien – il prononçait presbytarien – alors qu'il était méthodiste. Tout le monde était son frère ou sa sœur. Il avait vraiment une grosse parenté, cet homme. Il a saisi ma main avec ferveur, un soir, et m'a demandé d'un ton implorant : "Ma *chère* sœur Bryant, êtes-vous une chrétienne ?" Je l'ai simplement dévisagé un instant avant de répondre calmement : "Le seul frère que j'ai eu, M. Fiske, a été enterré il y a quinze ans, et je n'en ai adopté aucun depuis. Quant à être chrétienne, j'espère et je crois l'avoir été quand vous vous trémoussiez sur le plancher en camisole." Ça lui en a bouché un coin, prenez-en ma parole. Ne croyez pas, ma chère Anne, que j'en veuille à tous les évangélistes. Nous avons eu ici quelques hommes réellement bons et sincères qui ont accompli beaucoup de bien et ont mis les vieux pécheurs au supplice. Mais ce dénommé Fiske n'en était pas. J'ai bien ri, un soir. Fiske avait demandé à tous les chrétiens de se lever. Je suis restée assise, vous pouvez me croire ! Je n'ai jamais apprécié ce genre de choses. Mais la plupart des gens l'ont fait et il a ensuite demandé à tous ceux qui voulaient être chrétiens de se lever. Personne n'a bougé pendant un moment, alors Fiske a entonné un hymne de toute sa voix. Juste devant moi, le pauvre petit Ikey Baker était assis dans le banc des Millison. C'était un gamin de dix ans qui travaillait à la ferme, et Millison était en train de le tuer au travail. Pauvre petite créature, il était si épuisé qu'il s'endormait aussitôt arrivé à l'église ou à n'importe quel endroit où il pouvait s'asseoir tranquille quelques instants. Il avait dormi pendant toute l'assemblée et j'étais contente de voir ce pauvre petit se reposer, croyez-moi. Eh bien, quand la voix de Fiske monta jusqu'au ciel et que les autres se joignirent à lui, le pauvre Ikey fut réveillé en sursaut. Il pensa que ce n'était qu'un chant normal et que tout le monde devait se lever, alors il sauta sur ses pieds en vitesse, sachant qu'il se ferait passer un savon par Maria Millison pour avoir dormi pendant l'assemblée. Fiske l'aperçut, s'arrêta et hurla : "Une autre âme de sauvée ! Gloire à Dieu ! Alléluia !" Et ce pauvre Ikey était là, terrifié, à moitié endormi et bâillant, très loin de songer à son âme. Pauvre enfant, il n'avait jamais le temps de penser à rien d'autre qu'à son petit corps exténué de travail.

«Leslie alla à une assemblée un soir et Fiske se mit à la
harceler – Oh ! il était tout spécialement préoccupé par
l'âme des jolies filles, croyez-moi ! – et il la froissa tellement
qu'elle n'y est jamais retournée. Ensuite, il pria chaque soir
en public pour que le Seigneur adoucisse son cœur dur. Je
suis finalement allée trouver M. Leavitt, notre pasteur à ce
moment-là, et je lui ai dit que s'il n'obligeait pas Fiske à
cesser son manège, je me lèverais le lendemain soir et lui
lancerais mon livre d'hymnes à la figure quand il mentionne-
rait cette "belle jeune femme refusant de se repentir". Et je
l'aurais fait, croyez-moi ! M. Leavitt y a mis le holà, mais Fiske
a continué à tenir ses assemblées jusqu'à ce que Charley
Douglas mette un point final à sa carrière au Glen. Mme
Charley avait passé tout l'hiver en Californie. Elle avait eu
une véritable crise de neurasthénie à l'automne, de neurasthénie religieuse. Ce mal courait dans sa famille. Son père avait
eu tellement peur d'avoir commis un péché impardonnable
qu'il en était mort à l'asile. Alors, quand Rose Douglas
commença à réagir de la même façon, Charley l'envoya en
visite chez sa sœur à Los Angeles. Elle se rétablit et rentra
chez elle au moment où la "renaissance Fiske" battait son
plein. Elle descendit du train au Glen, très souriante et en
forme, et la première chose qui lui sauta aux yeux, écrite en
grosses lettres blanches de deux pieds de haut sur le hangar
noir des marchandises, fut la question "Où allez-vous, au ciel
ou en enfer ?". Cela avait été une des idées de Fiske, et il
avait chargé Henry Hammond de peindre les mots. Rose
poussa un hurlement et s'évanouit ; et lorsqu'on la ramena à
la maison, elle était pire que jamais. Charley Douglas est
donc allé voir M. Leavitt et lui a déclaré que tous les Douglas
laisseraient l'église si Fiske restait là plus longtemps. M.
Leavitt a été obligé de céder car les Douglas payaient la moitié
de son salaire. C'est ainsi que Fiske est parti et que nous
avons dû recommencer à nous fier à la Bible pour apprendre
à gagner notre ciel. Après son départ, M. Leavitt a découvert
que ce n'était qu'un méthodiste déguisé et il s'est senti plutôt
mal, je vous en passe un papier. M. Leavitt avait certaines
lacunes, mais il était un bon et authentique presbytérien. »

« À propos, j'ai reçu une lettre de M. Ford hier, dit Anne. Il me demandait de vous transmettre ses salutations. »

« Je ne veux pas de ses salutations », coupa sèchement Mlle Cornelia.

« Pourquoi donc ? s'écria Anne, stupéfaite. Je pensais que vous l'aimiez bien. »

« D'une certaine façon, oui. Mais je ne lui pardonnerai jamais ce qu'il a fait à Leslie. Voilà cette pauvre enfant qui se ronge les sangs à cause de lui – comme si elle n'avait pas assez de problèmes comme ça – pendant qu'il se pavane à Toronto, j'en suis sûre, profitant de la vie tout comme avant. Un vrai homme, quoi ! »

« Oh ! Mlle Cornelia, comment l'avez-vous appris ? »

« Mon Dieu, ma chère Anne, j'ai des yeux, n'est-ce pas ? Et je connais Leslie depuis sa plus tendre enfance. À l'automne, ses yeux trahissaient un nouveau genre de peine de cœur, et je sais que cet écrivain y était pour quelque chose. Jamais je ne me pardonnerai de l'avoir fait venir ici. Mais je ne m'attendais pas à ce qu'il soit si différent. Je pensais qu'il serait comme les autres hommes que Leslie avait pris en pension : tous de jeunes blancs-becs vaniteux qui n'avaient rien pour lui plaire. L'un d'eux s'est déjà essayé à flirter avec elle une fois, et elle l'a gelé net, tellement qu'il n'a jamais dégelé depuis, j'en suis certaine. C'est pourquoi l'idée d'un danger ne m'a pas effleuré l'esprit. »

« Ne laissez pas Leslie soupçonner que vous connaissez son secret, dit vivement Anne. Je crois que cela la blesserait. »

« Vous pouvez me faire confiance, Anne. Je ne suis pas née d'hier. Oh ! La peste soit de tous les hommes ! Pour commencer, un a ruiné sa vie, et ensuite, un autre de la tribu arrive et la rend encore plus misérable. Anne, nous vivons dans un monde affreux, prenez-en ma parole. »

« Quelque chose va de travers dans le monde, mais un peu plus tard, ce sera résolu », ajouta Anne d'un ton rêveur en citant un de ses auteurs préférés.

« Si c'est le cas, ce sera un monde dans lequel il n'y aura pas d'hommes », riposta lugubrement Mlle Cornelia.

«Qu'est-ce que les hommes ont encore fait?» interrogea Gilbert en entrant.

«Des bêtises... des bêtises! Qu'est-ce qu'ils font d'autre?»

«C'est Ève qui a croqué la pomme, Mlle Cornelia.»

«Mais c'est une créature masculine qui l'a tentée», répliqua Mlle Cornelia d'un air triomphant.

Après que la première angoisse fut passée, Leslie s'aperçut qu'il était après tout possible de continuer à vivre, comme c'est le cas pour la plupart d'entre nous, quel qu'ait été notre tourment. Il se peut même qu'elle en ait apprécié certains moments, quand elle faisait partie du cercle joyeux de la petite maison de rêve. Mais si Anne avait espéré qu'elle oublie Owen Ford, elle perdit toute illusion en voyant l'expression furtivement affamée qui passait dans les yeux de Leslie quand par hasard son nom était mentionné. Ayant pitié de cette avidité, Anne s'efforçait toujours de donner au Capitaine Jim ou à Gilbert des bribes de nouvelles tirées des lettres d'Owen quand Leslie se trouvait parmi eux. Sa rougeur et sa pâleur à ces moments-là ne décrivaient que trop éloquemment l'émotion qui l'envahissait. Mais jamais elle ne parla de lui ni ne mentionna cette soirée sur le banc de sable avec Anne.

Un jour, le vieux chien de Leslie mourut et elle déplora amèrement sa perte.

«Il était depuis si longtemps mon ami, confia-t-elle tristement à Anne. C'était le vieux chien de Dick, tu sais. Il l'avait depuis à peu près un an lorsqu'on s'est mariés. Il me l'a laissé quand il s'est embarqué sur le *Four Sisters*. Carlo m'aimait beaucoup, et son affection de chien m'a aidée à traverser cette épouvantable année qui a suivi la mort de ma mère, quand je me suis retrouvée toute seule. Quand j'ai appris que Dick revenait, j'ai craint que Carlo soit un peu moins à moi. Mais il n'a jamais été porté vers Dick, même s'il avait déjà été très proche de lui. Il lui montrait les crocs et grognait comme si Dick avait été un étranger. J'étais contente. C'était bon de posséder une chose dont l'amour m'appartenait exclusivement. Ce vieux chien a été un tel réconfort pour moi, Anne. Il est devenu si faible à l'automne

que j'ai eu peur qu'il ne puisse vivre encore très longtemps,
mais j'espérais qu'en prenant bien soin de lui, il arrive à
passer l'hiver. Il avait l'air en forme ce matin. Il était couché
sur le tapis devant le feu ; puis, tout à coup, il s'est levé et a
rampé vers moi ; il a posé sa tête sur mes genoux et m'a
regardée avec amour de ses grands et doux yeux de chien... et
puis il a seulement frissonné et il est mort. Il va tant me
manquer. »

« Laisse-moi te donner un autre chien, Leslie, dit Anne.
Gilbert m'offre un adorable Gordon setter pour Noël. Laisse-
moi t'en offrir un aussi. »

Leslie secoua la tête.

« Pas pour le moment, je te remercie, Anne. Je n'ai pas
envie d'avoir un autre chien maintenant. C'est comme s'il ne
me restait plus d'affection pour un autre. Peut-être que, dans
quelque temps, j'accepterai que tu m'en donnes un. J'ai
vraiment besoin de la protection d'un chien. Mais il y avait
quelque chose de presque humain chez Carlo, et ce ne serait
pas décent de le remplacer trop vite, ce cher vieux camarade. »

Anne se rendit à Avonlea une semaine avant Noël et y
resta jusqu'après les vacances. Gilbert vint la rejoindre et on
célébra joyeusement le nouvel an à Green Gables, les Barry,
les Blythe et les Wright s'étant rassemblés pour dévorer un
repas qui avait coûté à Mme Rachel et à Marilla beaucoup de
planification et de préparatifs. Lorsqu'ils revinrent à Four
Winds, la petite maison était presque ensevelie sous la neige,
car la troisième tempête d'un hiver qui allait se révéler excep-
tionnellement rigoureux avait déferlé sur le port et entassé
d'énormes montagnes de neige sur tout ce qu'elle avait trouvé
sur son passage. Mais le Capitaine Jim avait pelleté les
entrées et les allées, et Mlle Cornelia était venue allumer un
feu dans la cheminée.

« C'est bon de vous revoir, ma chère Anne ! Mais avez-
vous déjà vu des bourrasques pareilles ? On ne peut voir la
maison des Moore à moins de monter à l'étage. Leslie sera
contente que vous soyez de retour. Elle est presque enterrée
vivante là-haut. Heureusement, Dick peut pelleter la neige

et il trouve cela très amusant. Susan m'a envoyé dire qu'elle serait là demain. Où est-ce que vous allez, à présent, Capitaine ?»

« J'vais sans doute me frayer un chemin jusqu'au Glen et passer un moment avec le vieux Martin Strong. Sa fin est proche et il s'ennuie. Il a pas beaucoup d'amis ; il a été trop occupé toute sa vie pour s'en faire. Mais il a amassé un bon petit magot. »

« Ma foi, il pensait que comme il ne pouvait servir à la fois Dieu et Mammon, il ferait mieux de s'en tenir à l'avarice, commenta sèchement Mlle Cornelia. Alors il n'a pas à se plaindre s'il ne trouve pas que Mammon soit une très agréable compagnie maintenant. »

Le Capitaine Jim sortit mais, arrivé dans la cour, il se souvint de quelque chose et revint sur ses pas.

« J'ai reçu une lettre de M. Ford, Dame Blythe, et il dit que mon livre de vie est accepté et va être publié l'automne prochain. Ça m'a pas mal remonté le moral quand j'ai appris la nouvelle. Quand je pense que j'vais finalement voir mon livre imprimé. »

« Cet homme est complètement fou à propos de son livre, déclara Mlle Cornelia avec compassion. Pour ma part, je suis d'avis qu'il y a vraiment trop de livres dans le monde maintenant. »

29

Gilbert et Anne sont en désaccord

Gilbert déposa le volumineux livre médical qu'il avait dévoré jusqu'à ce que cette soirée de mars devienne suffisamment sombre pour l'obliger à cesser de lire. Il se renversa sur sa chaise et regarda songeusement par la fenêtre. C'était le début du printemps, probablement le moment le plus laid de l'année. Même le soleil couchant ne parvenait pas à faire oublier le paysage mort et morose et la glace noire et pourrie du port que Gilbert contemplait. Aucun signe de vie n'était visible, à l'exception d'un corbeau noir planant, solitaire, au-dessus d'un champ grisâtre. Gilbert s'interrogea nonchalamment sur ce corbeau. S'agissait-il d'un corbeau ayant une famille et dont la compagne, femelle noire mais gracieuse, l'attendait dans les bois derrière le Glen? Était-ce un jeune mâle fringant à la recherche d'une belle à courtiser ou encore un cynique corbeau célibataire, convaincu que voyager seul, c'est voyager plus vite? Quel qu'il fût, il disparut bientôt dans la brunante et Gilbert se tourna vers la scène plus animée à l'intérieur.

La lumière du feu tremblotait, scintillant sur les robes vertes et blanches de Gog et Magog, sur la tête brune et soyeuse du magnifique setter qui se chauffait sur le tapis, sur les tableaux accrochés aux murs, sur les vases de jonquilles dans les jardinières, sur Anne elle-même. Elle était assise à sa petite table, son ouvrage à côté d'elle et les mains jointes sur ses genoux, faisant surgir des images du feu : châteaux en Espagne dont les tourelles délicates perçaient les nuages éclairés par la lune et la barre du soleil couchant, navires voguant du havre du détroit de Bonne Espérance jusqu'au port de Four Winds chargés de marchandises précieuses. Car Anne était toujours une bâtisseuse de rêves, malgré cette peur qui ne la quittait jamais et qui assombrissait ses fantasmes.

Gilbert avait l'habitude de se voir en "vieil homme marié". Pourtant, il regardait toujours Anne avec les yeux émerveillés d'un amant. Il n'arrivait pas à croire encore tout à fait qu'elle était à lui. Ce n'était peut-être qu'un rêve, après tout, une partie et une parcelle de cette magique maison de rêve. L'âme de Gilbert avançait toujours devant Anne comme sur la pointe des pieds, sinon le charme serait rompu et le songe, détruit.

« Anne, dit-il lentement. Prête-moi ton attention. Je veux te parler de quelque chose. »

Anne le regarda à travers la lueur du feu.

« De quoi s'agit-il ? demanda-t-elle gaiement. Tu as l'air épouvantablement solennel, Gilbert. Je n'ai vraiment rien fait de vilain, aujourd'hui. Demande à Susan. »

« Je ne veux te parler ni de toi ni de nous, mais de Dick Moore. »

« Dick Moore ? répéta Anne en se redressant, alarmée. Mais que peux-tu bien avoir à dire sur Dick Moore ? »

« J'ai beaucoup pensé à lui, ces derniers temps. Te souviens-tu de cette fois, l'été dernier, où je l'ai soigné pour des furoncles dans le cou ? »

« Oui... en effet. »

« J'ai profité de l'occasion pour examiner en profondeur les cicatrices sur son crâne. J'ai toujours pensé que Dick était un cas très intéressant, du point de vue médical. Dernièrement, j'ai étudié l'histoire des chirurgies du cerveau et des cas où on y recourait. Anne, j'en suis venu à la conclusion que si Dick Moore était amené dans un bon hôpital et qu'on faisait plusieurs interventions dans son crâne, il pourrait retrouver l'usage de sa mémoire et de ses facultés. »

«Gilbert!» La voix d'Anne était pleine de protestation. «Tu ne le penses pas vraiment!»

«J'en suis convaincu. Et j'ai décidé qu'il était de mon devoir d'aborder le sujet avec Leslie.»

«Gilbert Blythe, tu ne feras pas une chose pareille, s'écria Anne avec véhémence. Oh! Gilbert, tu ne feras pas ça, tu ne peux pas. Tu ne peux pas être aussi cruel. Promets-moi que tu ne le feras pas.»

«Voyons, Anne, je n'aurais jamais cru que tu le prendrais sur ce ton. Sois raisonnable...»

«Je ne serai pas raisonnable... je ne peux être raisonnable... je suis raisonnable. C'est toi qui ne l'es pas. Gilbert, as-tu pensé une seule fois à ce que cela signifierait pour Leslie si Dick Moore retrouvait ses facultés? Penses-y seulement! Elle est déjà suffisamment malheureuse; mais vivre comme l'infirmière et la gardienne de Dick est mille fois plus facile pour elle que de vivre comme sa femme. Je le sais... je le *sais*! C'est impensable. Ne t'en mêle pas. Laisse les choses comme ça.»

«J'ai bien pesé chaque aspect de la question, Anne. Mais j'ai la conviction qu'un médecin est, avant toute autre considération, responsable de la santé mentale et physique du patient, quelles qu'en soient les conséquences. Je crois qu'il est de son devoir de s'efforcer de restaurer la santé du corps et de l'esprit s'il y a quelque espoir.»

«Mais Dick n'est pas ton patient à cet égard, riposta Anne en criant. Si Leslie t'avait demandé si on pouvait faire quelque chose pour lui, alors seulement cela aurait pu être de ton devoir de lui dire ce que tu pensais réellement. Mais tu n'as pas le droit d'intervenir.»

«Je n'appelle pas cela intervenir. Il y a douze ans, oncle Dave a déclaré à Leslie qu'on ne pouvait rien pour Dick. Elle l'a cru, évidemment.»

«Et pourquoi oncle Dave lui aurait-il affirmé cela si ce n'était pas vrai? s'écria Anne d'un air triomphant. N'en connaît-il pas aussi long que toi?»

« Je ne le pense pas, même si cela sonne vaniteux et présomptueux de le dire. Et tu sais aussi bien que moi qu'il a des préjugés contre ce qu'il appelle ces "nouvelles idées de couper et de dépecer". Il s'oppose même à l'opération de l'appendicite. »

« Il a raison, s'exclama Anne en changeant radicalement de front. Je suis moi-même convaincue que vous, les médecins modernes, êtes vraiment trop pressés de faire des expériences avec la chair et le sang humains. »

« Rhoda Allonby ne serait pas vivante aujourd'hui si j'avais eu peur de tenter une certaine expérience, objecta Gilbert. J'ai couru un risque... et lui ai sauvé la vie. »

« Je n'en peux plus d'entendre parler de Rhoda Allonby, cria Anne plutôt injustement, car jamais Gilbert n'avait mentionné son nom depuis le jour où il avait confié à Anne le succès obtenu dans son cas. Il n'était pas à blâmer si d'autres personnes en discutaient.

Gilbert se sentit blessé.

« Je ne m'attendais pas à ce que tu considères la question sous cet angle, Anne », conclut-il sèchement en se levant pour se diriger vers son bureau. C'était la première fois qu'ils étaient près de se quereller.

Mais Anne se précipita vers lui et le tira en arrière.

« Allons, Gilbert, tu ne vas pas "partir fâché contre moi". Assieds-toi ici et je vais t'offrir très gentiment mes excuses. Je n'aurais pas dû dire ça. Mais... si seulement tu savais... »

Anne se reprit à temps. Elle avait été sur le point de trahir le secret de Leslie.

« ... savais comment une femme voit la chose », conclut-elle platement.

« Je crois le savoir. J'ai étudié la question de tous les points de vue... et j'en suis venu à la conclusion qu'il est de mon devoir de dire à Leslie qu'il est, à mon avis, possible de guérir Dick. Ma responsabilité s'arrête là. Ce sera à elle de décider de ce qu'elle doit faire. »

« Je ne pense pas que tu aies le droit de lui mettre une telle responsabilité sur le dos. Elle en a assez à supporter. Elle est pauvre... comment pourrait-elle payer une opération pareille ? »

« C'est à elle de le décider », répéta Gilbert avec entêtement.

« Tu dis que tu penses que Dick peut être guéri. Mais en es-tu sûr ? »

« Certainement pas. Personne ne peut être sûr d'une telle chose. Il se peut qu'il y ait des lésions au cerveau, ce qui serait incurable. Mais si, comme je le crois, la perte de sa mémoire et de ses autres facultés est simplement due au fait que certaines parties osseuses exercent une pression sur les centres cérébraux, on pourra le guérir. »

« Ce n'est qu'une possibilité ! insista Anne. Maintenant, supposons que tu parles à Leslie et qu'elle décide de le faire opérer. Cela va lui coûter très cher. Elle devra emprunter l'argent, ou vendre sa petite propriété. Et supposons que l'opération soit un échec et que Dick reste le même. Comment pourra-t-elle rembourser l'emprunt, ou gagner sa vie et celle de cette grande créature impotente si elle vend la ferme ? »

« Oh ! Je sais... je sais. Mais j'ai le devoir de le lui dire. C'est ma conviction et je ne peux y échapper. »

« Oh ! Je connais l'entêtement des Blythe, gronda Anne. Mais ne prends pas seul cette responsabilité. Consulte le docteur Dave. »

« C'est ce que j'ai fait », avoua Gilbert à contrecœur.

« Et qu'a-t-il dit ? »

« En un mot, comme tu dirais, de laisser les choses comme elles sont. À part ses préjugés contre la nouvelle chirurgie, hélas, il pense comme toi : il ne faut rien faire, pour le bien de Leslie. »

« Tu vois ! s'écria Anne, triomphante. Je crois vraiment, Gilbert, que tu dois te soumettre au jugement d'un homme de presque quatre-vingts ans qui a lui-même vu beaucoup de choses et sauvé une multitude de vies humaines. Son avis doit sûrement peser plus que celui d'un tout jeune homme. »

« Merci. »

« Ne ris pas. C'est trop sérieux. »

« Je pense exactement comme toi : c'est sérieux. Voilà un homme qui est un fardeau inutile. On peut lui rendre sa raison et lui redonner une utilité... »

« Il était tellement utile avant, n'est-ce pas ! » interrompit Anne, faiblissante.

« On peut lui donner la chance de mieux faire et d'effacer le passé. Sa femme n'est pas au courant de cela. Moi, oui. J'ai donc le devoir de lui dire qu'il existe une telle possibilité. C'est, tout compte fait, ma décision. »

« Ne dis pas encore "décision", Gilbert. Consulte quelqu'un d'autre. Demande au Capitaine Jim ce qu'il en pense. »

« Très bien. Mais je ne te promets pas de me ranger à son avis, Anne. Il s'agit d'une chose qu'un homme doit décider de lui-même. Je n'aurais jamais la conscience tranquille si je gardais le silence sur cette question. »

« Oh ! Ta conscience ! gémit Anne. Je présume qu'oncle Dave a bien une conscience, lui aussi, non ? »

« Oui. Mais je ne suis pas responsable de sa conscience. Allez, Anne, si cette affaire ne concernait pas Leslie, si c'était un cas purement abstrait, tu serais d'accord avec moi, tu le sais bien. »

« Absolument pas, jura Anne, essayant de se convaincre. « Oh ! Tu peux passer la nuit à argumenter, Gilbert, mais tu ne me persuaderas pas. Demande seulement à Mlle Cornelia ce qu'elle pense de ça. »

« Tu dois être au bout de ton rouleau, Anne, pour appeler Mlle Cornelia à ta rescousse. Elle dirait "Un vrai homme !" et fulminerait. Mais peu importe. Ce n'est pas à Mlle Cornelia de régler cette affaire. Leslie seule doit en décider. »

« Tu sais parfaitement quelle décision elle prendra, dit Anne, presque en larmes. Elle a le sens du devoir, elle aussi. Je ne comprends pas comment tu peux prendre une telle responsabilité sur tes épaules. Je ne comprends pas. »

« Car il est juste de suivre le chemin de la justice
et de la sagesse en méprisant les conséquenses »
cita Gilbert.

« Oh ! Si tu crois qu'une strophe d'un poème est un argument convaincant, ironisa Anne. C'est tellement masculin ! »

Puis elle éclata de rire malgré elle. Cela ressemblait trop à un écho de Mlle Cornelia.

« Bon, si tu n'acceptes pas Tennyson comme une autorité, tu croiras peut-être les paroles d'un plus grand que lui, reprit sérieusement Gilbert. "Tu sauras la vérité et la vérité te donnera la liberté". J'y crois, Anne, de tout mon cœur. C'est le plus grand et le plus beau verset de la Bible – ou de n'importe quelle littérature – et le plus vrai, s'il existe des degrés de comparaison concernant la vérité. Et le devoir d'un homme est de dire la vérité, telle qu'il la voit et telle qu'il la conçoit. »

« Dans ce cas-ci, la vérité ne rendra pas la pauvre Leslie libre, soupira Anne. Cela ne fera que l'enchaîner davantage. Oh ! Gilbert, je ne *peux* croire que tu aies raison. »

30

Leslie prend une décision

Une épidémie soudaine de grippe d'un type particulièrement virulent au Glen et au village de pêcheurs occupa
tellement Gilbert les deux semaines suivantes qu'il n'eut pas
le temps de rendre la visite promise au Capitaine Jim. Anne
espérait sans vraiment y croire qu'il avait renoncé à son
projet concernant Dick Moore et, résolue à ne pas déranger
le chat qui dort, elle n'aborda plus le sujet. Elle y pensait
pourtant sans arrêt.

« Je me demande si j'aurais raison de lui dire que Leslie est
amoureuse d'Owen, pensa-t-elle. Comme il ne la laisserait pas
se douter qu'il est au courant, sa fierté n'en souffrirait pas et
cela pourrait le convaincre de ne pas s'occuper de Dick Moore.
Devrais-je le faire? Non, tout compte fait, c'est impossible.
Une promesse est sacrée, et je n'ai pas le droit de trahir le
secret de Leslie. Ah! jamais rien ne m'a autant préoccupée.
Cela gâche mon printemps... gâche tout. »

Un soir, Gilbert lui proposa à brûle-pourpoint de l'accompagner chez le Capitaine Jim. Le cœur gros, Anne accepta et
ils se mirent en route. Deux semaines d'un bon soleil avaient
miraculeusement agi sur le paysage morne au-dessus duquel
le corbeau de Gilbert avait plané. Les collines et les champs
étaient secs, bruns et chauds, prêts à se couvrir de bourgeons
et de fleurs; le port avait recommencé à rire; la longue route

ressemblait à un ruban rouge et luisant ; plus loin, dans les dunes, une bande de jeunes garçons, partis pêcher l'éperlan, étaient en train de brûler l'herbe épaisse et séchée de l'été précédent. Les flammes conféraient aux dunes une teinte rosée, agitant leurs bannières écarlates contre le golfe sombre à l'arrière-plan, et illuminant le chenal et le village de pêcheurs. Cette scène pittoresque aurait, en d'autres temps, ravi les yeux d'Anne ; mais elle n'appréciait pas sa promenade. Gilbert non plus. Ils partageaient habituellement les mêmes goûts et points de vue, mais ce soir-là, cette complicité leur faisait tristement défaut. La façon hautaine dont Anne levait la tête et la politesse étudiée de ses remarques montraient clairement à quel point elle désapprouvait tout le projet. Gilbert gardait les lèvres serrées avec toute l'obstination des Blythe, mais son regard était troublé. Il entendait faire ce qu'il croyait être son devoir ; mais être à couteaux tirés avec Anne était un prix élevé à payer. Bref, tous deux furent bien contents d'arriver au phare... et pleins de remords d'être contents.

Le Capitaine Jim déposa le filet de pêche qu'il était en train de raccommoder et les accueillit joyeusement. Dans la lumière parcimonieuse de cette soirée de printemps, il parut à Anne plus vieux que jamais. Ses cheveux avaient beaucoup grisonné et sa vieille main robuste tremblait un peu. Mais ses yeux bleus étaient clairs et francs, reflet de son âme sincère, sans peur et sans reproche.

Le Capitaine Jim écouta dans un silence stupéfait ce que Gilbert était venu lui raconter. Anne, sachant que le vieil homme vénérait Leslie, était convaincue qu'il se rangerait de son côté, tout en ayant peu d'espoir que cela réussisse à influencer Gilbert. Elle fut donc complètement renversée lorsque le Capitaine, lentement et tristement mais sans aucune hésitation, affirma que Leslie devait être mise au courant.

« Oh ! Capitaine Jim, je ne pensais pas que vous diriez cela, s'exclama-t-elle d'un ton de reproche. Je croyais que vous ne voudriez pas lui causer davantage d'ennuis. »

Le Capitaine Jim hocha la tête.

« C'est pas ce que je veux. J'sais comment vous vous sentez, Dame Blythe, exactement comme moi je me sens. Mais c'est pas sur nos sentiments qu'on doit se guider dans la vie... non, sinon on ferait naufrage plus souvent qu'autrement. Il n'y a qu'une seule boussole sûre, et c'est d'après elle qu'on doit mettre le cap : la boussole du bien. J'suis d'accord avec le docteur. Si Dick a une chance, il faut le dire à Leslie. Il y a pas deux côtés à ça, à mon avis. »

« Bien, dit Anne, cédant avec désespoir, attendez seulement que Mlle Cornelia vous attrape, vous deux. »

« Cornelia va être en furie, pas de doute, assura le Capitaine Jim. Vous autres, les femmes, vous êtes des créatures charmantes, Dame Blythe, mais un petit brin illogiques. Vous êtes une dame très instruite et Cornelia l'est pas, mais vous vous ressemblez comme deux gouttes d'eau. Je sais pas si ça vous fait du bien ou du tort. La logique est une sorte de chose dure, sans pitié, j'imagine. À présent, j'vais préparer une tasse de thé, et on va la boire et parler de sujets plaisants, juste pour nous calmer un peu les esprits. »

Le thé et la conversation calmèrent suffisamment l'esprit d'Anne pour qu'elle ne fasse pas souffrir trop cruellement Gilbert, comme cela avait d'abord été son intention. Elle évita d'aborder le sujet brûlant mais bavarda aimablement de choses et d'autres, et Gilbert comprit qu'il avait été pardonné.

« Le Capitaine Jim a l'air très frêle et voûté, ce printemps. L'hiver lui a donné un coup de vieux, remarqua-t-elle tristement. J'ai bien peur qu'il n'aille bientôt à la recherche de Margaret perdue. Je ne peux supporter cette idée. »

« Four Winds ne sera plus le même endroit quand le Capitaine "prendra la mer" », acquiesça Gilbert.

Le lendemain soir, il se rendit à la maison du ruisseau. Anne tourna tristement en rond jusqu'à son retour.

« Eh bien, qu'est-ce que Leslie a dit ? » questionna-t-elle en le voyant.

« Peu de chose. Je crois qu'elle était un peu abasourdie. »

« Et va-t-elle le faire opérer ? »

« Elle va y penser et prendre très bientôt une décision. »

Gilbert se laissa tomber dans le fauteuil en face du feu. Il semblait épuisé. Cela n'avait pas été facile pour lui de parler à Leslie. Et la terreur qui avait jailli dans ses yeux quand elle avait saisi la signification de ce qu'il était venu lui dire n'était certes pas un souvenir agréable. Maintenant que le processus avait été amorcé, il était envahi de doutes quant à sa propre sagacité.

Anne le regarda avec remords ; puis elle se glissa sur le tapis près de lui et posa sa tête rousse et brillante sur son bras.

« Gilbert, je me suis montrée plutôt détestable, mais je ne le serai plus. Appelle-moi Poil de carotte et pardonne-moi. »

Gilbert comprit alors que, quoi qu'il advienne, il n'y aurait pas de "Je te l'avais bien dit". Il n'était pourtant pas entièrement réconforté. Sur le plan abstrait, le devoir est une chose ; mais dans la pratique, c'est totalement différent, surtout quand celui qui doit prendre la décision est confronté au regard affligé d'une femme.

Un instinct incita Anne à se tenir loin de Leslie les trois jours qui suivirent. Le soir du troisième jour, Leslie vint à la petite maison et dit à Gilbert qu'elle s'était décidée ; elle amènerait Dick à Montréal et le ferait opérer.

Elle était très pâle et semblait s'être enveloppée dans son ancienne cape de froideur. Ses yeux avaient perdu l'expression qui avait hanté Gilbert ; mais ils étaient froids et brillants ; et elle continua à discuter avec lui de détails, d'une façon sèche et terre à terre. Il fallait planifier et penser à beaucoup de choses. Quand Leslie eut reçu les informations dont elle avait besoin, elle rentra chez elle. Anne voulut l'accompagner une partie du chemin.

« J'aime mieux pas, dit brusquement Leslie. La pluie d'aujourd'hui a détrempé le sol. Bonne nuit. »

« Ai-je perdu mon amie ? soupira Anne. Si l'opération réussit et que Dick redevient lui-même, Leslie se repliera dans une forteresse de son âme où personne ne pourra jamais la trouver. »

« Elle le quittera peut-être », suggéra Gilbert.

«Leslie ne fera jamais ça, Gilbert. Son sens du devoir est trop fort. Elle m'a dit un jour que sa grand-mère West avait toujours insisté sur le fait que lorsqu'elle assumait une responsabilité, elle ne devait jamais y manquer, quelles que pussent en être les conséquences. C'est une de ses règles primordiales. Je suppose que c'est très démodé.»

«Ne sois pas amère, ma petite Anne. Tu sais bien que tu ne trouves pas cela démodé, tu sais que tu as toi-même exactement la même idée du caractère sacré des responsabilités. Et tu as raison. Manquer à ses responsabilités est la malédiction de notre vie moderne, la raison de toute l'agitation et de l'insatisfaction qui bouillonnent dans le monde.»

«Ainsi dit le prêcheur», se moqua Anne. Mais derrière l'ironie, elle sentait qu'il disait la vérité ; et le cœur lui faisait très mal pour Leslie.

Une semaine plus tard, Mlle Cornelia déboula comme une avalanche sur la petite maison. Comme Gilbert était absent, Anne dut supporter seule l'impact du choc.

Mlle Cornelia commença presque avant d'avoir ôté son chapeau.

«Anne, avez-vous l'intention de me dire que ce que j'ai entendu est vrai... que le Dr Blythe a suggéré à Leslie qu'on pouvait guérir Dick et qu'elle va le conduire à Montréal pour le faire opérer ?»

«Oui, c'est la vérité, Mlle Cornelia», admit courageusement Anne.

«Eh bien! C'est une cruauté inhumaine, voilà ce que c'est, déclara Mlle Cornelia, violemment agitée. Je prenais le Dr Blythe pour un homme décent. Je ne pensais pas qu'il puisse se rendre coupable d'une telle chose.»

«Le Dr Blythe a cru de son devoir d'apprendre à Leslie qu'il existait une possibilité de guérison pour Dick, répondit Anne avec cran, et, ajouta-t-elle loyalement envers Gilbert qui l'avait emporté sur elle, je suis d'accord avec lui.»

«Oh! non, c'est faux, ma chère, protesta Mlle Cornelia. Aucune personne capable de compassion ne l'approuverait.»

«Le Capitaine Jim pense comme lui.»

« Ne me citez pas ce vieux nigaud, cria Mlle Cornelia. Et peu m'importe qui l'approuve. Pensez, pensez seulement à ce que cela signifie pour cette pauvre fille dévastée. »

« Nous y avons pensé. Mais Gilbert croit qu'un médecin doit d'abord songer au bien-être mental et physique du patient. »

« Tout à fait masculin. Mais je m'attendais à mieux de votre part », fit Mlle Cornelia avec davantage de chagrin que de colère ; puis elle poursuivit en bombardant Anne des mêmes arguments dont celle-ci s'était servie pour attaquer Gilbert ; et Anne défendit vaillamment son mari avec les armes qu'il avait utilisées pour se protéger lui-même. La querelle fut longue, mais Mlle Cornelia y mit finalement un terme.

« C'est une honte ignoble, déclara-t-elle, au bord des larmes. Voilà ce que c'est, une honte ignoble. Pauvre, pauvre Leslie ! »

« Ne croyez-vous pas qu'il faudrait tenir un peu compte de Dick aussi ? » plaida Anne.

« Dick ! Dick Moore ! Il est suffisamment heureux, lui ! Il est devenu un membre plus convenable et respectable de notre société qu'il ne l'a jamais été auparavant. Grand Dieu ! C'était un ivrogne et peut-être pire encore. Allez-vous le remettre en liberté pour qu'il recommence à se déchaîner ? »

« Il peut s'amender », suggéra la pauvre Anne, qui se sentait assaillie à l'extérieur et déloyale au fond d'elle-même.

« S'amender mon œil ! rétorqua Mlle Cornelia. Dick Moore a reçu les blessures qui l'ont mis dans cet état au cours d'une bagarre d'ivrognes. Il *mérite* son sort ! Cela a été son châtiment. Je ne crois pas que le docteur ait à se mêler des desseins de Dieu ! »

« Personne ne sait comment Dick a été blessé, Mlle Cornelia. Ce n'est peut-être pas du tout dans une bataille d'ivrognes. Il est peut-être tombé dans une embuscade qui avait pour but de le dévaliser. »

« Les cochons sifflent peut-être, même s'il leur manque des babines, riposta Mlle Cornelia. Bon, ce que vous me dites, au fond, c'est que la chose est réglée et qu'il ne sert à rien d'en discuter. Dans ce cas, je retiens ma langue. Je n'ai pas l'intention de m'user les dents à ronger des limes. Lorsqu'une chose doit être faite, je cède. Mais je tiens à m'assurer d'abord qu'elle *doit* être faite. À présent, je vais consacrer mes énergies à réconforter et à soutenir Leslie. Et après tout, ajouta Mlle Cornelia en reprenant espoir, peut-être qu'on ne pourra rien faire pour Dick. »

31

La vérité libère

Une fois qu'elle eut décidé de ce qu'elle devait faire, Leslie se mit à l'œuvre avec l'esprit résolu et la rapidité qui la caractérisaient. Il fallait d'abord faire le ménage, malgré toutes ces questions de vie et de mort. Avec l'aide de Mlle Cornelia, la maison grise près du ruisseau retrouva un ordre et une propreté impeccables. Mlle Cornelia, ayant fait savoir à Anne sa façon de penser, puis à Gilbert et au Capitaine Jim – et ne les épargnant ni l'un ni l'autre, soyez-en assurés – ne discuta jamais du sujet avec Leslie. Elle accepta l'opération de Dick, et mentionnait la chose d'un ton pratique lorsque c'était nécessaire, et n'en parlait pas lorsque ce ne l'était pas. Quant à Leslie, elle n'aborda jamais la question. Elle se montra très froide et calme pendant ces beaux jours de printemps. Elle rendit rarement visite à Anne, et bien qu'elle fût toujours courtoise et amicale, cette courtoisie même était une barrière glaciale entre elle et les gens de la petite maison. Les vieilles plaisanteries, les rires et la complicité sur des choses de la vie quotidienne ne pouvaient plus l'atteindre. Anne refusa de se sentir blessée. Elle savait Leslie en proie à une menace hideuse qui l'isolait de tous les petits éclats de bonheur et moments de plaisir. Lorsqu'une grande passion prend possession de l'âme, tous les autres sentiments sont refoulés. Jamais, de toute son existence, Leslie n'avait ressenti une terreur plus

intolérable devant l'avenir. Elle avança pourtant aussi iné-
branlablement sur le chemin qu'elle avait choisi que les
martyrs d'autrefois sur le leur, vers l'atroce angoisse de l'enjeu.

La question financière fut réglée plus facilement qu'Anne
ne l'avait craint. Le Capitaine Jim prêta à Leslie l'argent nécessaire et, à sa demande expresse, il prit une hypothèque sur
la petite ferme.

«Voilà donc un souci de moins pour cette pauvre fille, dit
Mlle Cornelia à Anne, et pour moi aussi. À présent, si Dick se
rétablit suffisamment pour recommencer à travailler, il pourra
gagner assez d'argent pour payer les intérêts; sinon, je sais que
le Capitaine Jim s'organisera pour que Leslie n'ait pas à le faire.
C'est lui qui me l'a dit. "Je vieillis, Cornelia, m'a-t-il dit, et j'ai
pas d'enfant à moi. Leslie acceptera pas de cadeau d'un homme
vivant, mais d'un mort, peut-être." Jusque-là, tout va bien. Je
voudrais seulement que le reste puisse être réglé de façon aussi
satisfaisante. Quant à ce misérable Dick, il a été affreux ces
derniers jours. Le démon était en lui, vous pouvez me croire!
Leslie et moi n'arrivions pas à finir notre travail à cause des
bêtises qu'il faisait. Un jour, il a poursuivi tous ses canards dans
la cour jusqu'à en faire mourir la plupart d'épuisement. Et il
n'aurait pas remué le petit doigt pour nous aider. Quelquefois,
vous savez, il peut se rendre passablement utile à rentrer des
seaux d'eau et du bois. Mais cette semaine, si nous l'avions
envoyé au puits, il aurait essayé de se jeter dedans. Une fois, j'ai
pensé "Si seulement tu pouvais tomber au fond la tête la
première, cela réglerait magnifiquement la question."»

«Oh! Mlle Cornelia!»

«Vous n'avez pas à vous indigner, ma chère Anne. *N'importe
qui* aurait pensé la même chose. Si les médecins de Montréal
arrivent à faire de ce Dick Moore une créature raisonnable,
ils sont prodigieux.»

Leslie amena Dick à Montréal au début de mai. Gilbert
l'accompagna pour l'aider et faire en son nom les arrange-
ments nécessaires. À son retour, il rapporta que le chirurgien
de Montréal qu'ils avaient consulté pensait comme lui que
Dick avait de bonnes chances de guérir.

« Très réconfortant ! » commenta sarcastiquement Mlle Cornelia.

Anne se contenta de soupirer. Leslie s'était montrée très distante à son départ. Mais elle avait promis d'écrire. Dix jours après le retour de Gilbert, la lettre arriva. Leslie écrivait que l'opération avait été pratiquée avec succès et que Dick était en voie de guérison.

« Qu'est-ce qu'elle veut dire par "avec succès"? demanda Anne. Est-ce que Dick a vraiment retrouvé la mémoire ? »

« Probablement pas puisqu'elle n'en parle pas, expliqua Gilbert. Elle utilise l'expression "avec succès" du point de vue chirurgical. L'opération a été pratiquée et est suivie des résultats normaux. Mais il est encore trop tôt pour savoir si Dick recouvrera éventuellement l'usage de ses facultés, complètement ou en partie. Il est peu probable que la mémoire lui revienne d'un seul coup. Si cela arrive, le processus se fera graduellement. Dit-elle autre chose ? »

« Non... voici sa lettre. Elle est très brève. Pauvre fille, elle doit être horriblement tendue. Gilbert Blythe, j'aurais vraiment beaucoup de choses à te dire, mais ce ne serait pas gentil. »

« Mlle Cornelia les a dites pour toi, fit Gilbert avec un sourire triste. Elle me passe un savon chaque fois que je la rencontre. Elle me fait clairement comprendre qu'elle me considère comme à peine mieux qu'un assassin, et qu'elle trouve vraiment dommage que le Dr Dave m'ait laissé sa place. Elle m'a même dit qu'elle préférait encore le médecin méthodiste du port. De la part de Mlle Cornelia, la condamnation ne pouvait pas être plus forte. »

« Si Cornelia Bryant était malade, ça serait ni le Dr Dave, ni le médecin méthodiste qu'elle enverrait chercher, renifla Susan. Elle vous sortirait de votre sommeil grandement mérité au beau milieu de la nuit, cher docteur, si elle avait une crise quelconque, vous pouvez en être sûr. Ensuite, elle dirait probablement que vos honoraires dépassent l'entendement. Mais faut pas prêter attention à elle, cher docteur. Ça prend toute sorte de monde pour faire un monde. »

On ne reçut pas d'autres nouvelles de Leslie pendant quelque temps. Les jours de mai se succédaient lentement et les plages de Four Winds Harbour se couvrirent de fleurs et de teintes vertes et violacées. Un jour de la fin de mai, en rentrant à la maison, Gilbert rencontra Susan dans la cour de l'étable.

« J'ai peur que quelque chose ait troublé Mᵐᵉ Docteur, annonça-t-elle d'un air mystérieux. Elle a reçu une lettre cet après-midi et depuis, elle a rien fait d'autre que tourner en rond dans le jardin en se parlant toute seule. Vous savez que c'est mauvais pour elle de rester debout trop longtemps, cher docteur. Elle a pas trouvé opportun de me dire de quelles nouvelles il s'agissait, et j'suis pas fouineuse, cher docteur, je l'ai jamais été, mais c'est clair que quelque chose l'a troublée. Et c'est pas bon pour elle. »

Gilbert, inquiet, se hâta de rejoindre Anne au jardin. S'était-il passé quelque chose à Green Gables ? Mais Anne, assise sur le banc rustique près du ruisseau, n'avait pas l'air chavirée, même si elle était manifestement très excitée. Ses yeux étaient à leur plus gris, et une rougeur avivait ses pommettes.

« Qu'est-il arrivé, Anne ? »

Anne éclata d'un petit rire étrange.

« Je pense que tu auras peine à le croire quand je te le raconterai, Gilbert. Moi-même, je n'y arrive pas encore. Comme Susan disait l'autre jour, "Je me sens comme une mouche qui revient à la vie sous le soleil, étourdie." Tout est si incroyable. J'ai lu la lettre je ne sais plus combien de fois et c'est chaque fois la même chose : je n'en crois pas mes yeux. Oh ! Gilbert, tu avais raison, tellement raison. Je le vois bien maintenant, et j'ai si honte de moi. Pourras-tu un jour me pardonner ? »

« Anne, je vais te secouer si tu ne deviens pas plus cohérente. Redmond aurait honte de toi. Qu'est-ce qui s'est passé ? »

« Tu ne le croiras pas... tu ne le croiras pas... »

« Je vais téléphoner au Dʳ Dave », dit Gilbert en feignant de se diriger vers la maison.

« Assieds-toi, Gilbert. Je vais essayer de te le dire. J'ai reçu une lettre et oh ! Gilbert, c'est si stupéfiant... si incroyablement stupéfiant... on n'aurait jamais cru... personne d'entre nous n'aurait pu imaginer... »

« Je suppose, dit Gilbert en s'asseyant d'un air résigné, que la seule chose à faire dans un cas pareil est de montrer de la patience et de procéder point par point. De qui est cette lettre ? »

« De Leslie... et oh ! Gilbert... »

« Leslie ! Eh bien ! Qu'est-ce qu'elle raconte ? Quelles nouvelles au sujet de Dick ? »

Anne lui tendit la lettre d'un geste dramatique.

« Il n'y a *pas* de Dick ! L'homme que nous prenions pour Dick Moore – que tout le monde à Four Winds a, pendant douze ans, pris pour Dick Moore – est son cousin, George Moore, de Nouvelle-Écosse, qui, paraît-il, lui a toujours énormément ressemblé. Dick Moore est mort de la fièvre jaune il y a treize ans à Cuba. »

32

Mlle Cornelia discute de la question

« Et essayez-vous de me dire, ma chère Anne, que Dick Moore n'est plus Dick Moore du tout mais qu'il est devenu quelqu'un d'autre ? Est-ce bien ce que vous m'avez annoncé au téléphone aujourd'hui ? »

« En effet, Mlle Cornelia. N'est-ce pas époustouflant ? »

« C'est... c'est... exactement ce à quoi on peut s'attendre de la part d'un homme », conclut Mlle Cornelia en désespoir de cause. Elle enleva son chapeau avec des doigts tremblants. Pour la première fois de sa vie, Mlle Cornelia était indéniablement ébranlée.

« C'est comme si je n'arrivais pas à me faire à l'idée, Anne, reprit-elle. Je vous ai entendue le dire – et je vous crois – mais c'est difficile à avaler. Dick Moore est mort, a été mort durant toutes ces années, et Leslie est libre ? »

« Oui. La vérité lui a donné la liberté. Gilbert avait raison lorsqu'il affirmait que ce verset est le plus grand de la Bible. »

« Dites-moi tout, ma chère Anne. Depuis que j'ai reçu votre coup de téléphone, j'ai été dans la plus grande confusion, vous pouvez me croire. » Jamais auparavant Cornelia Bryant n'avait été aussi confuse.

« Il n'y a pas grand-chose à dire. La lettre de Leslie était très brève. Elle n'est pas entrée dans les détails. Cet homme, George Moore, a recouvré la mémoire et sait qui il est. Il déclare que Dick Moore a attrapé la fièvre jaune à Cuba et que le *Four Sisters* a dû partir sans lui. George est resté pour le soigner. Mais il est mort très peu de temps après. George n'a pas écrit à Leslie parce qu'il avait l'intention de revenir directement au pays et de lui apprendre la nouvelle en personne. »

« Et pourquoi ne l'a-t-il pas fait ? »

« Je présume que son accident l'en a empêché. Selon Gilbert, c'est très probable que George Moore ait tout oublié de son accident et de ce qui l'a provoqué et qu'il ne s'en souviendra peut-être jamais. C'est sans doute arrivé très peu de temps après le décès de Dick. Nous aurons peut-être plus de détails dans la prochaine lettre de Leslie. »

« Dit-elle ce qu'elle compte faire ? Quand elle revient ? »

« Elle dit qu'elle va rester auprès de George Moore jusqu'à ce qu'il puisse quitter l'hôpital. Elle a écrit à sa famille en Nouvelle-Écosse. Il semble que le seul proche parent de George soit une sœur mariée de plusieurs années son aînée. Elle vivait toujours lorsque George s'est embarqué sur le *Four Sisters*, mais on ne sait évidemment pas ce qui s'est passé depuis. Avez-vous déjà vu George Moore, Mlle Cornelia ? »

« Oui. Tout cela me revient. Il est venu ici en visite chez son oncle Abner il y a dix-huit ans, quand lui et Dick avaient à peu près dix-sept ans. Ils étaient cousins des deux côtés, voyez-vous. Leurs pères étaient frères, et leurs mères étaient sœurs jumelles, et ils se ressemblaient terriblement. Bien entendu, ajouta Mlle Cornelia avec mépris, il ne s'agissait pas d'une de ces ressemblances frappantes comme on en lit dans les romans quand deux personnes sont tellement pareilles qu'elles peuvent prendre la place l'une de l'autre et que leurs amis les plus chers ne peuvent les différencier. En ce temps-là, on pouvait facilement dire lequel était Dick et lequel était George si on les voyait ensemble et de près. Mais s'ils étaient séparés et à quelque distance, c'était plus difficile. Ils jouaient des tours aux gens et trouvaient ça très amusant, ces deux garnements. George Moore était un peu plus grand et beaucoup plus gras que Dick, même si on n'aurait appliqué à aucun des deux le qualificatif de gras, car ils étaient plutôt du type maigre. Dick avait le teint plus foncé que George et il avait les cheveux un peu plus pâles. Mais leurs traits étaient identiques et ils avaient tous les deux ces yeux bizarres, un bleu et un noisette. Mais ils n'avaient pas grand-chose d'autre en commun. George était un très chic type, même s'il était très espiègle, et certains disaient qu'il était porté sur la boisson. Mais tout le monde le préférait à Dick. Il est resté ici environ un mois. Leslie ne l'a jamais vu; elle n'avait alors que huit ou neuf ans et je me souviens maintenant qu'elle avait passé cet hiver-là au port chez sa grand-mère West. Le Capitaine Jim était absent lui aussi; c'était l'hiver où il s'était échoué aux Îles-de-la-Madeleine. Je présume que ni lui ni Leslie n'avaient jamais entendu parler du cousin de Nouvelle-Écosse qui ressemblait tant à Dick. Personne n'a pensé à lui quand le Capitaine Jim a ramené Dick – George, devrais-je dire – à la maison. Évidemment, nous avons tous trouvé que Dick avait considérablement changé : il était devenu si balourd, si gras. Mais nous avons mis ça sur le compte de ce qui lui était arrivé, et nous avions raison de le croire puisque, comme je vous l'ai dit, George n'avait jamais été gras lui non plus. Et nous ne pouvions rien deviner car il avait complètement perdu l'usage de ses facultés. À mon avis, il n'y a rien d'étonnant à ce que nous ayons tous été trompés. Mais c'est une chose vraiment inouïe. Et Leslie a sacrifié les meilleures années de sa vie à soigner un homme qui n'avait aucun droit sur elle! Oh! Maudits soient les hommes! Qu'importe ce qu'ils font, ils ont toujours tort! Et qu'importe qui ils sont, ils devraient être quelqu'un d'autre. Ils m'exaspèrent!»

«Gilbert et le Capitaine Jim sont des hommes, et c'est grâce à eux qu'on a enfin découvert la vérité», lui fit remarquer Anne.

«Bon, je l'admets, concéda à contrecœur Mᴸᴸᴱ Cornelia. Je regrette d'avoir fait tant de reproches au docteur. C'est la première fois de ma vie que j'ai honte d'avoir dit quelque chose à un homme. Je ne sais pas si je devrais lui avouer ça.

Il devra se contenter de tenir mes regrets pour acquis. Eh bien, ma chère Anne, une chance que le Seigneur n'exauce pas toutes nos prières. J'avais prié très fort pour que l'opération ne guérisse pas Dick. Bien sûr, je ne l'ai pas exprimé aussi clairement. Mais c'est ce que j'avais derrière la tête, et je suis sûre que le Seigneur le savait. »

« Ma foi, il a exaucé l'essence de votre prière. Ce que vous espériez réellement, c'est que les choses ne soient pas plus difficiles pour Leslie. Je dois avouer que dans le secret de mon cœur, j'ai espéré moi aussi que l'opération ne réussisse pas, et j'en ai tout à fait honte. »

« Comment Leslie paraît-elle prendre la chose ? »

« D'après ce qu'elle écrit, elle semble abasourdie. Je pense que, tout comme nous, elle ne l'a pas encore bien saisie. "Tout cela me paraît un rêve étrange, Anne." C'est tout ce qu'elle dit à ce sujet. »

« Pauvre enfant ! Je suppose que lorsqu'on libère un prisonnier de ses chaînes, pendant quelque temps, il se sent un peu bizarre et perdu sans elles. Ma chère Anne, il y a une idée qui ne cesse de me trotter dans la tête. Qu'en est-il d'Owen Ford ? Nous savons toutes deux que Leslie était éprise de lui. Vous a-t-il déjà fait comprendre que c'était un sentiment réciproque ? »

« Oui... une fois », admit Anne, sentant qu'elle pouvait maintenant le dire.

« Eh bien, je n'avais aucune raison concrète de le croire, mais cela m'apparaissait évident. À présent, ma chère Anne, Dieu sait que je ne suis pas une entremetteuse et je méprise ce genre de choses. Mais si j'étais vous et que j'écrivais à ce Ford, je lui mentionnerais, juste en passant, ce qui est arrivé. C'est ce que *je* ferais. »

« Bien sûr que je vais le mentionner quand je lui écrirai », fit Anne, un tantinet distante. D'une certaine façon, c'était là un sujet dont elle ne pouvait discuter avec Mlle Cornelia. Et pourtant, elle devait admettre que la même pensée l'avait harcelée depuis qu'elle avait appris la liberté de Leslie. Mais elle ne voulait pas la profaner en en parlant librement.

« Il n'est évidemment pas nécessaire de précipiter les choses, ma chère. Mais Dick Moore est mort depuis treize ans et Leslie a gaspillé suffisamment de sa vie pour lui. Nous verrons bien ce qui va arriver avec tout ça. Quant à ce George Moore, qui est revenu à la vie quand tout le monde le croyait mort, tout à fait comme un homme, je suis vraiment désolée pour lui. Il n'aura plus sa place nulle part. »

« Il est encore jeune, et s'il guérit complètement, comme cela semble probable, il pourra se refaire une place au soleil. Cela doit être très étrange pour lui, pauvre homme. Je suppose que toutes ces années vécues depuis son accident n'existeront plus. »

33

Le retour de Leslie

Deux semaines plus tard, Leslie Moore revint seule à la vieille maison où elle avait passé tant d'années malheureuses. Dans le crépuscule de juin, elle traversa les champs pour venir chez Anne et apparut avec la soudaineté d'un fantôme dans le jardin odorant.

«Leslie! s'écria Anne, stupéfaite. D'où sors-tu? Nous ne nous doutions absolument pas que tu allais venir. Pourquoi n'as-tu pas écrit? Nous serions allés te chercher.»

«D'une façon ou d'une autre, il m'était impossible d'écrire, Anne. Cela me semblait si futile d'essayer de dire quelque chose avec une plume et de l'encre. Et je voulais rentrer tranquillement sans me faire remarquer.»

Anne prit Leslie dans ses bras et l'embrassa. Leslie lui rendit chaleureusement son baiser. Elle semblait pâle et fatiguée et soupira légèrement en se laissant tomber dans l'herbe, auprès d'un grand lit de jonquilles qui luisaient comme des étoiles d'or dans le pâle clair de lune argenté.

«Et tu es revenue seule, Leslie?»

«Oui. La sœur de George Moore est venue à Montréal et l'a ramené chez elle. Pauvre homme, il était si triste de se séparer de moi, même si je lui étais une étrangère quand la mémoire lui est revenue. Il s'est accroché à moi pendant ces premières journées difficiles quand il essayait de prendre conscience que la mort de Dick n'était pas survenue la veille, comme il le croyait. Tout cela a été très dur pour lui. Je l'ai aidé autant que j'ai pu. Cela lui a été plus facile lorsque sa sœur est arrivée, parce qu'il avait l'impression de l'avoir quittée récemment. Elle n'avait heureusement pas beaucoup changé et cela l'a également beaucoup réconforté. »

« Tout cela est si étrange et merveilleux, Leslie. Je pense que personne d'entre nous ne l'a encore vraiment compris. »

« Cela m'est impossible. Lorsque je suis entrée dans la maison il y a une heure, j'ai senti que cela *devait* être un rêve, que Dick devait être là, avec son sourire puéril, comme il l'avait été pendant si longtemps. Anne, je suis encore sous le choc. Je ne me sens ni contente, ni triste, ni *rien*. C'est comme si quelque chose avait soudainement été arraché de ma vie en laissant un vide terrible. On dirait que je ne suis plus moi-même, comme si j'avais été transformée en quelqu'un d'autre et que je n'arrivais pas à m'y habituer. Je me sens horriblement seule, étourdie et vulnérable. Cela me fait du bien de te revoir, tu es comme une ancre pour mon âme à la dérive. Oh ! Anne, tout cela me terrifie : les commérages, l'étonnement et les questions. Quand j'y songe, je voudrais n'avoir pas eu à rentrer du tout. Le Dr Dave était à la gare lorsque je suis descendue du train et il m'a raccompagnée à la maison. Pauvre vieil homme, il se sentait épouvantablement mal à l'aise de m'avoir dit, autrefois, qu'on ne pouvait rien faire pour Dick. "Je le pensais sincèrement, Leslie, m'a-t-il déclaré aujourd'hui. Mais j'aurais dû vous dire de ne pas vous fier à ma seule opinion... j'aurais dû vous conseiller de consulter un spécialiste. Si je l'avais fait, cela vous aurait épargné de nombreuses années de souffrance, et à ce pauvre George Moore, de nombreuses années gaspillées. Je me fais beaucoup de reproches, Leslie." Je lui ai dit qu'il ne fallait pas, qu'il avait agi de bonne foi. Il s'est toujours montré si bon pour moi... je ne pouvais supporter l'idée qu'il s'en fasse autant. »

« Et Dick, George, je veux dire. A-t-il entièrement recouvré la mémoire ? »

« Presque. Bien entendu, il y a beaucoup de détails dont il ne se souvient pas encore, mais les choses lui reviennent de plus en plus chaque jour. Il avait fait une promenade le soir après l'enterrement de Dick. Il avait sur lui l'argent et la montre de Dick ; il avait l'intention de me les rapporter, avec ma lettre. Il se rappelle s'être rendu à un endroit fréquenté par les marins... et avoir bu... et rien d'autre. Anne, jamais je n'oublierai le moment où il s'est souvenu de son nom. Je l'ai vu me regarder d'un air intelligent mais déconcerté. Je lui ai demandé : "Me reconnais-tu, Dick ?" "C'est la première fois que je vous vois, m'a-t-il répondu. Qui êtes-vous ? Et je ne m'appelle pas Dick. Je suis George Moore et Dick est mort de la fièvre jaune hier ! Où suis-je ? Que m'est-il arrivé ?" Je... j'ai perdu conscience, Anne. Et depuis, j'ai l'impression de vivre un rêve. »

« Tu t'ajusteras bientôt à cette nouvelle situation, Leslie. Et tu es jeune... tu as la vie devant toi... tu as encore beaucoup de belles années à vivre. »

« J'arriverai peut-être à voir les choses comme ça dans quelque temps, Anne. Pour l'instant, je suis seulement trop épuisée et indifférente pour songer à l'avenir. Je suis... Anne... je me sens seule. Dick me manque. N'est-ce pas bizarre ? Sais-tu, j'aimais réellement ce pauvre Dick – George, devrais-je dire, je suppose – tout comme j'aurais aimé un enfant sans défense qui aurait dépendu de moi pour tout. Je ne l'aurais jamais admis – j'en avais vraiment honte – parce que, vois-tu, j'avais tellement haï et méprisé Dick avant qu'il parte. Quand j'ai appris que le Capitaine Jim ramenait Dick, je m'attendais à éprouver les mêmes sentiments à son égard. Mais cela n'a jamais été le cas même si j'ai continué à détester celui dont je me souvenais. À partir de l'instant où il est arrivé, je n'ai ressenti que de la pitié pour lui, une pitié qui me faisait mal et qui me chavirait. Je croyais alors que c'était seulement parce que son accident l'avait rendu si vulnérable et différent. Mais je crois à présent que c'était parce qu'il s'agissait vraiment d'une autre personne. Carlo le savait, Anne, je sais maintenant que Carlo le savait. J'avais

toujours trouvé bizarre que Carlo ne le reconnaisse pas. Les
chiens sont habituellement si fidèles. Mais *il* savait que ce
n'était pas son maître qui était revenu, même si personne
d'entre nous ne s'en rendait compte. Je n'avais jamais vu
George Moore, tu sais. Je me souviens maintenant que Dick
m'avait un jour mentionné en passant qu'il avait un cousin
en Nouvelle-Écosse qui lui ressemblait comme un frère
jumeau, mais la chose m'était sortie de l'idée, et je ne lui
aurais en aucun cas accordé quelque importance. Vois-tu, je
n'ai jamais douté de l'identité de Dick. Tous les changements
qui étaient survenus me paraissaient résulter de l'accident.

« Oh ! Anne, ce soir d'avril quand Gilbert m'a dit qu'il
pensait que Dick pouvait être guéri, je ne l'oublierai jamais !
C'était comme si j'avais déjà été prisonnière dans une affreuse cage, puis que la porte avait été ouverte et que j'avais
pu sortir. J'étais toujours enchaînée à la cage, mais je n'étais
pas à l'intérieur. Et cette nuit-là, j'ai senti qu'une main impi-
toyable me tirait de nouveau dans la cage, vers une torture
encore plus terrible qu'auparavant. Je ne blâmais pas Gilbert.
Je sentais qu'il avait raison. Et il s'est montré très bon ; il a
dit que si, compte tenu du coût et du côté hasardeux de
l'opération, je décidais de ne pas la tenter, il ne me blâmerait
pas le moins du monde. Mais je savais quelle décision je
devais prendre, et je n'arrivais pas à y faire face. Toute la
nuit, j'ai marché dans la maison comme une folle, essayant
de m'obliger à affronter la situation. Je ne pouvais pas, Anne
– c'est ce que je pensais – et quand le matin s'est levé, j'ai
serré les dents et résolu que je ne le ferais pas. Je laisserais les
choses comme elles l'étaient. C'était très mesquin, je le sais.
Et ma mesquinerie aurait reçu son juste châtiment si je
m'étais conformée à cette décision. Je suis restée sur mes
positions toute la journée. Cet après-midi-là, j'ai dû aller
faire des emplettes au Glen. Comme c'était une de ces journées où Dick était tranquille, somnolent, je l'ai laissé seul.
J'ai été absente un peu plus longtemps que prévu, et il s'est
ennuyé de moi. Il s'est senti seul. Et quand je suis revenue, il
a couru vers moi comme un enfant, un sourire si ravi sur son

visage. D'une certaine façon, Anne, c'est à ce moment-là que j'ai cédé. Ce sourire sur son pauvre visage vide était plus que je ne pouvais supporter. Je me suis sentie comme si je refusais à un enfant la possibilité de grandir et de se développer. J'ai compris que je devais lui donner cette chance, quelles que pussent être les conséquences de mon geste. Je suis donc venue le dire à Gilbert. Oh! Anne, tu as dû me trouver aigrie pendant ces semaines qui ont précédé mon départ. Je ne voulais pas l'être, mais je ne pouvais penser à rien d'autre qu'à ce qui m'attendait, et les choses et les gens autour de moi étaient comme des ombres. »

«Je sais... je comprenais, Leslie. Et à présent, tout est fini, ta chaîne est rompue, il n'y a plus de cage. »

«Il n'y a plus de cage, répéta Leslie d'un air absent, arrachant, de ses fines mains brunes, les herbes qui dépassaient. Mais... il me semble qu'il n'y a rien d'autre non plus, Anne. Tu... tu te rappelles ce que je t'ai dit de ma folie un soir sur le banc de sable ? Je trouve qu'on ne cesse pas facilement d'être fou. Parfois, je pense que certaines personnes sont toujours folles. Et être cette sorte de fou... c'est presque aussi pire qu'être... un chien enchaîné. »

«Tu sentiras les choses très différemment quand tu auras cessé d'être fatiguée et confuse », l'assura Anne qui, sachant quelque chose que Leslie ignorait, ne se sentait pas obligée de démontrer trop de sympathie.

Leslie posa sa splendide tête dorée contre le genou d'Anne.

«Quoi qu'il en soit, je t'ai, toi, dit-elle. La vie ne peut être si vide quand on a une amie pareille. Caresse ma tête, Anne... comme si j'étais une petite fille... cajole-moi un peu... et laisse-moi te dire, à présent que ma langue têtue est un peu libérée, ce que toi et ton amitié signifient pour moi depuis le soir où je t'ai rencontrée sur la plage rocheuse. »

34

La nef des rêves arrive au port

Un matin, alors qu'un lever de soleil doré et venteux ondulait sur le golfe en vagues lumineuses, une cigogne très lasse plana au-dessus du banc de sable de Four Winds Harbour, en route vers la Terre des étoiles du soir. Sous son aile était blottie une petite créature somnolente, aux yeux étoilés. La cigogne était exténuée, et elle regarda mélancoliquement autour d'elle. Elle savait qu'elle n'était pas loin de sa destination, mais elle ne pouvait pas encore la voir. Le grand phare blanc sur la falaise de rochers rouges avait son utilité; mais aucune cigogne possédant un brin de jugeote n'aurait laissé là un nouveau-né à la peau de velours. Une vieille maison grise entourée de saules dans une vallée en fleurs paraissait plus propice, pourtant ce n'était pas encore ça. La demeure d'un vert criard un peu plus loin était manifestement hors de question. Puis la cigogne s'anima. Elle pouvait voir l'endroit : une petite maison blanche nichée contre une futaie de grands sapins chuchotants, avec une spirale de fumée bleue sortant de la cheminée de sa cuisine, une maison qui paraissait parfaite pour les bébés. La cigogne poussa un soupir de satisfaction et se posa doucement sur la poutre du toit.

Une demi-heure plus tard, Gilbert se précipita dans le salon et frappa à la porte de la chambre d'ami. Une voix lui répondit faiblement et, un moment plus tard, le visage pâle et apeuré de Marilla apparut à la porte.

«Marilla, Anne m'envoie vous dire qu'un certain jeune homme vient d'arriver ici. Il n'a pas emporté beaucoup de bagages, mais il a de toute évidence l'intention de rester.»

«Pour l'amour de Dieu! s'écria Marilla d'un air interdit. Ne me dites pas que tout est fini? Pourquoi ne m'a-t-on pas appelée?»

«Comme ce n'était pas nécessaire, Anne ne voulait pas que nous vous dérangions. Personne n'a été appelé avant il y a environ deux heures. Il n'y a pas eu de "passage périlleux", cette fois-ci.»

«Et... et... Gilbert... le bébé vivra-t-il?»

«Cela ne fait aucun doute. Il pèse dix livres et... ma foi, écoutez-le. Ses poumons sont on ne peut plus normaux, vous ne pensez pas? L'infirmière prétend qu'il aura les cheveux roux. Anne est furieuse contre elle, et quant à moi, cela m'amuse follement.»

Ce fut une journée merveilleuse dans la petite maison de rêve.

«Le plus beau rêve s'est réalisé, dit Anne, pâle et frémissante. Oh! Marilla, j'ose à peine y croire après cet horrible jour de l'été dernier. Le cœur me faisait mal depuis ce jour, mais c'est fini, à présent.»

«Ce bébé remplacera Joy», dit Marilla.

«Oh! non, non, non, Marilla. Il ne peut pas... personne ne le pourra jamais. Il a sa propre place, mon cher petit homme. Mais ma petite Joy a la sienne aussi, et elle l'aura toujours. Si elle avait vécu, elle aurait maintenant un peu plus d'un an. Elle tituberait sur ses petits pieds et balbutierait quelques mots. Je la vois si clairement, Marilla. Oh! Je sais à présent que le Capitaine Jim avait raison de dire que Dieu s'organiserait pour que mon bébé ne soit pas une étrangère quand je la retrouverais dans l'au-delà. J'ai appris cela cette année. J'ai suivi son développement jour après jour, semaine par semaine... et je le ferai toujours. Je saurai exactement comment elle grandit d'une année à l'autre... et quand je la

retrouverai, je la reconnaîtrai. Oh! Marilla, regarde ces
adorables petits orteils! N'est-ce pas étrange qu'ils soient si
parfaits?»

«Ce qui serait étonnant, c'est qu'ils ne le soient pas»,
répondit Marilla d'un ton brusque. Maintenant que tout
s'était bien passé, Marilla était redevenue elle-même.

«Oh! je sais bien... mais c'est comme s'ils ne pouvaient
pas être complètement *achevés*, tu sais... et ils le sont, jusqu'à
ses ongles minuscules. Et ses mains... regarde seulement ses
mains, Marilla.»

«Elles ressemblent passablement à des mains», concéda
Marilla.

«Regarde comme elles s'agrippent à mon doigt. Je suis sûre
qu'il me reconnaît déjà, Marilla. Il pleure quand l'infirmière
vient me le prendre. Oh! Marilla, penses-tu... tu ne penses
pas, n'est-ce pas... qu'il va avoir les cheveux roux?»

«Je ne vois pas beaucoup de cheveux de quelque couleur
que ce soit, répondit Marilla. Je ne m'inquiéterais pas à ce
sujet avant qu'ils soient visibles, si j'étais toi.»

«Il a des cheveux, Marilla. Regarde ce petit duvet sur sa
tête. En tout cas, l'infirmière dit qu'il aura les yeux noisette
et que son front est exactement comme celui de Gilbert.»

«Et il a les plus jolies petites oreilles, chère Mme Docteur,
ajouta Susan. La première chose que j'ai faite, ça a été d'examiner ses oreilles. Les cheveux sont trompeurs, et le nez et
les yeux peuvent changer, et on peut jamais savoir comment
ils vont être, mais les oreilles ne changent pas, et avec elles,
on sait toujours où on en est. Regardez leur forme: elles sont
bien collées sur sa précieuse petite tête. Vous n'aurez jamais
à rougir de ses oreilles, chère Mme Docteur.»

Anne eut une convalescence rapide et heureuse. Les gens
venaient admirer le bébé, comme on s'incline devant la
royauté du nouveau-né depuis que les Mages de l'Orient
s'étaient agenouillés jadis pour rendre hommage au bébé royal
dans la crèche de Bethléem. Leslie, redevenant lentement elle-
même dans ses nouvelles conditions de vie, planait sur tout,
comme une madone ravissante couronnée d'or. Mlle Cornelia

s'en occupait avec autant d'adresse que n'importe quelle mère d'Israël. Le Capitaine tenait la petite créature dans ses grosses mains basanées et la fixait tendrement, pensant aux enfants qu'il n'avait jamais eus.

« Comment allez-vous l'appeler ? » demanda Mlle Cornelia.

« Anne a choisi son nom », dit Gilbert.

« James Matthew, en hommage aux deux meilleurs hommes que j'aie jamais connus, sauf votre respect, monsieur », ajouta Anne en jetant à Gilbert un regard effronté.

Gilbert sourit.

« Je n'ai pas très bien connu Matthew; il était si timide que nous, les garçons, ne pouvions pas lier amitié avec lui; mais je suis tout à fait d'accord avec toi que le Capitaine Jim est l'un des êtres les plus remarquables et bons jamais créés par Dieu. Il est tellement content que nous donnions son nom à notre petit garçon. On dirait qu'il n'a pas d'autre homonyme au monde. »

« Ma foi, James Matthew est un nom qui se portera bien et qui ne pâlira pas au lavage, déclara Mlle Cornelia. Je suis contente que vous ne l'ayez pas affublé d'un nom romantique et pompeux dont il aurait honte une fois devenu grand-père. Mme William Drew au Glen a appelé son bébé Bertie Shakespeare. Toute une combinaison, n'est-ce pas ? Et je suis contente que vous n'ayez pas eu de difficulté à lui choisir un nom. Pour certaines personnes, c'est tout un problème. Quand le premier fils de Stanley Flagg est né, il y a eu tellement de rivalité à propos du choix de son nom que le pauvre petit être a dû attendre deux ans avant d'en avoir un. Puis un frère est né, et c'était "Gros bébé" et "P'tit Bébé". On les a finalement appelés Gros bébé Peter et P'tit bébé Isaac d'après leurs deux grands-pères et on les a baptisés ensemble. Et chacun des deux essayait de voir s'il pouvait réduire l'autre au silence par ses hurlements. Vous connaissez les MacNabb, cette famille écossaise qui habite derrière le Glen ? Ils ont douze garçons, et l'aîné et le benjamin s'appellent tous les deux Neil, le Grand Neil et le P'tit Neil. Mon Dieu ! Je suppose qu'ils étaient à court de prénoms. »

« J'ai lu quelque part, dit Anne en riant, que le premier enfant est un poème et le dernier, de la prose pure et simple. Mme MacNabb a peut-être pensé que le douzième était comme une vieille histoire racontée de nouveau. »

« Bien, les familles nombreuses ont du bon, soupira Mlle Cornelia. J'ai été enfant unique pendant huit ans et je languissais d'avoir un frère et une sœur. Maman me disait de prier, et je priais, je vous en donne ma parole. Eh bien, voilà qu'un jour, ma tante Nellie est venue me dire : "Cornelia, tu as un petit frère en haut dans la chambre de ta maman. Tu peux monter le voir." Je me suis littéralement précipitée en haut, tellement j'étais excitée et ravie. Et la vieille Mme Flagg a levé le bébé pour me le montrer. Seigneur ! ma chère Anne, je n'ai jamais été aussi déçue de ma vie. Voyez-vous, je priais pour avoir un frère de *deux ans plus âgé que moi*! »

« Combien de temps vous a-t-il fallu pour surmonter votre déception ? » demanda Anne en riant.

« Ma foi, j'ai eu pas mal de temps une dent contre la Providence, et pendant des semaines, je ne voulais même pas regarder le bébé. Personne ne savait pourquoi, parce que je n'avais rien dit. Puis, il a commencé à devenir vraiment mignon et à me tendre ses menottes, alors je me suis mise à l'aimer. Mais je ne me suis pas réellement réconciliée avec lui avant le jour où une compagne de classe est venue le voir et m'a dit qu'elle le trouvait affreusement petit pour son âge. Cela m'a rendue si folle de rage que je me suis jetée sur elle et lui ai dit qu'elle ne savait pas reconnaître un beau bébé quand elle en voyait un et que le nôtre était le plus beau bébé du monde. Après cela, je l'ai adoré. Maman est morte avant qu'il atteigne trois ans et je lui ai servi à la fois de sœur et de mère. Pauvre petit gars, il n'a jamais été robuste, et il est mort à un peu plus de vingt ans. Il me semble que j'aurais tout donné pour qu'il vive, Anne. »

Mlle Cornelia soupira. Gilbert était descendu et Leslie, qui venait de fredonner une berceuse au petit James Matthew près de la lucarne, déposa le bébé dans son couffin et s'en alla. Dès qu'elle fut hors de portée de voix, Mlle Cornelia se pencha en avant et chuchota d'un air de conspiratrice :

« Ma chère Anne, j'ai reçu une lettre d'Owen Ford hier. Il est actuellement à Vancouver, mais il me demande de lui louer une chambre pour un mois un peu plus tard. *Vous* savez ce que cela signifie. Eh bien, j'espère que nous n'avons pas tort dans toute cette affaire. »

« Cela ne nous regarde pas... nous ne pouvons l'empêcher de venir à Four Winds s'il le désire », répondit vivement Anne. Elle n'appréciait pas cette impression d'être une entremetteuse que les chuchotements de Mlle Cornelia lui donnaient ; mais elle finit par ajouter :.

« Ne dites pas à Leslie qu'il va venir. Si elle le savait, je suis convaincue qu'elle partirait aussitôt. Elle a l'intention de s'en aller à l'automne de toute façon, elle me l'a dit l'autre jour. Elle va à Montréal suivre des cours pour devenir infirmière. »

« Oh ! bien, ma chère Anne, conclut Mlle Cornelia en hochant sagement la tête, qui vivra verra. Vous et moi avons fait notre part. Nous devons laisser le reste entre les mains du Très-Haut. »

35

De la politique à Four Winds

Quand Anne fut de nouveau sur pied, l'Île, comme le reste du Canada d'ailleurs, était dans les affres d'une campagne électorale. Gilbert, ardent conservateur, se trouva emporté dans le tourbillon, car il était très en demande pour prononcer des discours à différentes assemblées. Mlle Cornelia ne l'approuvait pas de se mêler de politique et en parla à Anne.

« Le Dr Dave ne l'a jamais fait. Le Dr Blythe s'apercevra qu'il commet une erreur, croyez-moi. Un homme convenable ne devrait jamais se mêler de politique. »

« La tâche de gouverner le pays devrait donc n'être confiée qu'aux canailles ? »

« Oui, pour autant qu'il s'agisse de vauriens conservateurs, fit Mlle Cornelia, s'en tirant avec les honneurs de la guerre. Les hommes et les politiciens sont tous goudronnés avec le même pinceau. La seule différence, c'est que les rouges en ont une couche plus épaisse que les conservateurs, considérablement plus épaisse. Mais rouge ou bleu, je suis d'avis que le Dr Blythe devrait se tenir loin de la politique. Attendez, vous verrez... bientôt il briguera lui-même les suffrages et sera parti à Ottawa la moitié de l'année, abandonnant sa clientèle aux chiens. »

« Ah ! de toute façon, ça ne sert à rien d'inventer les problèmes d'avance, protesta Anne. Regardons plutôt notre petite gemme. On devrait écrire son nom avec un G ; mais non, on va plutôt le surnommer « petit Jem », oui, James, le « petit Jem », c'est parfait. Voyez ses fossettes, il en a même aux coudes. Vous et moi, nous allons l'élever pour qu'il devienne un bon conservateur, Mlle Cornelia. »

« L'élever pour qu'il devienne un homme bon, corrigea Mlle Cornelia. Ils sont rares et précieux... par ailleurs, je n'aimerais pas le voir libéral. Quant aux élections, vous et moi, nous pouvons nous compter chanceuses de ne pas habiter au port. L'air, là-bas, est passablement bleu, ces jours-ci. Tous les Elliott, Crawford et MacAllister sont sur le sentier de la guerre, armés jusqu'aux dents. Ce côté-ci est pacifique et calme, car il y a moins d'hommes. Le Capitaine Jim est rouge, mais je pense qu'il en a honte puisque jamais il ne discute de politique. Cela ne fait pas l'ombre d'un doute que les conservateurs seront réélus avec une forte majorité. »

Mlle Cornelia se trompait. Le matin qui suivit l'élection, le Capitaine Jim vint à la petite maison pour annoncer la nouvelle. Le microbe de la partisanerie politique est si virulent, même chez un vieillard pacifique, que les joues du Capitaine étaient toutes rouges et que ses yeux brillaient du même feu qu'autrefois.

« Dame Blythe, les libéraux sont entrés avec une majorité écrasante. Après dix-huit années de mauvaise administration bleue, ce pays opprimé va enfin avoir une chance. »

« Jamais auparavant je ne vous avais entendu prononcer un discours aussi partisan, Capitaine Jim », s'esclaffa Anne que ces nouvelles n'excitaient pas beaucoup. Petit Jem avait prononcé "Ga ga" ce matin-là. Que valaient les principautés, le monde politique, les montées ou chutes de dynasties, les défaites rouges ou bleues, comparés à cet extraordinaire événement ?

« Ça faisait un bon bout de temps que ça se préparait, expliqua le Capitaine avec un sourire désapprobateur. J'pensais être un libéral modéré, mais quand j'ai appris la nouvelle, j'ai découvert à quel point j'étais rouge. »

« Vous savez que le docteur et moi sommes conservateurs. »

« Ah! bon, c'est le seul point négatif que je connaisse chez vous, Dame Blythe. Cornelia est bleue, elle aussi. J'suis arrêté lui apprendre la nouvelle en revenant du Glen. »

« Vous ne saviez pas que vous risquiez votre vie ? »

« Oui, mais j'pouvais pas résister à la tentation. »

« Comment a-t-elle réagi ? »

« Plutôt calmement, Dame Blythe, plutôt calmement. "Bien, la Providence envoie des saisons d'humiliation à un pays, tout comme aux individus. Vous, les libéraux, avez eu froid et faim pendant bien des années. Dépêchez-vous de vous réchauffer et de vous nourrir, parce que vous ne ferez pas long feu", qu'elle m'a dit. "Bon, à présent, Cornelia, que j'lui ai répondu, peut-être que la Providence pense que le Canada a besoin d'une très longue crise d'humiliation." Ah! Susan, êtes-vous au courant de la nouvelle ? Les libéraux sont élus. »

Susan venait juste d'arriver de la cuisine, suivie par l'arôme des plats succulents qui semblait toujours flotter autour d'elle.

« Vraiment ? fit-elle avec une belle indifférence. Ma foi, j'ai toujours trouvé que mon pain levait aussi doucement quand les rouges étaient au pouvoir que quand ils l'étaient pas. Et si un parti, chère Mme Docteur, arrive à faire venir la pluie avant la fin de la semaine et sauve notre potager de la ruine totale, c'est pour celui-là que Susan va voter. Entre temps, viendriez-vous me donner votre avis sur la viande du dîner ? Elle est très coriace, j'en ai peur, et j'pense qu'on ferait aussi bien de changer de boucher en même temps que de gouvernement. »

Un soir de la semaine suivante, Anne se rendit à la pointe pour demander du poisson frais au Capitaine Jim. C'était la première fois qu'elle laissait le petit Jem et ce fut toute une tragédie. En supposant qu'il pleure ? En supposant que Susan ne sache pas exactement quoi faire pour lui ? Susan était calme et sereine.

« J'ai autant d'expérience que vous avec lui, vous pensez pas ? »

« Oui, avec lui, mais pas avec d'autres bébés. Mon Dieu! je me suis occupée de trois couples de jumeaux quand j'étais enfant, Susan. Quand ils pleuraient, je leur donnais avec désinvolture des pastilles de menthe ou de l'huile de ricin. C'est plutôt curieux maintenant de me rappeler avec quelle insouciance je m'occupais de ces bébés et de leurs tracas. »

« Oh! Eh bien, si petit Jem pleure, je vais seulement lui flanquer une bouillotte sur son petit ventre. »

« Pas trop chaude, vous savez », recommanda Anne avec anxiété. Oh! était-ce vraiment sage de partir?

« Vous inquiétez pas, chère Mme Docteur. Susan est pas femme à brûler un petit bout d'homme. Et il a aucunement l'intention de pleurer, le petit ange. »

Anne arriva enfin à oublier son bébé et réussit à apprécier sa promenade à la pointe à travers les longues ombres du soleil couchant. Le Capitaine Jim n'était pas dans le salon du phare, mais un autre homme s'y trouvait, un bel homme entre deux âges, au menton rasé de près, qu'Anne ne connaissait pas. Lorsqu'elle s'assit, il engagea néanmoins la conversation avec elle avec l'assurance d'une vieille connaissance. Il n'y avait rien d'inconvenant dans ses propos ou dans sa façon de parler, mais Anne n'apprécia pas cette familiarité désinvolte de la part d'un parfait inconnu. Ses réponses furent glaciales et pas plus nombreuses que ne l'exigeait la politesse. Aucunement intimidé, son compagnon continua à bavarder quelques minutes, puis s'excusa et prit congé. Anne aurait juré que son œil brillait et cela l'ennuya. Qui était cette créature? Il avait quelque chose de vaguement familier, mais elle était certaine de ne l'avoir jamais rencontré auparavant.

« Capitaine Jim, qui est l'homme qui vient de partir? » lui demanda-t-elle quand il entra.

« Marshall Elliott », répondit le Capitaine.

« Marshall Elliott! s'écria Anne. Oh! Capitaine Jim... ce n'était pas... oui, c'était sa voix... oh! Capitaine Jim, je ne l'ai pas reconnu... et je me suis montrée très insultante! »

Pourquoi ne m'a-t-il rien dit ? Il a bien dû s'apercevoir que je ne le reconnaissais pas. »

« Il aurait jamais dit un mot... parce que la blague l'amusait trop. Vous en faites pas de l'avoir snobé... il a dû trouver ça drôle. Oui, Marshall s'est finalement rasé la barbe et coupé les cheveux. Son parti a gagné, vous savez. Moi-même, je l'ai pas reconnu la première fois que je l'ai vu. Il était au magasin de Carter Flagg le soir de l'élection, avec toute une foule qui attendait les nouvelles. Autour de minuit, on a reçu un coup de téléphone : les libéraux étaient élus. Marshall Elliott s'est levé et est sorti, sans applaudir ni crier, il a laissé les autres le faire, et j'dois dire qu'ils ont pratiquement fait sauter le toit du magasin de Carter. Bien entendu, tous les bleus étaient au magasin de Raymond Russell. On applaudissait pas trop fort, là. Marshall s'est rendu directement au salon de barbier d'Augustus Palmer. Augustus dormait dans son lit, mais Marshall a tambouriné à la porte jusqu'à ce qu'il se lève et vienne voir qui faisait tout ce boucan.

« "Viens dans ton salon et fais le meilleur travail que t'as jamais fait de ta vie, Gus, a dit Marshall. Les libéraux sont élus et tu vas raser un rouge avant le lever du soleil."

« Gus était furieux, en partie parce qu'il avait été tiré de son lit, mais encore plus parce qu'il est bleu. Il a juré qu'il raserait jamais qui que ce soit après minuit.

« "Tu vas faire c'que j'te dis de faire, mon gars, a dit Marshall, sinon j'vais te coucher sur mon genou et te donner une de ces fessées que ta mère a oublié de te donner."

« Et il l'aurait fait ; Gus le savait, parce que Marshall est fort comme un bœuf et que Gus est qu'une femmelette. Alors il a cédé et fait entrer Marshall dans son salon et s'est mis au travail. "À présent, qu'il lui a dit, j'm'en vas t'raser, mais si tu prononces un seul mot sur la victoire des rouges pendant que j'travaille, j'te tranche la gorge avec ce rasoir." Vous auriez jamais pensé que le doux petit Gus pouvait être aussi sanguinaire, n'est-ce pas ? Ça montre c'que la partisanerie politique peut faire à un homme. Marshall s'est tenu tranquille et s'est fait arranger la barbe et les cheveux et est rentré chez lui. Quand sa vieille ménagère l'a entendu monter, elle a entrebâillé sa porte pour voir si c'était lui ou l'employé. Et quand elle a vu un étranger déambuler dans le corridor une bougie à la main, elle a crié au meurtre et est tombée sans connaissance. On a dû envoyer chercher le docteur pour la ranimer, et ça lui a pris plusieurs jours avant de pouvoir regarder Marshall sans trembler de tout son corps. »

Le Capitaine Jim n'avait pas de poisson. Il était rarement allé sur son bateau cet été-là, et ses longues expéditions en mer étaient choses du passé. Il passait une grande partie de son temps assis à sa fenêtre donnant sur l'océan, à regarder le golfe, sa tête grisonnante appuyée sur sa main. Il resta assis en silence plusieurs minutes ce soir-là, ayant avec le passé des rendez-vous qu'Anne ne voulait pas déranger. Puis il pointa le doigt vers le ciel irisé de l'ouest.

« N'est-ce pas que c'est beau, Dame Blythe ? Mais j'aurais aimé que vous puissiez voir le lever du soleil ce matin. C'était quelque chose d'extraordinaire... d'extraordinaire. J'ai vu toutes sortes de levers de soleil sur le golfe. J'ai voyagé partout dans le monde, Dame Blythe, et, tout compte fait, j'ai jamais rien vu d'plus beau qu'un lever de soleil sur le golfe en été. Un homme peut pas choisir le moment de sa mort, Dame Blythe, il a qu'à partir quand le Grand Capitaine lui donne l'ordre d'appareiller. Mais si j'le pouvais, j'partirais quand le matin se lève sur cette eau-là. J'ai souvent vu ce phénomène et j'me disais que ce serait vraiment bien de partir dans cette grande splendeur blanche vers c'qui nous attend au-delà, sur une mer qui est indiquée sur aucune carte normale. J'pense, Dame Blythe, que c'est là que je r'trouverais Margaret perdue. »

Depuis qu'il lui avait raconté cette vieille histoire, le Capitaine Jim avait souvent parlé à Anne de Margaret perdue. Son amour pour elle vibrait dans chacune de ses intonations, cet amour qui jamais n'avait faibli ni été oublié.

« En tout cas, j'espère que quand mon heure viendra, j'm'en irai vite et sans douleur. J'crois pas être un lâche, Dame Blythe, j'ai r'gardé en face une mort affreuse plus d'une

fois sans broncher. Mais la pensée d'une mort lente me rend
bizarrement malade d'horreur. »

« Ne parlez pas de nous quitter, cher, *cher* Capitaine Jim,
supplia Anne d'une voix étranglée, caressant la vieille main
burinée, auparavant si forte, mais à présent devenue très
faible. Qu'est-ce que nous ferions sans vous ? »

Le Capitaine Jim esquissa un beau sourire.

« Oh ! Vous vous en tirerez sans problème... sans problème... mais vous oublierez quand même pas le vieil homme,
Dame Blythe, non, j'pense pas que vous l'oublierez jamais
complètement. Ceux d'la race de Joseph se souviennent
toujours les uns des autres. Mais ce sera pas un souvenir
douloureux, j'aime penser que mon souvenir fera pas mal à
mes amis, j'pense et j'espère que ce sera toujours un souvenir
agréable. Ça prendra plus très longtemps avant que Margaret
perdue m'appelle pour la dernière fois. J'serai tout prêt à
répondre. Si j'vous parle de ça, c'est parce que j'ai une petite
faveur à vous demander. Vous voyez mon pauvre vieux
Second... » Le Capitaine Jim tendit une main et flatta la grosse
et chaude boule de velours doré sur le canapé. Second se
déroula comme un ressort en faisant entendre un beau son
rauque, à mi-chemin entre le ronronnement et le miaulement,
étira ses pattes dans les airs, se tourna et se recoucha en boule.
« Je vais lui manquer quand j'me serai embarqué pour le Grand
Voyage. J'peux pas supporter l'idée de laisser la pauvre créature affamée comme elle avait été laissée avant. S'il m'arrive
quelque chose, allez-vous recueillir Second, Dame Blythe ? »

« Je vous le promets. »

« Alors, c'était la seule chose qui m'tracassait. Votre petit
Jem aura les quelques curiosités que j'ai ramassées, j'me suis
occupé d'ça. À présent, j'aime pas voir des larmes dans ces
jolis yeux, Dame Blythe. Ça s'peut que j'traîne encore un
p'tit bout de temps. J'vous ai entendue lire un poème, un
jour de l'hiver dernier, un poème de Tennyson. J'aimerais ça
l'entendre une autre fois, si vous voulez me l'réciter. »

D'une voix douce et claire, pendant que soufflait sur eux
le vent du large, Anne répéta les belles strophes du merveil-

leux chant du cygne de Tennyson, « Traverser la barre ». Le vieux capitaine battait gentiment la mesure de sa main sinueuse.

« Oui, oui, Dame Blythe, dit-il quand elle eut terminé, c'est ça, c'est ça. Vous m'avez dit qu'il était pas marin... j'sais pas comment il a pu mettre les sentiments d'un vieux loup de mer en mots comme il l'a fait s'il en était pas lui-même un. Il voulait pas de la "tristesse des adieux", et moi non plus, Dame Blythe... parce que tout va bien se passer pour moi et les miens au-delà de la barre. »

36

Des cendres et de la beauté

« Des nouvelles de Green Gables, Anne ? »

« Rien de très particulier, répondit Anne en repliant la lettre de Marilla. Jack Donnell est allé refaire la toiture. Comme il est charpentier en bonne et due forme à présent, on dirait qu'il a pu se choisir lui-même un métier. Tu te souviens que sa mère voulait en faire un professeur d'université. Je n'oublierai jamais le jour où elle est venue à l'école me reprocher de ne pas l'appeler Saint-Clair. »

« Quelqu'un lui donne-t-il ce nom, maintenant ? »

« Bien sûr que non. Il paraît qu'il l'a complètement abandonné. Même sa mère a succombé. J'ai toujours pensé qu'un garçon avec le menton et la bouche d'un Jake arriverait à ses fins. Diana dit que Dora a un amoureux. Imagine... une enfant ! »

« Dora a dix-sept ans, lui fit remarquer Gilbert. Charlie Sloane et moi étions tous les deux fous de toi quand tu avais cet âge, Anne. »

« Vraiment, Gilbert, nous devons nous faire vieux, fit Anne avec un sourire un peu triste, si les enfants qui avaient six ans lorsque nous nous prenions pour des adultes ont maintenant l'âge d'avoir des amoureux. Dora sort avec Ralph Andrew, le frère de Jane. Je me souviens de lui comme d'un gamin rondouillet, grassouillet, à la tête blanche, et qui était toujours à la queue de sa classe. Mais d'après ce que je comprends, il est devenu un jeune homme de belle apparence. »

« Dora va sans doute se marier jeune. Elle est du même type que Charlotta IV et elle ne ratera pas sa première chance de peur de ne pas en avoir une deuxième. »

« Eh bien, si elle épouse Ralph, j'espère qu'il sera un peu plus entreprenant que son frère Billy », reprit Anne d'un air songeur.

« Espérons, renchérit Gilbert en riant, qu'il sera capable de faire sa demande en mariage tout seul. Anne, aurais-tu épousé Billy s'il te l'avait demandé lui-même plutôt que de t'avoir délégué Jane ? »

« Peut-être. » Anne pouffa de rire au souvenir de sa première demande. « Le choc de toute l'affaire aurait pu m'hypnotiser au point de me pousser à commettre une acte fou et précipité. Remercions le ciel qu'il ait délégué quelqu'un pour le faire. »

« J'ai reçu une lettre de George Moore hier », annonça Leslie qui lisait dans un coin.

« Oh ! Et comment va-t-il ? » demanda Anne, intéressée tout en sentant, d'une façon irréelle, qu'elle s'informait d'une personne qu'elle ne connaissait pas.

« Il va bien, mais il trouve difficile de s'adapter à tous les changements survenus chez lui et chez ses amis. Il prendra de nouveau la mer au printemps. Il dit qu'il a ça dans le sang et qu'il attend avec impatience le moment de s'embarquer. Mais il m'a appris une chose qui m'a fait plaisir pour lui, le pauvre. Avant de partir sur le *Four Sisters*, il était fiancé à une fille de son village. Il ne m'avait pas parlé d'elle à Montréal parce qu'il supposait qu'elle l'avait oublié et en avait épousé un autre depuis belle lurette alors que pour lui, tu vois, ces fiançailles et cet amour faisaient toujours partie du présent. C'était très dur pour lui, mais quand il est retourné chez lui, il a découvert qu'elle ne s'était jamais mariée et qu'elle l'aimait toujours. Ils vont se marier à l'automne. Je vais lui demander de l'amener faire un petit séjour ici ; il écrit qu'il a l'intention de venir voir l'endroit où il a vécu tant d'années sans le savoir. »

« Quelle jolie histoire d'amour, s'écria Anne dont l'attrait pour les choses romantiques était immortel. Et quand je pense, ajouta-t-elle en soupirant d'un air coupable, que si ça avait dépendu uniquement de moi, George ne serait jamais sorti de la tombe où son identité était ensevelie. Comme j'ai lutté contre la suggestion de Gilbert! Eh bien, me voilà bien punie : jamais plus je ne pourrai penser différemment de Gilbert! Si j'essaie, il m'écrasera en me reprochant le cas de George Moore! »

« Comme si c'était possible d'écraser une femme! se moqua Gilbert. Anne, ne sois jamais mon écho. Un peu d'opposition donne du sel à la vie. Je ne veux pas d'une femme comme celle de John MacAllister au port. Quoi qu'il dise, elle souligne aussitôt de sa petite voix terne et sans vie : "Mon Dieu, John, c'est très vrai!" »

Anne et Leslie éclatèrent de rire. Le rire d'Anne était argenté alors que celui de Leslie était d'or, et le mélange des deux donnait un résultat aussi réussi qu'une parfaite harmonie musicale.

Susan, qui venait tout juste d'entrer, fit entendre un soupir sonore en écho à ces rires.

« Eh bien, Susan, que vous arrive-t-il? » demanda Gilbert.

« Il n'y a pas de problème avec le petit Jem, n'est-ce pas? » s'écria Anne en se dressant, alarmée.

« Non, non, calmez-vous, chère Mme Docteur. Mais quelque chose est effectivement arrivé. Pauvre de moi, j'ai tout raté, cette semaine! J'ai gâché le pain – comme vous le savez que trop – j'ai fait un accroc au dos de la meilleure chemise du docteur et j'ai cassé votre grande assiette. Et maintenant, pour finir le bouquet, je viens d'apprendre que ma sœur Matilda s'est cassé une jambe et qu'elle veut que j'aille passer quelque temps avec elle. »

« Oh! Je suis vraiment désolée que votre sœur ait eu cet accident », s'exclama Anne.

« Ah! bien, l'homme a été créé pour le deuil, chère Mme Docteur. Ça sonne comme si ça devait être écrit dans la Bible, mais on m'a dit que ça vient d'un dénommé Burns. Et ça fait aucun doute qu'on est né pour avoir des problèmes tout comme les étincelles volent vers le haut. Quant à Matilda, j'sais pas quoi en penser. Personne de notre famille s'est jamais cassé de jambe avant. Mais quoi qu'elle ait fait, elle reste ma sœur et je sens qu'il est de mon devoir d'aller prendre soin d'elle, si vous pouvez m'accorder quelques semaines de congé, chère Mme Docteur. »

« Bien entendu, Susan, bien entendu. Je trouverai bien quelqu'un pour m'aider pendant votre absence. »

« Si ça vous est impossible, chère Mme Docteur, j'irai pas; la jambe de Matilda est d'une importance secondaire. J'ai pas l'intention de vous causer d'ennuis et je veux pas que cet enfant béni en subisse les conséquences, peu importe le nombre de jambes cassées. »

« Oh! Vous devez aller immédiatement chez votre sœur, Susan. Je peux avoir une fille de l'anse, qui fera l'affaire quelque temps. »

« Anne, laisse-moi venir rester chez vous pendant l'absence de Susan! s'exclama Leslie. Je t'en prie! Cela me plairait tant et ce serait un acte de charité de ta part. Je m'ennuie si horriblement dans cette espèce de maison-grange, là-bas. Il y a si peu à faire... et la nuit, je suis plus que solitaire, je suis terrifiée et nerveuse malgré les portes verrouillées. Il y avait un vagabond qui rôdait aux alentours il y a deux jours. »

Anne accepta joyeusement et, le lendemain, Leslie était installée comme pensionnaire dans la petite maison de rêve. Mlle Cornelia approuva chaudement cet arrangement.

« Cela semble providentiel, déclara-t-elle confidentiellement à Anne. Je suis désolée pour Matilda Crow, mais comme elle devait se casser la jambe, cela ne pouvait pas tomber plus à pic. Leslie sera ici pendant qu'Owen Ford sera à Four Winds, et les vieilles chattes du Glen n'auront pas l'occasion de miauler comme elles le feraient si elle vivait là-bas toute seule et qu'Owen allait la voir. Elles placotent déjà suffisamment comme ça parce que Leslie ne porte pas le deuil. J'ai fait remarquer à l'une d'elles : "Si vous voulez dire qu'elle devrait porter le deuil de George Moore, vous vous trompez parce que ça ressemble plutôt à une résurrection qu'à un enterrement; et si c'est à celui de Dick que vous faites allusion, j'avoue ne pas comprendre : pourquoi faire des chichis pour un homme qui est mort il y a treize ans et alors que ce fut un bon débarras ?" Et quand la vieille Louisa Baldwin a laissé entendre qu'elle trouvait très étrange le fait que Leslie n'ait jamais soupçonné qu'il ne s'agissait pas de son mari, je lui ai répondu : "*Vous-même* n'avez jamais soupçonné que ce n'était pas Dick Moore alors que vous aviez été sa plus proche voisine toute sa vie et que, par nature, vous êtes dix fois plus soupçonneuse que Leslie." Mais on ne peut pas faire taire les mauvaises langues, ma chère Anne, et je serai très soulagée de savoir que Leslie est sous votre toit quand Owen la courtisera. »

Owen Ford se présenta à la petite maison un soir du mois d'août, alors qu'Anne et Leslie s'occupaient du bébé. Il s'arrêta à la porte ouverte du salon, sans que les deux femmes à l'intérieur s'aperçoivent de sa présence, regardant avec des yeux avides la scène ravissante. Leslie était assise sur le sol, le bébé sur les genoux, attrapant d'un air extasié les menottes potelées qu'il agitait dans l'air.

« Oh ! Toi, beau petit bébé adoré », marmonna-t-elle, attrapant une petite main et la couvrant de baisers.

« Ch'est vrai que ch'est le plus adorable ti bébé, roucoula Anne, penchée avec adoration par-dessus le bras de son fauteuil. Et ches tites pattes sont les plus zolies menottes de tout le monde entier, ch'est vrai, cha, mon beau ti garçon. »

Pendant les mois ayant précédé la naissance de Petit Jem, Anne avait étudié attentivement plusieurs volumes très sérieux et avait accordé sa confiance à un en particulier : *Soin et éducation des enfants*, de Sir Oracle. Sir Oracle implorait les parents, par tout ce qu'ils avaient de plus sacré au monde, de ne jamais « parler en bébé » à leurs enfants. Il fallait absolument s'adresser aux tout petits en langue classique et cela, dès leur naissance. Ils apprendraient ainsi à parler une langue impeccable dès leurs premiers mots. « Comment, demandait Sir Oracle, une mère peut-elle raisonnablement s'attendre à ce que son enfant apprenne à parler correctement si elle habitue continuellement cet être influençable à ces expressions et distorsions absurdes de notre noble langue, que les mères étourdies infligent quotidiennement aux créatures sans défense confiées à leurs soins? Comment un enfant qu'on appelle constamment "ti bébé à cha maman" peut-il un jour arriver à une conception adéquate de son identité, de ses possibilités et de sa destinée?»

Anne fut considérablement impressionnée et elle informa Gilbert qu'elle entendait se fixer comme règle inviolable de ne jamais, dans aucune circonstance, «parler en bébé» à ses enfants. Gilbert l'approuva, et ils conclurent un pacte solennel sur la question, un pacte qu'Anne viola sans vergogne dès le premier instant où le petit Jem fut déposé dans ses bras. "Oh! le beau ti bébé à cha maman!" s'était-elle exclamée. Et elle n'avait jamais cessé de le violer depuis. Lorsque Gilbert la taquinait, elle se moquait avec mépris de Sir Oracle.

«Il n'a lui-même jamais eu d'enfants, Gilbert, j'en suis convaincue, sinon il n'aurait jamais écrit de telles âneries. On ne peut tout simplement pas s'empêcher de parler en bébé à un bébé. Cela vient naturellement... et c'est bien. Ce serait inhumain de s'adresser à ces mignonnes petites créatures soyeuses comme s'il s'agissait de grands garçons et de grandes filles. Les bébés veulent de l'amour, de la tendresse et tous les petits mots doux de bébés qu'ils peuvent avoir, et petit Jem aura tout ça, je le jure sur son ti cœur de mamours.»

«Mais tu es incroyable, Anne, protesta Gilbert qui, étant seulement un père, n'était pas encore tout à fait convaincu que Sir Oracle avait tort. Je n'ai jamais rien entendu qui ressemble à ta façon de parler à cet enfant.»

«C'est plus que probable. Voyons, voyons! N'ai-je pas élevé trois couples de jumeaux Hammond avant d'avoir onze ans? Toi et Sir Oracle n'êtes que des théoriciens au cœur froid. Mais, Gilbert, regarde-le! Il me sourit... il comprend ce qu'on dit. Et t'es d'accord avec tout c'que dit maman, hein, mon tit ange à moi toute seule?»

Gilbert mit son bras autour d'eux. «Oh! Vous, les mères! dit-il. Dieu savait ce qu'Il avait en tête quand Il vous a créées.»

On parlait donc au petit Jem, on l'aimait et on le cajolait; et il se développait en devenant l'enfant chéri de la maison de rêve. Leslie était presque aussi folle de lui qu'Anne. Quand elles avaient fini leur travail et que Gilbert n'était pas dans leurs jambes, elles s'abandonnaient sans scrupule à des orgies de mamours et des extases adoratrices, tout comme celles dont fut témoin Owen Ford.

Leslie fut la première à s'apercevoir de sa présence. Même dans la pénombre, Anne put voir son beau visage blêmir tout à coup, toute couleur s'effaçant de ses lèvres et de ses joues.

Owen avança, avidement, incapable pendant un instant de voir Anne.

«Leslie!» s'écria-t-il en lui tendant la main. C'était la première fois qu'il l'appelait par son prénom, mais la main que Leslie lui tendit était froide; et elle se montra très calme toute la soirée pendant qu'Anne, Gilbert et Owen riaient et bavardaient. Il n'était pas encore parti qu'elle s'excusa et monta dans sa chambre. L'humeur joyeuse d'Owen faiblit et il prit congé peu après, l'air assombri.

Gilbert regarda Anne.

«Anne, qu'est-ce que tu manigances? Il se passe quelque chose qui m'échappe. L'air ici était chargé d'électricité ce soir. Leslie est restée assise comme la muse de la tragédie; Owen Ford plaisantait et riait en surface et surveillait Leslie avec les yeux de son cœur. Toi, tu avais l'air sur le point d'éclater. Allez, parle! Quel secret as-tu caché à ton mari?»

«Ne fais pas l'âne, Gilbert, fut la réponse conjugale d'Anne. Quant à Leslie, elle se conduit de manière absurde et je monte immédiatement le lui dire.»

Anne trouva Leslie à la lucarne de sa chambre. Le grondement rythmé de la mer résonnait dans la petite pièce. Leslie était assise dans le clair de lune brumeux, les mains croisées, belle présence accusatrice.

«Anne, commença-t-elle à voix basse, pleine de reproches, savais-tu qu'Owen Ford viendrait à Four Winds?»

« Je le savais », répondit Anne avec audace.

« Oh ! Tu aurais dû me le dire, Anne, cria Leslie d'une voix passionnée. Si je l'avais su, je serais partie... je ne serais pas restée ici pour le rencontrer. Ce n'était pas correct de ta part, Anne... oh ! ce n'était pas correct ! »

Les lèvres de Leslie tremblaient et l'émotion tendait tout son être. Mais Anne rit sans pitié. Elle se pencha et embrassa le visage chaviré, plein de reproches de Leslie.

« Leslie, tu es une adorable petite oie. Owen Ford ne s'est pas précipité du Pacifique à l'Atlantique animé d'un brûlant désir de *me* voir. Je ne crois pas non plus qu'il ait été inspiré par une passion sauvage et frénétique pour Mlle Cornelia. Enlève ton masque tragique, chère amie, emballe-le et range-le dans la lavande. Tu n'en auras plus jamais besoin. Certaines personnes peuvent voir à travers une meule quand il y a un trou dedans, même si tu n'en es pas capable. Je ne suis pas prophète, mais je vais risquer une prédiction. La vie ne te sera plus amère. À présent, tu vas avoir les joies, les espérances, et je dirais même les chagrins aussi, d'une femme heureuse. Le présage de l'ombre de Vénus s'est réalisé pour toi, Leslie. L'année où tu l'as vue t'a apporté le plus beau cadeau de ta vie, ton amour pour Owen Ford. Couche-toi maintenant et dors bien. »

Leslie obéit, c'est-à-dire qu'elle alla se coucher, mais on peut se demander si elle dormit beaucoup. Je ne crois pas qu'elle se permit de rêver éveillée ; la vie avait été si cruelle pour cette pauvre Leslie, le chemin qu'elle avait dû emprunter avait été si étroit qu'elle ne pouvait plus chuchoter à son cœur les espoirs qu'elle entretenait pour l'avenir. Mais elle contempla la grande lueur tournante étoilant les courtes heures d'une nuit d'été, et ses yeux devinrent de nouveau doux, brillants et jeunes. Et le lendemain, quand Owen vint lui demander d'aller sur la grève avec lui, elle ne refusa pas.

37

Mlle Cornelia fait
une révélation époustouflante

Mlle Cornelia se rendit à la petite maison un après-midi somnolent ; le golfe avait cette pâle teinte bleu délavé des mers chaudes du mois d'août, et les lis orangés à la barrière du jardin d'Anne levaient leurs coupes impériales pour les remplir de l'or fondu du soleil d'août. Mlle Cornelia ne se préoccupait cependant pas de la couleur des océans ni des lis assoiffés de soleil. Elle prit place dans son fauteuil favori, anormalement inoccupée. Elle ne cousait pas. Elle n'avait aucune longue histoire à raconter. Elle ne fit aucune allusion péjorative concernant une partie quelconque de l'humanité. Bref, la conversation de Mlle Cornelia manquait singulièrement de sel ce jour-là et Gilbert, qui était resté à la maison pour l'écouter parler plutôt que d'aller pêcher comme il en avait eu l'intention, se sentit alarmé. Qu'était-il arrivé à Mlle Cornelia ? Elle ne paraissait ni déprimée ni inquiète. Au contraire, il se dégageait d'elle un certain air d'exultation nerveuse.

« Où est Leslie ? » demanda-t-elle d'un ton plutôt indifférent.

« Owen et elle sont allés aux framboises dans la forêt derrière sa ferme, répondit Anne. Ils ne reviendront pas avant le souper, et encore ce n'est pas certain. »

« Ils n'ont pas l'air de se douter que les horloges sont des choses qui existent, ajouta Gilbert. Je n'arrive pas à aller au fond de cette affaire. Je suis sûr que vous, les femmes, avez tiré les ficelles. Mais Anne, cette épouse déloyale, refuse de m'en parler. Et vous, Mlle Cornelia ? »

« Non, je ne vous dirai rien. Mais, poursuivit-elle, l'air d'une personne déterminée à saisir le taureau par les cornes, je vous apprendrai autre chose. C'est d'ailleurs dans ce but que je suis venue ici. Je vais me marier. »

Anne et Gilbert demeurèrent cois. Si Mlle Cornelia avait annoncé son intention d'aller se noyer dans le chenal, la chose aurait pu être crédible. Mais ce qu'elle venait d'annoncer ne l'était pas. Mlle Cornelia s'était évidemment trompée.

« Vous paraissez tous les deux un peu interloqués, remarqua Mlle Cornelia, l'œil brillant. À présent que le dur moment de la révélation était passé, elle avait repris possession de ses moyens. Me trouvez-vous trop jeune et inexpérimentée pour la vie conjugale ? »

« Vous savez... c'est plutôt renversant, commença Gilbert, essayant de rassembler ses esprits. Je vous ai entendue je ne sais combien de fois affirmer que même le meilleur homme au monde, vous ne l'épouseriez pas. »

« Je ne vais pas épouser le meilleur homme au monde, rétorqua Mlle Cornelia. Marshall Elliott est loin de l'être. »

« Vous allez épouser Marshall Elliott ! ? » s'exclama Anne, recouvrant le pouvoir de la parole sous ce deuxième choc.

« Oui. J'aurais pu l'avoir n'importe quand au cours des vingt dernières années si j'avais levé le petit doigt. Mais pensez-vous que j'allais entrer dans l'église au bras de cette botte de foin ambulante ? »

« C'est évident que nous sommes très contents... et nous vous souhaitons tout le bonheur possible », dit Anne, d'un ton morne et manquant d'enthousiasme. Elle n'était pas préparée à un tel événement. Jamais elle ne s'était imaginée en train de féliciter Mlle Cornelia pour ses fiançailles.

« Merci, je savais que vous réagiriez ainsi, répondit Mlle Cornelia. Vous êtes les premiers de mes amis à connaître la nouvelle. »

« Nous serons toutefois vraiment désolés de vous perdre, chère Mlle Cornelia », reprit Anne, commençant à se sentir un peu triste et sentimentale.

« Oh ! Vous ne me perdrez pas, la rassura prosaïquement celle-ci. Vous ne supposez quand même pas que j'irais vivre au port avec tous ces MacAllister, Elliott et Crawford ? "De la vanité des Elliott, de l'orgueil des MacAllister et de la prétention des Crawford, délivrez-nous, Seigneur !" Marshall viendra habiter chez moi. J'en ai vraiment soupé des employés. Ce Tim Hastings que j'ai eu cet été était le pire spécimen de l'espèce. Il aurait poussé n'importe qui au mariage. Que pensez-vous de ça ? Il a chamboulé la baratte hier et renversé une grosse cuve de crème dans la cour. Et croyez-vous que ça l'a dérangé ? Pas une miette. Il a juste éclaté d'un rire stupide et a dit que la crème, c'était bon pour le sol. Tout à fait masculin, n'est-ce pas ? Je lui ai rétorqué que je n'avais pas l'habitude de fertiliser ma cour arrière avec de la crème. »

« Ma foi, je vous souhaite aussi tout le bonheur possible, Mlle Cornelia, déclara solennellement Gilbert ; mais, ajouta-t-il, incapable, malgré les yeux implorants d'Anne, de résister à la tentation de taquiner Mlle Cornelia, je crains que votre ère d'indépendance soit révolue. Comme vous le savez, Marshall Elliott est un homme très déterminé. »

« J'aime un homme qui tient à ses opinions, répliqua Mlle Cornelia. Amos Grant, qui me courait après autrefois, en était incapable. Vous n'avez jamais vu une girouette pareille. Un jour, il s'est jeté dans l'étang pour se noyer puis il a changé d'idée et a nagé vers le rivage. Tout à fait masculin. Marshall n'aurait pas changé d'avis et se serait noyé. »

« Et d'après ce qu'on m'a dit, il n'a pas un caractère très facile », insista Gilbert.

« Dans le cas contraire, ce ne serait pas un Elliott. Je suis bien contente qu'il ait du caractère. Ce sera vraiment amusant de le taquiner. Et on peut généralement faire quelque chose avec un homme soupe au lait quand vient le moment du repentir. Mais on ne peut rien faire avec un homme qui reste toujours placide. »

« Vous savez qu'il est libéral, Mlle Cornelia. »

« Oui, c'est vrai, admit plutôt tristement Mlle Cornelia. Et il n'y a évidemment aucun espoir d'en faire un conservateur. Mais au moins, il est presbytérien. Je devrai me contenter de ça. »

« L'auriez-vous épousé s'il avait été méthodiste, Mlle Cornelia ? »

« Non. La politique est pour ce monde-ci, mais la religion est pour les deux. »

« Et vous serez peut-être veuve, en fin de compte, Mlle Cornelia. »

« Aucun danger. Marshall va m'enterrer. Les Elliott vivent vieux, mais pas les Bryant. »

« Quand allez-vous vous marier ? » demanda Anne.

« Dans à peu près un mois. Ma robe de mariage sera en soie bleu marine. Et je voulais vous demander, ma chère Anne, si d'après vous ce serait convenable de porter un voile avec une robe de soie bleu marine. J'ai toujours pensé que j'aimerais porter un voile si jamais je me mariais. Marshall me dit d'en porter un si ça me chante. Tout à fait masculin, n'est-ce pas ? »

« Et pourquoi ne pas en porter un si vous en avez envie ? » demanda Anne.

« Eh bien, je ne veux pas être différente des autres, expliqua Mlle Cornelia, qui ne ressemblait manifestement à personne sur terre. Comme je le disais, un voile me plairait. Mais peut-être que cela ne se porte qu'avec une robe blanche. Je vous en prie, ma chère Anne, dites-moi ce que vous pensez réellement. Je suivrai votre conseil. »

« Je crois qu'en général le voile ne se porte qu'avec une robe blanche, admit Anne, mais c'est purement une convention ; et je pense comme M. Elliott, Mlle Cornelia. Je ne vois aucune raison pour laquelle vous ne porteriez pas de voile si cela vous tente. »

Mais Mlle Cornelia, qui faisait ses visites en couvre-tout de calicot, hocha la tête.

« Si ce n'est pas convenable, je m'en abstiendrai », déclara-t-elle avec un soupir de regret pour son rêve perdu.

« Comme vous êtes décidée à vous marier, Mlle Cornelia, dit Gilbert d'un ton solennel, je vais vous apprendre les excellentes règles pour manœuvrer un mari, règles transmises par ma grand-mère à ma mère quand elle a épousé mon père. »

« Bien, j'imagine que je suis capable de mettre Marshall Elliott au pas, répliqua placidement Mlle Cornelia. Mais écoutons vos règles. »

« La première, c'est "attrapez-le". »

« C'est fait. Continuez. »

« La seconde, c'est "nourrissez-le bien". »

« Avec suffisamment de tarte. Ensuite ? »

« La troisième et la quatrième, c'est "gardez l'œil sur lui". »

« Je vous crois ! » approuva Mlle Cornelia avec conviction.

38

Roses rouges

Le jardin de la petite maison, auquel les roses tardives donnaient encore de la couleur, était, en ce mois d'août, le lieu de prédilection des abeilles. Les gens de la petite maison y passaient beaucoup de temps, faisant des pique-niques à la fin du jour dans le coin herbeux passé le ruisseau et s'y asseyant, au crépuscule, quand les éphémères voletaient dans la pénombre veloutée. Un soir, Owen Ford y trouva Leslie seule. Anne et Gilbert étaient absents et Susan, qui était attendue ce soir-là, n'était pas encore de retour.

Le ciel boréal avait une teinte ambrée et vert pâle par-dessus les cimes des sapins. Le fond de l'air était frais, car septembre approchait, et Leslie portait un châle écarlate sur sa robe blanche. En silence, ils se promenèrent dans les petits sentiers sympathiques où les fleurs abondaient. Owen devait partir sous peu. Son congé touchait à sa fin. Le cœur de Leslie battait follement. Elle savait que ce cher jardin allait être le témoin de la scène de départ qui devait sceller leur entente non encore verbalisée.

«Certains soirs, une odeur étrange flotte dans ce jardin, comme un parfum fantôme, remarqua Owen. Je n'ai jamais pu découvrir de quelle fleur il vient. Il est évanescent, persistant et merveilleusement sucré. J'aime imaginer que c'est l'âme de grand-mère Selwyn qui vient rendre une petite visite à l'endroit qu'elle a tant aimé autrefois. Il doit y avoir une foule de revenants sympathiques autour de cette vieille petite maison. »

« Je n'ai vécu qu'un seul mois sous son toit, dit Leslie, pourtant je l'aime comme jamais je n'ai aimé une maison dans ce village où j'ai passé toute ma vie. »

« C'est l'amour qui a bâti et consacré cette maison, reprit Owen. De telles demeures doivent sûrement exercer une influence sur les gens qui y vivent. Et ce jardin... il a plus de soixante ans et l'histoire de milliers d'espoirs et de joies est inscrite dans ses fleurs. Certaines ont réellement été semées par l'épouse de l'instituteur, et cela fait trente ans qu'elle est morte. Elles continuent pourtant à s'épanouir chaque été. Regardez ces roses rouges, Leslie, ne règnent-elles pas sur tout autre chose ? »

« J'aime les roses rouges, dit Leslie. Anne préfère les jaunes, et Gilbert, les blanches. Mais moi, ce sont les rouges que j'affectionne. Elles satisfont un besoin en moi comme aucune autre fleur ne peut le faire. »

« Ces roses sont très tardives, elles fleurissent après que toutes les autres sont fanées et elles retiennent toute la chaleur et l'âme de l'été, poursuivit Owen, en détachant quelques boutons flamboyants, à demi ouverts. Les roses sont les fleurs de l'amour, le monde les acclame comme telles depuis des siècles. Les roses roses représentent l'espoir et l'attente de l'amour, les blanches sont celles de l'amour mort ou oublié, mais les rouges... ah ! Leslie, que sont les roses rouges ? »

« L'amour triomphant », répondit Leslie à voix basse.

« Oui, l'amour triomphant et parfait. Leslie, vous savez... vous comprenez. Je vous aime depuis le tout début. Et je *sais* que vous m'aimez, je n'ai pas besoin de vous le demander. Mais je veux vous entendre me le dire... ma chérie... ma chérie ! »

Leslie prononça quelques paroles d'une voix très basse et timide. Leurs mains et leurs lèvres se joignirent ; c'était pour eux l'instant suprême de la vie et, pendant qu'ils étaient dans le vieux jardin, avec toutes ses années d'amour, de bonheur, de peine et de splendeur, il couronna sa rutilante chevelure de la rose rouge, très rouge d'un amour triomphant.

Anne et Gilbert revenaient en compagnie du Capitaine Jim. Anne alluma quelques bûches de bois de grève dans la cheminée, par amour pour les flammes féeriques, et ils passèrent autour du feu une heure de bavardage amical.

« Quand j'suis assis auprès d'un feu de bois de grève, ça m'est facile de croire que je suis jeune de nouveau », remarqua le Capitaine Jim.

« Pouvez-vous lire l'avenir dans le feu, Capitaine Jim ? » demanda Owen.

Le Capitaine Jim les regarda tous avec affection, puis ses yeux revinrent au visage animé et au regard brillant de Leslie.

« J'ai pas besoin du feu pour lire votre avenir, dit-il. Je vois du bonheur pour chacun de vous... chacun de vous... pour Leslie et M. Ford... pour le docteur ici présent et Dame Blythe... et pour le petit Jem... et pour les enfants qui sont pas encore au monde et qui vont naître. Du bonheur pour vous tous bien que j'présume qu'vous connaîtrez aussi des problèmes, des inquiétudes et des chagrins. Ils sont destinés à arriver, et aucune maison, que ce soit un palais ou une petite maison de rêve, ne peut leur barrer la porte. Mais ils auront pas le meilleur sur vous si vous leur faites face avec amour et confiance. Avec ces deux-là comme boussole et pilote, vous pouvez survivre à n'importe quelle tempête. »

Le vieillard se leva soudain et plaça une main sur la tête de Leslie et l'autre sur celle d'Anne.

« Deux bonnes, gentilles femmes, dit-il, loyales, fidèles et fiables. Vos maris seront honorés grâce à vous et vos enfants grandiront et vous béniront pendant les années à venir. »

Cette petite scène était investie d'une étrange solennité. Anne et Leslie s'inclinèrent comme des personnes qui reçoivent une bénédiction. Gilbert passa tout à coup la main sur ses yeux ; Owen Ford était absorbé comme s'il avait des visions. Tous restèrent silencieux pendant un moment. La petite maison de rêve ajoutait à sa réserve de souvenirs un autre instant poignant et inoubliable.

« Il faut que j'y aille maintenant », prononça finalement le Capitaine Jim d'une voix lente. Il prit son chapeau et jeta un regard songeur sur la pièce.

« Bonne nuit, vous tous », dit-il en s'en allant.

Anne, secouée par l'inhabituelle tristesse de cet au revoir, traversa la petite barrière entre les sapins.

« Ohé ! Ohé ! » lui répondit-il joyeusement. C'était la dernière fois que le Capitaine Jim s'était assis auprès de la vieille cheminée de la maison de rêve.

Anne rejoignit lentement les autres.

« C'est tellement... tellement pitoyable de penser qu'il s'en va tout seul à cette pointe déserte, dit-elle, et qu'il n'y a personne là-bas pour l'accueillir. »

« Le Capitaine Jim est d'une compagnie si agréable pour les autres qu'on ne peut imaginer qu'il soit autre chose pour lui-même, répondit Owen. Il doit quand même se sentir souvent seul. Il dégageait quelque chose de mystérieux, ce soir. Il parlait comme quelqu'un qui est obligé de parler. Bien, je dois partir, moi aussi. »

Anne et Gilbert s'éloignèrent discrètement ; mais après le départ d'Owen, Anne revint et trouva Leslie debout près du foyer.

« Oh ! Leslie... je sais... et je suis si heureuse, ma chère », dit-elle en mettant les bras autour de ses épaules.

« Anne, mon bonheur me terrifie, chuchota Leslie. Il a l'air trop grand pour être vrai... j'ai peur d'en parler... d'y penser. J'ai l'impression que ce n'est qu'un autre rêve de cette maison de rêve et qu'il va s'évanouir quand je m'en irai. »

« Eh bien, tu ne partiras pas d'ici... avant qu'Owen ne t'emmène. Tu resteras avec moi jusqu'à ce que le temps soit venu. Penses-tu que je te laisserais retourner dans ce lieu triste et solitaire ? »

« Merci, ma chère. J'avais l'intention de te demander de rester avec vous. Je ne voulais pas retourner là-bas, cela aurait signifié retourner au froid et à la monotonie de mon ancienne vie. Anne, Anne, quelle amie tu as été pour moi, " une bonne et gentille femme, loyale, fidèle et fiable" ; le Capitaine Jim a bien décrit ce que tu es. »

« Il a dit deux femmes, pas une femme, corrigea Anne en souriant. Le Capitaine nous voit peut-être à travers les lunettes

roses de son affection pour nous. Mais nous pouvons au moins
essayer de nous montrer à la hauteur de ses compliments. »

« Te rappelles-tu, Anne, reprit lentement Leslie, que j'ai
dit, une fois, quand nous nous sommes rencontrées sur la
grève, que ma beauté me faisait horreur ? C'était vrai... alors.
Il m'avait toujours semblé que si j'avais été ordinaire, Dick
n'aurait jamais songé à moi. Je détestais ma beauté parce
qu'elle l'avait attiré, mais à présent... oh ! Comme je suis
contente de l'avoir. Je n'ai rien d'autre à offrir à Owen, et
elle ravit son âme d'artiste. J'ai l'impression de ne pas venir
vers lui les mains complètement vides. »

« Owen aime ta beauté, Leslie. Qui ne l'aimerait pas ? Mais
c'est absurde de ta part de dire ou de penser que c'est tout ce
que tu lui apportes. Il t'expliquera... ce n'est pas là mon rôle.
Et maintenant, il faut que j'aille verrouiller les portes.
J'attendais Susan ce soir, mais elle n'est pas revenue. »

« Oh ! Oui, j'suis arrivée, chère Mᵐᵉ Docteur, fit Susan,
surgissant à l'improviste de la cuisine, et j'suis essoufflée sans
bon sens ! C'est toute une trotte du Glen jusqu'ici. »

« Cela me fait plaisir de vous revoir, Susan. Comment va
votre sœur ? »

« Elle peut s'asseoir, mais elle est évidemment pas encore
capable de marcher. Elle peut parfaitement continuer à se
rétablir sans moi, parce que sa fille est venue passer ses
vacances avec elle. Et j'suis bien aise d'être de retour, chère
Mᵐᵉ Docteur. Aucun doute que la jambe de Matilda était
cassée, mais sa langue l'était pas, elle. À force de jacasser,
elle rendrait sourd même un pot en fer, chère Mᵐᵉ Docteur,
bien que ça m'fasse de la peine de dire ça de ma propre sœur.
Elle a toujours été une vraie pie et même à ça, elle a été la
première de la famille à se marier. Non pas qu'elle ait eu
tellement envie d'épouser James Clow, mais elle pouvait pas
supporter l'idée de le décevoir. C'est un très chic type, le seul
défaut que j'aie réussi à lui trouver, c'est qu'il commence toujours à dire le bénédicité en grognant d'une manière si sinis-
tre, chère Mᵐᵉ Docteur, que ça me coupe complètement l'ap-
pétit. Et à propos de mariage, chère Mᵐᵉ Docteur, est-ce vrai
que Cornelia Bryant va épouser Marshall Elliott ? »

« Tout à fait vrai, Susan. »

« Eh bien, chère Mme Docteur, j'trouve *pas* ça juste. Regardez-moi, je n'ai jamais prononcé un seul mot contre les hommes, et je n'ai pas encore réussi à trouver un mari. Et voilà Cornelia Bryant qui a jamais cessé de les démolir, et tout ce qu'elle a à faire, c'est de tendre la main et d'en choisir un. C'est un monde très étrange, chère Mme Docteur. »

« Il y a un autre monde, Susan. »

« Oui, soupira bruyamment Susan, mais, chère Mme Docteur, y a pas de mariage dans celui-là. »

39

Le Capitaine Jim prend enfin le large

Un jour de la fin de septembre, le livre d'Owen Ford arriva enfin. Tous les jours pendant un mois, le Capitaine Jim s'était fidèlement rendu au bureau de poste du Glen pour le recevoir. Comme il n'y était pas allé ce jour-là, Leslie rapporta son exemplaire à la maison avec celui d'Anne et le sien.

« Nous le lui apporterons ce soir », dit Anne, aussi excitée qu'une écolière.

La promenade jusqu'à la pointe par cette soirée claire et ensorcelante le long du chemin rougeâtre du port fut des plus agréables. Puis le soleil déclina derrière les collines à l'ouest dans quelque vallée qui devait être pleine de couchers de soleil perdus, et au même instant, la grande lumière s'alluma dans la tour blanche de la pointe.

« Le Capitaine Jim ne retarde jamais d'une fraction de seconde », remarqua Leslie.

Ni Anne ni Leslie n'oublièrent jamais l'expression transfigurée et exaltée du Capitaine Jim lorsqu'elles lui remirent le livre, *son* livre. Les joues qui avaient récemment pâli s'enflammèrent comme celles d'un gamin ; tout le feu de la jeunesse scintilla dans ses yeux ; ses mains tremblaient pourtant lorsqu'il l'ouvrit.

Il s'intitulait simplement *Le Livre de vie du Capitaine Jim*, et sur la page titre, les noms d'Owen Ford et de James Boyd étaient inscrits comme collaborateurs. Une photographie du Capitaine Jim, debout à la porte du phare, regardant vers le golfe, illustrait la page couverture. Owen Ford l'avait prise un jour pendant la rédaction du livre. Le Capitaine Jim était au courant, mais il ignorait qu'elle serait intégrée au livre.

« Quand on pense, dit-il, que le vieux marin est là, dans un vrai livre imprimé. J'ai jamais été aussi fier de ma vie. Pas question pour moi de dormir cette nuit. J'aurai lu mon bouquin d'une couverture à l'autre avant que le soleil se lève. »

« Nous allons partir immédiatement pour vous permettre de le commencer », dit Anne.

Le Capitaine Jim avait manipulé le livre dans une sorte d'extase respectueuse. Il le ferma résolument et le mit de côté.

« Non, non, vous allez pas partir avant d'avoir bu une tasse de thé avec le vieil homme, protesta-t-il. On pourrait pas supporter ça, n'est-ce pas, Second ? Le livre de vie peut attendre, j'imagine. Ça fait tellement d'années que je l'attends. J'peux attendre encore un peu pendant que j'suis avec mes amies. »

Le Capitaine Jim alla mettre sa bouilloire sur le feu et sortit le pain et le beurre. Malgré son excitation, il ne bougeait pas avec son ancienne vivacité. Ses gestes étaient lents et incertains. Mais les jeunes femmes ne lui proposèrent pas leur aide. Elles savaient que cela l'aurait blessé.

« Vous êtes tombées à pic en venant ce soir, dit-il en sortant un gâteau de son armoire. La mère du p'tit Joe m'a envoyé un plein panier de gâteaux et de tartes aujourd'hui. Dieu bénisse tous les cordons-bleus. R'gardez-moi c'te beau gâteau, plein de glaçage et de noix. C'est pas souvent que j'peux recevoir avec autant de classe. Installez-vous, les filles, installez-vous ! On va prendre une tasse de "bonté" comme au bon vieux temps ».

Les jeunes femmes s'installèrent joyeusement. Le thé était à la hauteur du meilleur thé du Capitaine. Le gâteau de la mère du petit Joe était le dernier mot en matière de gâteaux ; le Capitaine Jim était le prince des hôtes, ne se permettant même pas un regard vers le coin où était posé le livre de vie, dans toute sa vaillance verte et dorée. Mais quand la porte fut enfin refermée derrière Anne et Leslie, elles furent certaines qu'il s'y dirigea directement et, en chemin, elles imaginèrent le ravissement du vieillard qui parcourait les pages imprimées où sa propre vie était décrite avec tout le charme et la couleur de la réalité.

« Je me demande ce qu'il pensera de la fin, celle que j'ai suggérée », dit Leslie.

Elle ne devait jamais le savoir. Tôt le lendemain matin, Anne trouva, à son réveil, Gilbert penché sur elle, tout habillé, une expression d'inquiétude sur son visage.

« On t'a envoyé chercher ? » s'enquit-elle paresseusement.

« Non, Anne. J'ai peur qu'il soit arrivé quelque chose à la pointe. Il y a maintenant une heure que le soleil est levé et la lumière est encore allumée au phare. Tu sais que le Capitaine Jim s'est toujours fait un point d'honneur d'allumer la lumière au moment où le soleil se couche et de l'éteindre quand il se lève. »

Anne se redressa d'un air consterné. Par sa fenêtre, elle vit la lumière pâle clignoter contre le ciel bleuté de l'aube.

« Il s'est peut-être endormi sur son livre de vie, suggérat-elle anxieusement, ou peut-être que sa lecture l'a tellement absorbé qu'il a oublié le phare. »

Gilbert secoua la tête.

« Cela ne ressemblerait pas au Capitaine. De toute façon, je vais aller voir sur place. »

« Attends une minute et je vais avec toi, s'exclama Anne. Oh ! oui, il le faut. Petit Jem dormira encore une heure, et je vais appeler Susan. Tu pourrais avoir besoin de l'aide d'une femme si le Capitaine est malade. »

C'était un matin exquis, plein de teintes et de sons à la fois mûrs et délicats. Le port ressemblait à une jeune fille, tout en scintillements et en fossettes ; des mouettes blanches volaient au-dessus des dunes. Par-delà la barre, l'océan s'étalait, merveilleux et rutilant. Les champs qui s'étiraient le long de la grève étaient frais et humides de rosée dans cette première lumière fragile et pure. Une brise souffla du chenal en dansant et en chuchotant pour prendre la place du beau silence avec une musique plus belle encore. Sans la funeste étoile sur la tour blanche, cette promenade aurait enchanté Anne et Gilbert. Mais ils avançaient doucement, remplis de crainte.

Ils frappèrent sans obtenir de réponse. Gilbert ouvrit la porte et ils entrèrent.

La vieille pièce était très calme. Les reliefs du petit festin vespéral étaient toujours sur la table. La lampe était encore allumée sur la table de coin. Second dormait dans un carré de soleil près du canapé.

Le Capitaine Jim était allongé sur ce dernier, les mains jointes sur son livre de vie, ouvert à la dernière page, posé sur sa poitrine. Ses yeux étaient clos et son visage empreint de la paix et du bonheur le plus parfait. Il avait l'air de quelqu'un qui vient de trouver le bonheur après avoir longtemps cherché.

«Dort-il?» demanda Anne d'une voix chevrotante.

Gilbert alla au canapé et se pencha sur lui quelques instants. Puis il se redressa.

«Oui, il dort... très bien, répondit-il calmement. Anne, le Capitaine Jim a enfin pris le large.»

Ils ne purent déterminer avec exactitude le moment de sa mort, mais Anne crut toujours que son souhait s'était réalisé et qu'il était parti quand le matin se levait sur le golfe. Son esprit dériva au loin sur cette marée brillante, au-dessus de la mer de nacre et d'argent au soleil levant, jusqu'au havre où l'attendait Margaret perdue, par-delà les tempêtes et les accalmies.

40

Adieu, maison de rêve

Le Capitaine Jim fut enterré dans le petit cimetière au-delà du port, tout près du lieu où reposait la petite dame blanche. Ses proches lui érigèrent un monument très cher, très laid, un monument dont il se serait secrètement gaussé s'il l'avait vu de son vivant. Mais son vrai monument était dans le cœur de ceux qui l'avaient connu, et dans le livre qui lui survivrait pendant des générations.

Leslie déplora que le Capitaine Jim n'ait pas vécu pour en connaître l'incroyable succès.

« Comme il aurait été ravi en lisant les critiques, elles sont presque toutes élogieuses. Et de voir son livre en tête des best-sellers, oh ! si seulement il avait vécu pour voir ça, Anne ! »

Mais malgré sa douleur, Anne voyait plus clair.

« C'était le livre en tant que tel qui l'intéressait, Leslie, non pas ce qu'on pouvait en dire. Il l'a lu jusqu'à la dernière page. La dernière nuit lui a sûrement donné un des plus grands bonheurs de sa vie... et au matin, il a connu une fin rapide et sans douleur comme il l'avait espéré. Je suis contente pour Owen et toi que le livre soit un tel succès, mais le Capitaine Jim était satisfait, je le *sais*. »

Le phare continuait toujours sa vigile nocturne ; un remplaçant avait été envoyé à la pointe pour garder le phare jusqu'à ce qu'un gouvernement sage puisse désigner lequel des nombreux candidats convenait le mieux à l'emploi... ou avait les meilleures relations. Second fut accueilli à la petite maison, chéri par Anne, Gilbert et Leslie et toléré par Susan.

« J'peux accepter de l'héberger en souvenir du Capitaine Jim, parce que j'avais de l'affection pour le vieux. Et j'vais voir à c'qu'il ait à manger et toutes les souris qui vont s'prendre dans les pièges. Mais faut pas m'en demander plus, chère Mme Docteur. Les chats sont des chats et, prenez-en ma parole, ils seront jamais rien d'autre. Et au moins, chère Mme Docteur, laissez-le pas s'approcher du cher petit. Imaginez comme ce serait affreux s'il lui aspirait l'haleine. »

« Ce serait ce qu'on pourrait appeler une *chat*-astrophe », dit Gilbert.

« Oh ! Vous pouvez bien rire, cher docteur, mais ça n'aurait rien de drôle. »

« Les chats n'aspirent jamais l'haleine des bébés, affirma Gilbert. Ce n'est qu'une vieille superstition. »

« Oh ! ma foi, peut-être que c'est une superstition, et peut-être que non, cher docteur. Tout ce que je sais, c'est que c'est déjà arrivé. Le chat de la femme du neveu du mari de ma sœur a aspiré l'haleine de leur bébé et le pauvre innocent avait tout simplement trépassé quand ils l'ont trouvé. Et superstition ou pas, si jamais j'vois cette bête jaune rôder autour de notre bébé, j'vais lui donner un coup de tisonnier, chère Mme Docteur. »

M. et Mme Marshall Elliott vivaient confortablement et harmonieusement dans la maison verte. Leslie avait beaucoup de couture à faire car elle et Owen devaient se marier à Noël. Anne se demandait ce qu'elle ferait lorsque Leslie serait partie.

« Il y a toujours des changements. Dès que les choses vont réellement bien, elles se transforment », soupira-t-elle.

« La vieille maison des Morgan au Glen est à vendre », annonça Gilbert.

« Vraiment ? » répondit Anne, indifférente.

« Oui. À présent que M. Morgan est mort, Mme Morgan veut aller habiter avec ses enfants à Vancouver. Elle la laissera aller à un bon prix, car une grande maison comme celle-ci dans un petit village comme le Glen ne sera pas facile à vendre. »

« Eh bien, comme c'est un très bel endroit, elle trouvera probablement un acheteur », dit Anne, l'esprit absent, se demandant si elle devait faire simplement l'ourlet ou broder les robes « courtes » du petit Jem. Il devait commencer à porter des robes courtes la semaine suivante et Anne était au bord des larmes à cette pensée.

« Et si nous achetions la maison, Anne ? » poursuivit calmement Gilbert.

Anne échappa son ouvrage et le dévisagea.

« Tu ne parles pas sérieusement, Gilbert ? »

« Très sérieusement, chérie. »

« Et nous quitterions ce nid adorable, notre maison de rêve ? s'écria Anne d'un air incrédule. Oh ! Gilbert, c'est... c'est impensable ! »

« Écoute-moi patiemment, ma chérie. Je sais exactement ce que tu ressens. C'est pareil pour moi. Mais nous avons toujours su que nous devrions déménager un jour. »

« Mais pas si tôt, Gilbert... pas tout de suite. »

« Nous n'aurons peut-être jamais plus une telle occasion. Si nous n'achetons pas la maison Morgan, quelqu'un d'autre le fera, et il n'y a aucune autre maison au Glen qui pourrait nous intéresser, et aucun autre bon terrain sur lequel nous pourrions construire. Cette petite maison est... eh bien, elle est et a été ce qu'aucune autre maison ne pourra jamais être pour nous, je l'admets, mais, tu sais, c'est vraiment loin de tout, pour un médecin. Cela a été un inconvénient, même si nous nous en sommes accommodés. Et puis, nous sommes très à l'étroit, ici. Peut-être que dans quelques années, quand Jem voudra avoir sa propre chambre, la maison sera réellement trop petite. »

« Oh ! Je sais... je sais, dit Anne, ses yeux se remplissant de larmes. Je sais tout ce qu'on peut dire contre elle, mais je l'aime tant... et c'est si beau, ici. »

« Tu t'ennuieras beaucoup ici après le départ de Leslie... et maintenant que le Capitaine Jim n'est plus. La maison Morgan est très belle, et tu l'aimeras avec le temps. Tu sais que tu l'as toujours admirée, Anne. »

« Oh! oui, mais... mais... c'est si soudain, Gilbert. Je me sens étourdie. Il y a dix minutes, je ne songeais aucunement à quitter cette maison adorable. Je planifiais ce que j'avais l'intention d'y faire au printemps, ce que j'avais l'intention de faire dans le jardin. Et si nous quittons cet endroit, qui y habitera? Comme c'est vrai que c'est éloigné de tout, elle sera probablement louée par quelque famille de fainéants, de vagabonds... et ils n'en prendront pas soin... et, oh! cela serait une profanation. Cela me ferait horriblement mal. »

« Je sais. Mais nous ne pouvons sacrifier nos propres intérêts à de telles considérations, ma petite Anne. La maison Morgan nous conviendra en tous points... nous ne pouvons réellement nous permettre de rater une telle occasion. Pense à cette grande pelouse avec ces vieux arbres magnifiques et à cette splendide érablière derrière, douze acres boisés. Quel terrain de jeu pour nos enfants! Il y a aussi un beau verger, et tu as toujours admiré ce haut mur de briques entourant le jardin, avec sa porte... tu disais que cela te faisait penser à un jardin de livre de contes. Et la vue du port et des dunes est presque aussi belle de là que d'ici. »

« Mais on ne peut voir le phare. »

« Oui. On peut le voir de la fenêtre du grenier. Voilà un autre avantage, ma petite Anne... tu adores les grands greniers. »

« Il n'y a pas de ruisseau dans le jardin. »

« Ma foi, non, mais il y en a un qui coule dans l'érablière et se jette dans l'étang du Glen. Et l'étang lui-même n'est pas loin. Tu pourras t'imaginer que tu as de nouveau ton Lac aux miroirs. »

« Bon, n'ajoute plus rien à ce sujet maintenant, Gilbert. Laisse-moi le temps d'y penser, de me faire à l'idée. »

« D'accord. Rien ne presse, évidemment. Seulement, si nous décidons d'acheter, il serait préférable de déménager et de s'installer avant l'hiver. »

Gilbert sortit et Anne rangea les vêtements du petit Jem avec des mains tremblantes. Elle ne pourrait plus coudre, ce jour-là. Les yeux pleins de larmes, elle fit le tour du petit domaine dont elle avait été la si heureuse souveraine. La résidence Morgan était tout ce qu'en disait Gilbert. Le terrain était beau, la maison suffisamment vieille pour avoir dignité, tranquillité et traditions, et assez jeune pour être confortable et à la mode. Anne l'avait toujours admirée ; mais l'admiration n'est pas l'amour ; et elle aimait tant cette petite maison de rêve. Elle en aimait tous les aspects : le jardin dont elle avait pris soin et dont tant de femmes s'étaient occupées avant elle, le miroitement et le scintillement du petit ruisseau qui serpentait malicieusement dans le coin du jardin, la barrière entre les sapins crissants, le vieux seuil de grès rouge, les majestueux peupliers de Lombardie, les deux ravissantes étagères vitrées au-dessus du manteau de la cheminée dans le salon, les fenêtres de travers à l'étage, l'escalier un peu raboteux ; mon Dieu, toutes ces choses faisaient partie d'elle ! Comment pourrait-elle les laisser ?

Et combien cette petite maison, bénie d'abord par l'amour et la joie, avait été consacrée de nouveau par son bonheur et sa peine ! C'était ici qu'elle avait passé sa lune de miel ; ici que la petite Joyce avait vécu une journée ; ici que la douceur de la maternité lui était revenue avec le petit Jem ; ici qu'elle avait entendu l'exquise musique de son bébé roucoulant des rires ; ici que ses amis bien-aimés s'étaient assis auprès du feu. La joie et la douleur, la naissance et la mort avaient béni pour toujours cette petite maison de rêve.

Et voilà qu'elle devait la quitter. Elle le savait, même si elle avait lutté contre l'idée de Gilbert. La maison était trop petite. Les intérêts de Gilbert rendaient le changement nécessaire ; il faisait admirablement son travail mais la distance ne l'aidait pas. Anne prenait conscience que leur existence dans la petite maison tirait à sa fin, et elle devait y faire face avec courage. Mais comme le cœur lui faisait mal !

« Ce sera comme si on m'arrachait quelque chose, sanglota-t-elle. Et oh ! si seulement je pouvais espérer que des gens sympathiques viennent habiter ici à notre place, ou même que la maison reste inhabitée. Je préférerais cela plutôt que la voir bousculée par quelque horde barbare ne sachant rien de la géographie du pays des rêves, rien de l'histoire qui a donné à cette maison son âme et son identité. Et si une telle tribu venait ici, l'endroit tomberait en ruine le temps de le dire. Une vieille maison se détériore si vite quand on n'en prend pas soin. Ils détruiront mon jardin... et laisseront les peupliers dépérir... et la palissade aura peu à peu l'air d'une bouche à moitié édentée... et le toit coulera... et le plâtre s'effritera... et ils remplaceront les carreaux brisés des fenêtres par des oreillers et des guenilles... et tout sera usé à la corde. »

Anne s'imaginait si intensément la dégénérescence prochaine de son cher petit logis que cela lui faisait aussi mal que si c'était un fait accompli. Elle s'assit dans l'escalier et pleura longuement, amèrement. Susan la trouva ainsi et s'enquit, avec une grande inquiétude, de ce qui n'allait pas.

« Vous n'vous êtes pas querellée avec le docteur, n'est-ce pas, chère Mme Docteur ? Si oui, vous en faites pas. C'est des choses qui arrivent aux couples mariés, d'après c'qu'on m'a dit, même si, personnellement, j'ai pas d'expérience dans ce domaine. Il le regrettera, et vous allez bientôt vous réconcilier. »

« Non, non, Susan, nous ne nous sommes pas querellés. C'est seulement que... Gilbert va acheter la maison Morgan, et nous devrons aller vivre au Glen. Et cela va me briser le cœur. »

Susan ne partagea aucunement les sentiments d'Anne. Au contraire, la perspective d'aller habiter au Glen la réjouissait vraiment. Son seul grief contre la petite maison était le fait qu'elle était à l'écart de tout.

« Mon Dieu, chère Mme Docteur, ça va être splendide. La maison Morgan est tellement belle et grande. »

« Je déteste les grandes maisons », sanglota Anne.

« Oh ! bien, vous les détesterez plus quand vous aurez une demi-douzaine d'enfants, remarqua calmement Susan. Et cette maison-ci est déjà beaucoup trop petite pour nous. On n'a plus de chambre d'ami depuis que Mᵐᵉ Moore est ici, et ce garde-manger est l'endroit le plus frustrant où j'ai jamais travaillé. Y a des coins partout. Puis, c'est au bout du monde, ici. Y a vraiment rien d'autre que le paysage. »

« Au bout de votre monde, peut-être, Susan, mais pas au bout du mien », objecta Anne avec un faible sourire.

« J'vous comprends pas très bien, chère Mᵐᵉ Docteur, j'suis évidemment pas aussi instruite que vous. Mais si le Dʳ Blythe achète la maison Morgan, il se trompera pas, et vous pouvez être d'accord avec lui. Il y a l'eau courante, les garde-manger et les placards sont superbes, et on m'a dit qu'il y a pas de plus belle cave dans toute l'Île-du-Prince-Édouard. Seigneur, la cave qu'on a ici me brise le cœur, comme vous l'savez, chère Mᵐᵉ Docteur. »

« Oh ! arrêtez, Susan, arrêtez, s'écria Anne, vaincue. Ce ne sont ni les caves ni les garde-manger ni les placards qui font un *foyer*. Pourquoi ne pleurez-vous pas avec ceux qui pleurent ? »

« Ben, pour ce qui est de pleurer, j'ai jamais été d'un grand secours, chère Mᵐᵉ Docteur. J'préfère me réjouir avec les gens que pleurer avec eux. À présent, séchez ces larmes qui abîment vos jolis yeux. Cette maison est très bien et vous a bien servi, mais il est grand temps que vous en ayez une meilleure. »

Le point de vue de Susan eut l'air d'être celui de presque tout le monde. Leslie fut la seule qui sympathisa avec Anne et lui manifesta sa compassion. Elle pleura aussi beaucoup en apprenant la nouvelle. Puis toutes deux séchèrent leurs larmes et se mirent au travail pour préparer le déménagement.

« Comme il faut partir, il vaut mieux le faire le plus vite possible et en finir », déclara la pauvre Anne avec une résignation amère.

« Tu sais que tu aimeras cette charmante vieille résidence au Glen quand vous y aurez vécu assez longtemps pour y avoir des souvenirs, la consola Leslie. Vos amis iront là-bas comme ils sont venus ici, et le bonheur l'exaltera. À présent, elle n'est pour toi rien d'autre qu'une maison mais, avec les années, elle deviendra un foyer. »

Anne et Leslie eurent une nouvelle crise de larmes la semaine suivante en mettant une robe courte au petit Jem.
Anne ressentit cela comme une tragédie jusqu'au soir quand,
dans sa longue chemise de nuit, elle retrouva son cher petit
bébé.

« Mais à la prochaine étape, ce sera les barboteuses... puis,
les pantalons... et dans le temps de le dire, il sera grand »,
soupira-t-elle.

« Ma foi, vous voudriez quand même pas qu'il reste un
bébé toute sa vie, chère Mme Docteur ? dit Susan. Le cher
petit ange, il est si mignon dans ses petites robes courtes,
avec ses adorables pieds qui dépassent. Et pensez à tout
c'repassage qu'on n'aura plus à faire, chère Mme Docteur. »

« Anne, je viens de recevoir une lettre d'Owen, annonça
Leslie qui entrait, l'air joyeux. Et oh ! j'ai de si bonnes
nouvelles ! Il m'écrit qu'il va faire une offre aux administra-
teurs de l'église pour acheter cette maison de rêve et la
garder pour nos vacances d'été. N'es-tu pas contente ? »

« Oh ! Leslie, "contente" n'est pas le mot ! Cela semble
presque trop beau pour être vrai. Je ne me sentirai plus aussi
triste maintenant que je sais que ma maison chérie ne sera
pas profanée par une tribu de vandales, ou laissée à l'abandon. Mon Dieu ! Comme c'est bien ! Comme c'est bien ! »

Un matin d'octobre, Anne s'éveilla en prenant conscience
qu'elle avait dormi pour la dernière fois sous le toit de sa
petite maison. La journée fut trop occupée pour permettre de
s'abandonner aux regrets et quand le soir fut venu, la maison
était vide et nue. Anne et Gilbert restèrent seuls pour lui
faire leurs adieux. Leslie, Susan et le petit Jem s'étaient rendus au Glen avec le dernier chargement de meubles. La lumière du soleil couchant s'infiltrait par les fenêtres dégarnies.

« Elle a tellement l'air triste et pleine de reproches, tu ne
trouves pas ? dit Anne. Oh ! comme je vais m'ennuyer, ce
soir, au Glen ! »

« Nous avons été très heureux ici, n'est-ce pas, ma petite
Anne ? » ajouta Gilbert d'une voix émue.

Anne étouffa d'émotion, incapable de répondre. Gilbert l'attendit à la barrière entre les sapins pendant qu'elle faisait le tour de la maison et disait adieu à chacune des pièces. Elle s'en allait, mais la vieille demeure resterait là, contemplant la mer de ses charmantes fenêtres. Les vents de l'automne gémiraient autour d'elle, la pluie grise la heurterait, et les brumes blanches monteraient de la mer pour l'envelopper ; le clair de lune tomberait sur elle et éclairerait les vieux sentiers où s'étaient promenés l'instituteur et sa femme. Là, sur la grève du vieux port, le charme de l'histoire flânerait ; la brise continuerait à siffler joliment sur les dunes argentées ; et on continuerait à entendre l'appel des vagues dans les criques de rochers rouges.

« Mais nous ne serons plus là », dit Anne à travers ses larmes.

Elle sortit, refermant et verrouillant la porte derrière elle. Gilbert l'attendait, le sourire aux lèvres. Au nord, l'étoile du phare clignotait. Le petit jardin, où seuls les soucis étaient encore épanouis, se repliait déjà dans les ombres.

Anne s'agenouilla et baisa le vieux seuil usé qu'elle avait franchi en jeune mariée.

« Au revoir, chère petite maison de rêve », dit-elle.

CHEZ QUÉBEC/AMÉRIQUE JEUNESSE

BILBO JEUNESSE

Beauchemin, Yves
   ANTOINE ET ALFRED #40

Beauchesne, Yves et Schinkel, David
   MACK LE ROUGE #17

Cyr, Céline
   PANTOUFLES INTERDITES #30
   VINCENT-LES-VIOLETTES #24

Demers, Dominque
   LA NOUVELLE MAÎTRESSE #58

Duchesne, Christiane
   BERTHOLD ET LUCRÈCE #54

Froissart, Bénédicte
   CAMILLE, RUE DU BOIS #43
   UNE ODEUR DE MYSTÈRE #55

Gagnon, Cécile
   LE CHAMPION DES BRICOLEURS #33
   UN CHIEN, UN VÉLO ET DES PIZZAS #16

Gingras, Charlotte
   Série Aurélie
   LES CHATS D'AURÉLIE #52

Gravel, François
   GRANULITE #36
   Série Klonk
   KLONK #47
   LANCE ET KLONK #53

Marineau, Michèle
   L'HOMME DU CHESHIRE #31

Marois, Carmen
   Série Picote et Galatée
   LE PIANO DE BEETHOVEN #34
   UN DRAGON DANS LA CUISINE #42
   LE FANTÔME DE MESMER #51

GULLIVER JEUNESSE

TITAN JEUNESSE

Achevé d'imprimer en novembre 1994
à l'imprimerie Gagné,
Louiseville, Québec.